— 北大记忆 —

家住未名湖

么书仪 洪子诚 著

北京大学出版社
PEKING UNIVERSITY PRESS

图书在版编目（CIP）数据

家住未名湖 / 么书仪，洪子诚著 . —北京：北京大学出版社，2018.5
（北大记忆）

ISBN 978–7–301–29416–1

Ⅰ.①家⋯　Ⅱ.①么⋯　②洪⋯　Ⅲ.①散文集—中国—当代　Ⅳ.①I267

中国版本图书馆 CIP 数据核字（2018）第 056650 号

书　　　名	家住未名湖 JIA ZHU WEIMINGHU
著作责任者	么书仪　洪子诚　著
责任编辑	黄敏劼
标准书号	ISBN 978–7–301–29416–1
出版发行	北京大学出版社
地　　　址	北京市海淀区成府路 205 号　100871
网　　　址	http://www.pup.cn　新浪微博：@北京大学出版社　@培文图书
电子信箱	pkupw@qq.com
电　　　话	邮购部 62752015　发行部 62750672　编辑部 62750883
印刷者	天津光之彩印刷有限公司
经销者	新华书店
	660 毫米 ×960 毫米　16 开本　19 印张　243 千字 2018 年 5 月第 1 版　2018 年 5 月第 1 次印刷
定　　　价	49.00 元

未经许可，不得以任何方式复制或抄袭本书之部分或全部内容。
版权所有，侵权必究
举报电话：010-62752024　电子信箱：fd@pup.pku.edu.cn
图书如有印装质量问题，请与出版部联系，电话：010-62756370

目　录

序　01

批判者和被批判者
　　——北大往事之一　001

我的最好的"演出"
　　——北大往事之二　009

哲学楼101　011

外来者的"故事"　015

"严"上还要加"严"
　　——严家炎先生印象　022

"知情人"说谢冕　030

我和"北大诗人"们　039

祝贺曹文轩的四条理由　045

他们都"曾经北大"　050

"艰难的起飞"　055

教学与科研纪事　060

《南方都市报》访谈　067

《1956：百花时代》前言和后记　077

《问题与方法》初版自序　085

在"学术作品集讨论会"上的发言　091

北大退休之后　096

到北大念书　102

我的老师
　　——记吕乃岩、林庚、马振方　112

在北大经历"文革"　121

入团纪事　134

日记的故事　143

"大象"
　　——记副系主任向景洁　149

结婚证的麻烦　154

家住未名湖　157

和吕薇芬在一起的日子
　　——忆念《古本戏曲丛刊第五集》的编辑和考订　174

博学多闻的王学泰　193

我所认识的吴晓铃先生　214

吴晓铃先生的伴侣石素真　228

求扇面的故事　235

日本的中国古代戏曲专家传田章　274

东京大学文学部的平山久雄先生　283

序

这本《家住未名湖》的前身是《两意集》和《两忆集》。

1999年《两意集》由学苑出版社出版,内容是由"东京记忆"和"当代文学研究"两部分组成,由于两部分命意不同,寓意有别,所以书名定为《两意集》。

2009年《两忆集》由北京大学出版社出版,《序言》中写道:

> 本书的前一半应该叫作"北大记忆",因为自1956年和1963年开始,我们就进入了北大:在北大求学、毕业、教书、生活……做学生的时候勤奋努力,教书的时候也算兢兢业业,政治运动中"革命"和"被革命",改革大潮中或随波逐流或"与时俱进",在自己的研究中"衔泥垒窝"……
>
> 时至今日回首前尘,一万八千多个工作或者生活在北大的日子,几乎是我们生命的全部。其中经历的顺境和逆境,体验的快乐和欣慰、辛苦和懊悔、检讨和反思……这一切都和生命镶嵌在一起,不可分割……半个世纪以来,源于北大的胸襟和眼界让我们受益匪浅,北大留在我们身上的印记也

让我们磕磕碰碰……扪心自问，我们对于北大的"感情"是理不清说不尽的，就像是对待自己的父亲和母亲。

或许应该这样说：今生今世能够生活在未名湖边，生活在北大，生活在与清华一墙之隔的蓝旗营小区，是上天赐给我们最大的幸福。

这里记载的文字只是难以忘怀的片片段段，当然远不是五十年的全部。

……

而今，这本书的名字定为《两忆集》，则包含着两层意思：一是指两个人的回忆，另一是回忆的事情是两个方面，不过事实上，"东京记忆"也还是属于"北大记忆"中的一部分。

这本书仍然是两个人分别撰写、互相修改和订正——毕竟说的这些都已是记忆中的旧事了。仍然循照《两意集》的旧例，不再一一署名，减去麻烦啰唆。

今年，北京大学出版社建议重版《两忆集》，大概是为了纪念北大120年校庆。出版社提出，希望删除"东京记忆"部分，加强"北大记忆"部分。他们的建议很有道理。因此，我们删去有关东京生活的篇目，搜罗加入了近几年所写的与北大生活相关的，包括记述具有"北大身份"的学者和朋友的文字。因为内容的改动，便取集中某一文章的题目，将《两忆集》易名为《家住未名湖》。

著者　于北京海淀蓝旗营
2017年9月

批判者和被批判者
——北大往事之一

1965年秋天到1966年上半年，我和学生一起，在北京近郊农村的朝阳区小红门参加"四清"运动（"社会主义教育"运动）。那时，我毕业留校任教已有四个多年头。6月1日，中央电台广播了聂元梓等的大字报后，学校很快派进"工作队"，并要我们立即返回，参加被称作"文化大革命"的运动。踏入校门，看到到处贴满大字报，到处是骚动激昂的人群：这很有点像我想象中的或从文学作品中看来的"法国大革命"（或俄国"十月革命"）的样子。按当时的规定，我不再到学生的班里去，而返回教研室，教师集中学习、开会。

6月上旬的一天，我任班主任的那个班的一个学生干部来到我的宿舍。敲开门后，站着且神情严肃地通知，下午去参加他们的班会。我问会议的内容，他不肯坐下，也没有回答径自离开。下午2点我来到32楼，楼道里贴满了大字报。也有关于我的，还配有漫画，好像是契诃夫小说中的人物凡卡在跟我说着什么——《凡卡》是我给他们上写作课时分析过的文章。我来不及细看，推开他们通常开班会的房门，发现全班三十几位同学都已挤在里面。所有的人都沉默着，屋里出奇的安静；都看着我，却没有人和我打招呼。我看到床的上下层和过道都坐满了人，只有靠窗边空着个凳子；意识到这是我的座位。便低着脑袋，匆匆走到窗边坐下。

这时，主持人宣布："今天我们开班会，对洪子诚同志进行批判。"这突如其来的"批判"，和突如其来的"同志"的称呼，顿时使我没有一点思想准备的脑子陷于慌乱之中。接着便听到"洪子诚你要仔细听大家的发言，老老实实检查自己……"的话。于是，我几乎是下意识地掏出笔记本，转身面向桌子作着记录。从批判发言中，我逐渐明白了我的问题是什么。一是在教学中，散布资产阶级毒素，特别是小资阶级情调；另一是当班主任犯了"阶级路线错误"，重用出身反动阶级家庭的学生。不错，团支部和班会干部大部分出身革命干部和贫下中农家庭，但"洪子诚没有真正依靠我们，思想深处是喜欢那些少爷、小姐的"。发言有的尖锐激烈，有的语调措辞却有些迟疑；可能是前些天还称我老师，现在当着我的面，不知怎样才能做到理直气壮直呼我的名字。桌子是靠墙放的，这使我记录时可以不面对学生，情绪也因此稍稍安定。

大约过了一个多钟头，已经有些平淡的会议，突然出现一个小"高潮"。一位坐在上铺的学生揭露我在课堂上"放毒"，说到激动处，放声大哭起来。"你不让我们写游行见到毛主席，是什么居心？！我们革命干部、贫下中农子女最热爱伟大领袖，我们最最盼望、最最幸福的时刻，就是见到他老人家，你却不让我们写……"他哽咽着，无法再说下去。这真诚、发自肺腑的控诉，引起在场许多人的共鸣；有人便领着呼叫"毛主席万岁"的口号。我愣住了，但他说的确有其事。在写作课上（毕业后我一直给中文系和文科各系上"写作课"），通常对一年级刚进校的学生，会出"初到北大"之类的作文题，许多人便自然会写他们参加国庆游行的情景。在文章讲评时我好像说到，如果我们要战胜平庸，就要注意和培养你的敏感，发现你的真实体验；拿游行这件事来说,每个人的发现是不相同的,因此,不要千篇一律地从准备、出发,写到见到毛主席,到最后回到学校;可以写出发之前,也可以写归来之后;你所认为最重要的,并不一定是最值得写的……这个同学说的,应该是指这件事了。在这个"高潮"出现之后,批判会倒不知如何再进行下去。于是,主持人宣布结束。屋子里又回复到开始前那种异样的安静。我收起本子,在众人沉默的注视下,匆匆离开。

回到宿舍,从本子上一条一条地看着我的"错误",越看越觉得伤心、委屈,甚且产生怨恨的情绪。回想着我如何认真准备每一次课,如何批改每一篇文章,在上面密密地写着批语,如何对学生个别指出存在的问题……我忘记了当时的社会情势和社会心态,钻牛角尖地想不通:真诚的劳动为何得不到承认,反而受到指责。很长一段时间,便陷于"自艾自怜"的沮丧之中,并为这种情绪寻找合理的解释。但这件事很快就被"我们"忘记。说"我们",是因为不管学生还是我,都被引导并投入到对更大的事件和更大的人物的关注。大大小小的批判会,在那几年,也已成为家常便饭。我和学生的关系,从表面上看,很快也恢复到原先的状况。而且,好像是一种默契,关于那次批判会,我们后来谁也没有再说过一个字。但是,对我来说,存在于心理上的隔阂、障碍,却没有完全消除。

重新想起这件事,是到了1969年10月底的时候。那时,我和大多数教员,已被宣布到江西鄱阳湖畔的"五七干校"劳动。临走前,有许多事要处理:书籍装箱存放;购置劳动生活的用品;觉得很可能不会再返北京,便和谢冕、周先慎骑着自行车,跑遍北京有名的古迹胜景摄影留念……最让我伤脑筋的是,大学入学以来的十多本日记如何处理。不论是带走,还是放在系里寄存下放教师物品的仓库,都觉得不妥当。倒不是里面有什么"里通外国"之类的秘密,而是写给自己的文字,不愿意让别人读到。想来想去,终于在走之前的一天,在19楼(中文、历史系的单身教员的住处)前面树丛间的空地上,一页页撕开

1969年秋出发到江西"五七干校"之前，洪子诚和谢冕（左一）、周先慎（中）骑自行车，在北京的古迹胜景摄影留念。

烧掉。烧时不免留恋地翻读，然后看着它们成为黑灰。在读到58、59年间的那些部分时，我发现，原来那时我也充当过激烈的"批判者"的角色。

  1958年，我已是二年级学生。"反右"运动结束不久，便是全国的"大跃进"。除了参加修建十三陵水库，参加除"四害""大炼钢铁"，参加为创小麦亩产十万斤纪录深翻土地的运动外，在学校便是"拔白旗、插红旗"——批判"资产阶级"专家权威。北大是著名学者荟萃的地方。我们进校之前，对文史哲"权威"的名字就耳熟能详。他们大多在这个运动中受到"冲击"。记得，中文系的语言学家王力、岑麒祥、袁家骅、高名凯，作家和文学史家吴组缃、林庚、游国恩、王瑶，他们的学术思想和研究成果，在这期间都受到批判。而我所在的班，批判的是王瑶先生。

直到现在,我仍不清楚这个"任务"为什么交由我们班来承担。我清楚的是,无论作为一个运动,还是具体批判对象和批判方式,都不只是学校的事,更不可能是我们这些很少政治经验和阅历的青年学生所能决定。对王先生的著作,主要批判的是他的《中国新文学史稿》——这是1949年以后最早出版也是当时最有影响的中国现代文学史著作。当时,我们实际上还未学习现代文学史课程(那是三年级的必修课),书中述及的许多文学现象和作品,对我们来说都很陌生。但是,既然认定《史稿》是资产阶级性质,我们这些站在"无产阶级立场"上的"小人物",就有资格藐视权威。于是分成几个小组,分别就文艺界"两条路线斗争""党的领导""研究方法"等若干专题,进行准备。我被分在最后的小组。我们先学习毛泽东的《新民主主义论》和《讲话》,学习周扬总结"反右"运动的文章,然后根据我们所掌握的这些"武器",来寻找《史稿》中的资产阶级立场、观点和方法。当时,暑假已经开始,我在参加了几次讨论后,便回南方的家乡。待到开学

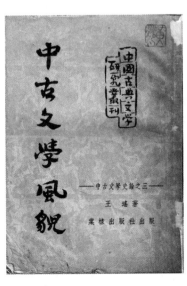

这本《中古文学风貌》是1953年5月上海棠棣出版社出版。该书1951年8月初版,至1953年5月出了6版,印行15000册。

归来时，同学们已写出几篇批判长文，并已交到杂志社。不久，这些锋芒毕露的长篇文章，便在下半年的文艺界权威刊物《文艺报》和《文学研究》上刊出。其中最主要的一篇，题目是《文艺界两条道路的斗争不容否定——批判王瑶的〈中国新文学史稿〉》，作者署名为"北京大学中文系二年级鲁迅文学社集体写作"。是的，当时我们班组织的文学社，便以"鲁迅"命名。我在日记中写道，看到这些成果的发表，听着在校坚持战斗的同学对写作的情景的讲述，我感到很惭愧。在批判开始的时候，我的好朋友给我写了这样一行字："你闻到硝烟的气味了吗？做好了投入战斗的准备了吗？"但我却临阵脱逃，这使我后悔，觉得这个缺憾，将难以弥补。

在批判文章发表后不久，王瑶先生的名字，便从《文艺报》编委的名单中消失了。我无法知道王先生受到批判时的内心活动，但我知道，他本来也是想顺应潮流的。在"反右"刚开始时，他就发表《一切的一切》，表示对于"右派分子"的谴责。这篇文笔、结构相当漂亮的短文，登在《文艺报》的头版头条。1958年初，他的评冯雪峰《论民

王瑶先生的《一切的一切》刊于《文艺报》1957年第12期（6月23日出版）。上面的画线和批语出自当年北大中文系某一学生之手。

主革命的文艺运动》一书的长文,也刊在《文艺报》上。他批判冯雪峰的依据和逻辑,也就是半年后我们批判他的依据和逻辑。但王先生没有能使自己免于"厄运"。

临近毕业,不管是学校领导,还是我们自己,都觉得这几年中损失很多。许多该上的课没有上,该读的书没有读。当然,也许更重要的是失去一些基本品格,例如,长幼尊卑的界限、对待事情(学问也在内)的老实态度。在上五年级的时候,便集中补上一些必修课。如古代和现代文学史。现代文学史采取讲座的形式,把重要文学现象和作家作品,归纳为若干专题,由几位先生轮流讲授。王瑶先生讲头四讲,记得有五四文学革命、鲁迅、曹禺等。他浓重的山西口音,我听起来很吃力,因此,每次总要先占好前排的座位。对于两年前的批判,我们(至少我自己)并没有正式向他道歉,承认我们的幼稚和鲁莽。但我当时想,诚挚地接受他的授业,应该是在表示我们的反省。我看到,他在不久前指责他的学生面前,没有丝毫的揶揄讥讽的语气神态。他认真细致地陈述他的观点,讲到得意之处,便会情不自禁发出我们熟悉的笑声。他对曹禺等作家的分析,使我明白世上人事、情感的复杂性。课后,又耐心地回答我们提出的问题。这种不存芥蒂的心胸,当时确实出乎我的意料。他是在表明,我们每个人都无法脱离社会历史的拘囿和制约,却可以在可能的条件下,选择应该走的路。

在把"文革"发生的事情,和以前的经历放在一起之后,我开始意识到,我们所遭遇的不正常事态,它的种子早已播下,而且是我们亲手所播。在我们用尖锐、刻薄的言辞,没有理由地去攻击认真的思想成果时,实际上,"批判者"也就把自己放置在"被批判"的位置上。这一对比又使我想到,对于生活中发生的挫折,我没有老师的从容、沉着,我慌乱而不知所措。这不仅因为我还年轻,缺少生活经验,最主要的是心中几乎没有什么东西可以作为有力的支柱。更让我难堪的是,批判会上,我被学生所"质询"、所批判的,竟是些什么"不让见毛主席""阶级路线"之类的可笑的东西，是我那几年发表在报刊上追赶政治风潮的"时文"。而我们50年代想要"拆除"的，则是王先生的具有学科奠基性质的《史稿》，是他的也许更具价值的《中古文学史论》：这是让批判者最终要回过头来请教的著作。在王瑶先生的心中，有他理解的鲁迅，有他理解的魏晋文人，有他的老师朱自清。因而，在经历过许多的挫折之后，我们看到的是一种成熟和尊严，这是他在80年代留给我们的印象。而我们呢？究竟有些什么？心灵中有哪些东西是稳固的、难以动摇的呢？

　　对于已走过一百年路程的北大，我们个人可能难以讲清楚其间的辉煌与衰败，光荣与耻辱，我们可以说的，是个人亲身感受到的"传统"。在我看来，北大最值得珍惜的"传统"，是在一代一代师生中保存的那样一种素质：用以调节、过滤来自外部和自身的不健康因素，在各种纷扰变幻的时势中，确立健全的性格和正直的学术道路的毅力。这种素质的建立和传递，可以肯定地说，不仅来自于成功和光荣，也来自于我们每个人都经历到的挫折，就如王先生的人生和学术道路给我们所留下的深刻印记那样。

　　（附记：应校方宣传部门之约，本文写于1998年北大100周年校庆前夕。但被退回而未采用。）

我的最好的"演出"
——北大往事之二

去年岁末，因为给95级同学上课，便也参加了他们的新年联欢会。在课堂上认认真真、正襟危坐的同学，一个个居然都那么多才多艺！按照惯例，老师出节目是不可少的。果然，我发现温儒敏先生原来是个诗人（他朗诵了他写的诗），程郁缀先生记性真好（他背诵了《春江花月夜》，我却永远也记不住），而王宇根诸先生也都有不亚于目前电视节目的上好出演。轮到我的时候，却一筹莫展，最后只有以鞠躬向同学们"讨饶"。

我的不表演节目是因为我不想"重演"从前发生过的"喜剧"。说是"从前"，那应该是三十多年前的事了。1963年冬天，我留下来当教员刚满两个年头。那时，和马振方先生带着63级同学到昌平园区（当时并没有这个称呼，而叫200号）去劳动：在荒凉的山坡路旁植树（不知道现在那些高大的杨树是不是我们栽的）。天寒地冻，又是砾石土质，活并不轻松。但也有许多的快乐。好像也是赶到过新年，也是开联欢会，也是要老师出节目。马振方先生表演东北大鼓《罗成叫关》，字正腔圆和地道的韵味，引来啧啧赞叹。轮到我出场了，我便郑重其事去到圈子中央。静默片刻之后，便"引吭高歌"起来，唱的是当时正流行的、由军队歌唱家马玉涛唱的那首歌："马儿呀，你慢些走哎慢些走……"万万没有想到的是，一句未完，四周已经乱成一团：同学们全然不顾老师的"尊严"，一个个笑得前仰后合——我当时才真正领会了"前仰后合"这个成语是什么意思。我不知道为什么会这样，但意识到肯定出了问题，便匆忙逃回自己的座位。这阵笑声，真是"久久不能停息"，当我抬起头来时，还见到旁边直起腰的同学眼角笑出的眼泪。这使我颇为扫兴：要知道，为了准备这个节目，我偷偷地在19楼的宿舍里练习了有半个月。

多年以后，一位已参加工作的学生见到我，还不忘这件事："洪老师，您也不想想您能唱什么，选个《东方红》《我是一个兵》也就罢了，却选这样的'高难动作'，又是满口的广东腔，马儿的'儿'舌头拐不了弯，'慢'唱成了 mang……还一本正经的样子。"

以后，在生活中，也经常发生这种预想与结果不同，甚至相悖的事情，但发生在青少年时代的事情总是印象更为深刻，当然，也更值得珍惜：连同这种"不能正确估量自己能做什么"的"狂想"。

现在想起来，我的演出，一定是那个晚上最精彩的节目了。

1996 年

哲学楼 101

　　北大的第一教学楼和哲学楼,是遥遥相对的两座建筑,中间隔着北大附小(附小迁出之后,盖了图书馆大楼)。我入学的时候,觉得有点奇怪。它们在三层的主楼之外,又各有一个两层的方形的配楼,中间用走廊连接。为什么不建在一起呢?后来打听,好像是因为要保护中间的古树,才作这样的设计。这个解释是合理的,主楼与配楼之间,确实都有一棵年头不小的古槐树。1956 年,中国和印尼争夺世界杯出线权的足球赛转播,我就是坐在哲学楼那棵古树下听的:当然是收音机,那时还没有电视。

　　一教和哲学楼的配楼,上下两层都是大阶梯教室,我们常在那里上大课。哲学楼的 101 教室,对我在北大第一年的生活,有特殊意义。学校星期六晚上,学生会和学生社团,都会举办各种活动。哲学楼 101 是固定的音乐欣赏的地点。如果没有特别的事情,我周末晚上都会在那里度过。直到现在,我对音乐还是十足的外行,我既不会任何乐器,五音也不全。对音乐史、乐理等也只了解个皮毛。有时候不过是想安静地坐在那里,抛开为着生计的处心积虑,听那些仿佛是来自心底,但又像是另一个世界的声音。我猜想一些人也和我一样。"文革"的一天,那时学校两派武斗还没有开始。我在 19 楼二楼中文系工会的房间里,用唱机放着唱片。有中国民歌,有五六十年代流行的苏联、印尼、拉美的歌曲。无意中望向窗外,看到 28 楼通向五四运动场路上的侧柏篱墙旁,默默站着一个女生,直到那些唱片放完才离开。你说不清你在音乐中想要等待什么,但你也许会和某些熟悉或不熟悉的人、事、情绪不期而遇。

> 一支午夜的钢琴曲复活一种精神
> 一个人在阴影中朝我走近……
> 对了,是这样,一个人走近我
> 犹豫了片刻。随即欲言又止地
> 退回到他所从属的无边的阴影①

  哲学楼 101 的周末音乐,是学生自己组织的。有和它的朴素内容同样朴素的外表。安静,没有任何仪式。没有什么"命运在敲门""通过苦难走向光明"的喋喋不休。多的时候会有六七十人,但冷落时,二三十人的时候也是有的。走进教室,会领到油印的节目单;里面有作曲家、乐曲的简介。然后你选择一个靠窗的座位。不久,音乐就从放在讲台地上的大音箱里流出……

  现在看来,乐曲的挑选有当时的"禁忌"和"偏向",但这也是时代趣味和风尚使然。在一个唯物主义无神论时代,自然不会有宗教性质的音乐。巴哈的《马太受难曲》、莫扎特的《安魂曲》、亨德尔的《弥赛亚》,直到 1991 年到东京工作时才听到。不会有立场可疑、思想感情不健康,或不能做出积极阐释的作品。不会有"现代"的、先锋派的风格。因此,没有瓦格纳、理查·施特劳斯,没有德彪西、弗雷,没

---

① 西川:《午夜的钢琴曲》。

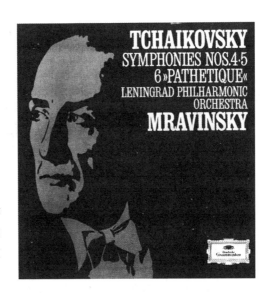

听柴可夫斯基这样的俄国作曲家的作品,也许还是俄国指挥家和俄国乐团的演奏更能让你感到亲切。

有拉赫玛尼洛夫、斯特拉文斯基,没有格什温、巴尔托克,当然更没有勋伯格、贝尔格。除了贝多芬等之外,播放的曲目,还是苏联、东欧作曲家的居多:他们那时属于"社会主义阵营"。柴可夫斯基、格林卡、鲍罗丁、肖邦、李斯特、德沃夏克、斯美塔那、里姆斯基-科萨科夫、哈恰图良……也许还应该加上肖斯塔科维奇。但肖的不少重要作品,是50年代以后创作的;况且那时苏联对他的评价常举棋不定;我们对他的了解,更多限于那些电影的配乐。其实,许多作曲家和他们的曲子,并没有"社会主义"的内容,他们也不是生活在社会主义时代。捷克斯洛伐克是1918年才建立起来的国家,德沃夏克和斯美塔那原本属于波希米亚。尽管情况复杂,但在战后的"冷战时期",因为存在了一个可以延伸的"意识形态"时空背景,他们便被归并在一起,当成一种统一的文化来接受。因此,我在那里听到了《在中亚西亚草原》《波尔塔瓦河》,听到了《1812序曲》《鲁斯兰与柳德米拉》,其他还有《伊戈尔王》,有王蒙小说(《组织部新来的青年人》)提到的《意大利随想曲》,有德沃夏克《大提琴协奏曲》的第二乐章,有肖邦的《革命进行曲》……

对于俄国、"东欧"乐曲的喜爱,重要的当然还是音乐本身的气质。它们里面可能活动着一个敏感的灵魂,这个灵魂有对精神的追求。它们有程度不同的受难者的忧郁,却仍能引导向并不夸张、生硬的辉煌。多情的浪漫气质、伤感的旋律、某种戏剧性,也是原因之一。而且,我们还能因此而放进一些令人迷醉的遐想,犹如柴可夫斯基写给梅克夫人的信中所说的那样:

> 夏天的夜晚在俄罗斯的田野、森林或大草原上的一次漫步是如此地震撼我,使我躺在地上直到麻木。对大自然的爱的热浪将我吞没,那难以形容的甜蜜和醉人的空气,从森林、草原、小河、遥远的村庄、简朴的小教堂散发出来,在我的上空飘荡……

一直感到奇怪的是,除了《弦乐小夜曲》之外,哲学楼101竟然没有再出现莫扎特。那时,我们可能更倾向于聆听和表达激情。我们大概还不大能够领会那种简单、纯净、天真和平衡——那种如罗曼·罗兰所说的不伤及肉体或损害听觉的旋律,那种如柴可夫斯基所说的,尚未为思索所损害的品性所特有的生命的快乐。

外来者的"故事"

我读过乐黛云先生的几本随笔集,它们是《我就是我》(台湾正中书局)、《绝色风霜》(百花洲文艺出版社)和《四院·沙滩·未名湖》(北京大学出版社)。里面写到她在燕园中的几个朋友的遭遇,如程贤策、朱家玉、裴家麟。他们都是 20 世纪四五十年代之交,抱着创建新世界的热情投身于"革命",却事与愿违,陷于他们未能逆料的悲剧性命运之中。

在讲述她的挚友朱家玉的时候,乐黛云用了"沧海月明"的美丽而感伤的题目。朱家玉老师我是知道的。1956 年我考进北大,第一学期有一门必修课叫"人民口头创作"。这是学习苏联的,几年后名字改成"民间文学"。当时给我们上课的,就是年轻女老师朱家玉,当年应该只有二十几岁吧。但是现在回想起来,对她的音容笑貌,却几乎没有什么印象;做的课堂笔记也不见踪影。只记得她上课十分认真,对待学生和蔼可亲。期末考试是口试,我准备还算认真,但由于紧张,普通话又说不好,回答得结结巴巴。但她还是宽容地给了我 5 分。后来她就从系里"消失"了,原因不明。有一个时候,听说她去大连的时候,掉到海里淹死了。过了四十多年,读到乐黛云的记述,才知道真相;觉得她的身世,有点像是宗璞小说《红豆》中齐虹、江玫的"混合体"。她有齐虹那样的出身,父亲是上海资本家。在新中国未成立或刚成立的年代,同样从上海不断打来催促的电报,让她离开大陆去美国念书。但是在这一人生的历史性时刻,朱家玉老师并没有选择齐虹的道路,相反,她与江玫一样投身革命。她读马克思的书,知道了"剩余价值"学说,"痛恨一切不义的剥削","稍嫌夸张地和她父亲断绝了一切关系",留在解放了的北京,参加了南下的土改工作团,加入了共产党。

但几年后,她没有缘由,且不明不白地就离开了她热爱的"新世界"。乐黛云先生这样写道:

> 她的死对我来说,始终是一个谜。我们最后一次见面……是1957年6月,课程已经结束,我正怀着第二个孩子,她第二天即将出发,渡海去大连。她一向是工会组织的这类旅游活动的积极参加者。她递给我一大包洗得干干净净的旧被里、旧被单,说是给孩子做尿布用的。她说她大概永远不会做母亲了。我知道她深深爱恋着我们系的党总支书记,一个爱说爱笑,老远就会听到他的笑声的共产党员。可惜他早已别有所恋,她只能把这份深情埋藏在心底并为此献出一生。这个秘密只有我一个人知道。……
>
> 她一去大连就再也没有回来!……她究竟是怎么死的,谁也说不清楚。人们说,她登上从大连到天津的海船,全无半点异样。她和同行的朋友们一起吃晚饭,一起玩桥牌,直到入夜十一点,各自安寝。然而,第二天早上却再也找不到她,她竟然这样离开这个世界,永远消失,无声无息,全无踪影!我在心中假设着各种可能,惟独不能相信她是投海自尽!……

这时,"反右"浪潮已是如火如荼,人们竟给她下了"铁案如山"的结论:"顽固右派",叛变革命,以死对抗,自绝于人民。根据就是在几次有关民间文学的"鸣放"会上,她提出党不重视民间文学,以至有些民间艺人流离失所,有些民间作品湮没失传……不久,我也被定名为"极右分子",我的罪状之一就是给我的这位密友通风报信,向她透露了她无法逃脱的、等待着她的"右派"命运,以至她"畏罪自杀",因此我负有"血债"。……①

这里提供的,是各种互相矛盾的信息。和乐先生一样,我也不大相信她会投海自尽,更不相信她是偶然失足之类的事故。而如果她下了终结自己生命的决心的话,她的言行却毫无异象,这对我来说也是难以理解的。

乐黛云讲述的第二个人是程贤策,也就是上面说到的朱家玉所深爱的人。程贤策我也知道,我当学生的时候,和1961年毕业留校,他都担任中文系的党总支书记。我确实常听到乐黛云说的那大嗓门的说话声和笑声。因为这样的说话方式,也因为常有豪言壮语,他的朋友有时候叫他"牛皮"。程贤策个子高大,十六七岁时为了抗日,曾去缅甸参加过抗日青年军("文革"的时候,这成为"历史反革命"的罪证)。1948年,这个武汉大学物理系的高才生决定转入北大历史系,原因是"他认为当时不是科学救国的时机,他研究历史,希望能从祖国的过去看到祖国的未来"。1948年,他作为北大学生自治会新生接待站负责人,在武汉,带领南方各地的二十几名北大新生,沿长江到上海,转乘海轮到塘沽,再来到北京。乐黛云就是他带领的新生之一。乐黛云说:在开往塘沽的海轮上,

---

① 《沧海月明——纪念一位已逝的北大女性》,见《绝色风霜》,南昌:百花洲文艺出版社,2000年。

乐黛云自传《我就是我》，台北正中书局1995年出版。自序中她写道："法国著名思想家米歇尔·傅科曾经断言：个人总是被偶然的罗网困陷而别无逃路，没有任何'存在'可以置身于这个罗网之外。"然而，"如果把某种主体意识通过自身经验，建构而成的文本也看作一种历史，那么，这些点点线线倒说不定可以颠覆某些伟大构架，在一瞬间猛然展现了历史的面目，而让人们于遗忘的断层中得见真实。"

……我和程贤策爬上甲板，迎着猛烈的海风，足下是咆哮的海水，天上却挂着一轮皎洁的明月。他用雄浑的男低音教我唱许多"违禁"的解放区歌曲，特别是他迎着波涛，低声为我演唱的一曲"啊！延安，你这庄严雄伟的古城……热血在你胸中奔腾……"更是使我感到又神秘，又圣洁。……他和我谈人生，谈理想，谈为革命献身的崇高的梦。我当时17岁，第一次懂得了什么是人格魅力的吸引。

在北大，程贤策担任四院（北大新生开始在沙滩四院学习）的学生自治会主席。后来还到江西参加土改，担任中南地区土改工作团12团的副团长。1966年"文革"刚开始的六月，程贤策以走资派、历史反革命、地主阶级孝子贤孙等罪名，被揪到学校办公楼礼堂批斗，

……（他）被一群红卫兵拥上主席台，他身前身后都糊满了大字报，大字报上又画满红叉，泼上黑墨水，他被"勒令"站在一条很窄的高凳上，面对革命群众，接受批判……他苍白的脸，不知是泪珠还是汗水一滴一滴地流下来。

批判会结束之后,他被扣上纸糊的白帽子,在脸上、衣服上泼上红墨水、黑墨水,推推搡搡地押着游街。游街结束之后的情况,乐黛云写道:

> 我去小杂货铺买酱油时,突然发现程贤策正在那里买一瓶名牌烈酒。他已换了一身干净衣服,头发和脸也已洗过。他脸色铁青,目不斜视,从我身边走过……
>
> ……后来,我被告知,我心中的那个欢乐、明朗、爱理想、爱未来的程贤策,就在我买酱油遇见他的第二天,一手拿着那瓶烈酒,一手拿着一瓶敌敌畏,边走边喝,走向香山的密林深处,直到生命的结束。……①

这些书中讲述的第三个人,是她自己。就在程贤策被批斗的时候,她作为革命群众的"监管对象",正被"勒令"坐在会场的前面,目睹这位革命者,如何在"革命"的名义下受辱。和朱家玉、程贤策一样,她也是"欢乐、明朗、爱理想,爱未来"的。1948年,她从贵州遥远的山城只身跑到重庆参加大学考试,同时被南京的中央大学、北京师范大学和北大录取。她选择了北大。到了学校,积极投入中共领导的学生地下工作,秘密印制、分发革命宣传品,劝说沈从文先生留在很快就要解放的北平。50年代初,她在北大团委工作,曾代表北京市学生参加在布拉格召开的第二届世界学生代表大会。新生活于她是充满金色的幻梦。我读高中的时候,就在《文艺学习》等刊物上,读到她谈新文学的文章,那时她应该刚毕业不久。她在政治、学术上都有出色的表现,大概也得到周围人们的"宠爱"。我一年级的时候,曾经在文史楼二楼中文系教师工会办的墙报上,看到她有"黛子"的昵称。

---

① 《"啊!延安……"》,收入《绝色风霜》和《四院·沙滩·未名湖》。

但是，1957年因为带头和年青教师筹办《当代英雄》杂志等"罪行"，"反右"中被定为"极右分子"，遭送到京西门头沟斋堂监督劳动。1961年经济困难，北大许多干部、教师下放农村。程贤策代表党总支到斋堂慰问下放干部的时候，"监管对象"乐黛云也在斋堂。他们之间的关系已经演变为"敌我界限"，不再是塘沽海轮上的"同志"了：

> ……白天，在工地，他连看也没有看我一眼。夜晚，是一个月明之夜，我独自挑着水桶到井台打水……突然看见程贤策向我走来。他什么也没有对我讲，只有满脸的同情和忧郁。……他看着前方，好像是对井绳说："也难得有这样的机会，可以这样深入长期地和老百姓生活在一起。"……迎着月光，我看见他湿润的眼睛。我挑起水桶扭头就走，惟恐他看见我夺眶而出的热泪！我真想冲他大声喊出我心中的疑惑："究竟发生了什么事？这一切究竟是为了什么？这饥饿，这不平，难道就是我们青春年少时所立志追求的结果吗？"但我什么也没有说，我知道他回答不出，任何人也回答不出我心中的疑问。

朱家玉、程贤策和乐黛云先生，都有自己的命运，自己的喜怒哀乐。但如果放在当代历史的大背景下，他们的遭遇，其实是同一个"故事"。也就是说，这样的遭遇带有某种共通点，也有普遍性。我们在80年代初的回忆录，以及"伤痕""反思"小说里面，也多有见识。热情、爱理想，但理想却受损，遭到打击；打击来自于所理想的对象；但厄运中又没有完全放弃，理想没有破灭，因此就有如乐黛云见到程贤策时的没有喊出的发问——最后，"故事"留下的也总是难解的"究竟发生了什么事"这个问题。因为"难解"，这个"故事"也就还没有讲完。

这个"故事"的雏形，其实在四五十年代就已出现。我在《1956：

百花时代》这本书里,谈到对50年代王蒙的《组织部新来的青年人》和40年代丁玲的《在医院中》的理解,也是在试图对这一"难解"的问题提供一种解释。我说它们是有关"外来者"的故事,"也是……表现现代中国的'疏离者'的命运的故事";投身革命的热情青年的理想与现实之间出现的裂痕、冲突。"外来者"不仅是情节上的,更是"实质"意义上的。"外来者"对他所投身的事业,这个"事业"的内在逻辑,其实并不了解,也并未融入其中。因而,"坚持'个人主义'的价值决断的个体,他们对创建理想世界的革命越是热情、忠诚,对现状的观察越是具有某种洞察力,就越是走向他们的命运的悲剧,走向被他们所忠诚的力量所抛弃的结局,并转而对自身存在的价值和意义,产生无法确定的困惑……"

我不知道这个解释是不是有道理。

1988年夏在山海关,(左起)陈素琰、么书仪与乐黛云。乐先生说:"我太胖了,躲在你们后面。"。

"严"上还要加"严"
——严家炎先生印象

20世纪70年代初在江西"五七干校"的时候,互相起绰号成为一种风尚。给黄修己先生起的绰号是"雄辩胜于事实"。这并不是说黄修己不尊重事实,而是说他能言善辩,有一般人所没有的口才。严家炎先生的外号其实不必费事,他的名字本身——"严加严"或"盐加盐"——就已足够。不过,黄、严两位先生的这两个绰号都没有流传开来,或是太长,或是读音上不能和原来的名字相区分;虽说"严加严"很能概括严先生的性格。

但是严家炎不久便有了一个绰号:"老过"。"老过"是过于执的略称。50年代过来的人,许多都知道《十五贯》这出昆剧。剧里的知县过于执,在审理熊友兰、苏戌娟一案中,不作调查,不重证据,凭主观臆测,就要拿熊、苏二人问斩。"过于执"当时成了官僚主义、主观主义的代名词。称严先生"老过",当然不是这样的意思。这个绰号其实含义颇为复杂:既有执着、认真、严谨、严肃的成分,也有固执、迂、认死理、难以说服的因素。严先生应该知道这个称呼不都是在表扬他,但他也不生气,总是微微一笑。所以,"老过"很是流传了一段时间。

1988年夏,与严家炎(左)、江枫先生(中)摄于山海关。

说到这个绰号的根据,可以举个小例子。有一天,我们班去挖稻田的排灌渠。由于严先生一贯的认真、细致,便被委以质量检查员的重任。到了中午,我们各自负责的一段相继完成,准备收工吃饭。这时,"老过"拦住了我们,说是有许多质量不合格。他的意思是,水渠的"渠帮"按规定应该是45度,可是有的只有四十二三度,有的又快50度了。一边说,一边用三角尺量给我们看。他说的倒是事实。但是,又不是在造飞机、做导弹,要那么精密做什么?更主要的是,个个都累得够呛,饥肠辘辘,一心只想快点回去吃饭。便七嘴八舌来说服他。任凭你人多势众,不管说出天大的理由,他纹丝不动,坚持要返工。看见我们不想动弹,他自己便干了起来。我们本来理亏,无奈只好也跟着干。看他从远处铲来湿土,修补坡度不够的部分,还用铁锹拍平,抹得光可鉴人,不由得又可气又好笑。水一来,还不是冲得稀里哗啦的!

我和严先生是同事,但不在一个教研室,交往其实并不很多。有时单独谈些问题,却不都以愉快告终。原因主要是,我虽然也教书,也做"学问",但是对"学问"什么的,不很认真,也不是看得很严重。这样,处理起来就有马虎、随意的时候,大大小小的失误也就难以避免(见附注一)。这必定和一丝不苟的"老过"发生矛盾。记得第一次见他的面,是1958年读大二的时候。当时在"大跃进",轻视古典、蔑视权威,是那时的潮流。虽说我们古代文学史只学到两汉,现代文学还没有开课,也已经有足够的胆量去集体编写戏曲史和现代文学史。严先生当时在中文系读研究生,指导我们年级的现代文学史编写。有一天,他把我叫到中文系资料室,批评我写的郁达夫、叶圣陶两节的初稿,材料看得不够,不少评述缺乏根据。我当时虽然没有说话,却颇不服气,忿忿然地想,都什么时候了,还"材料""根据"什么的?1988年在北戴河,也有一次不很愉快的谈话。我们都在一个"文学夏令营"里讲课。一天傍晚在海边散步,谈起"文革"期间郭沫若写的《李白与杜甫》。我说,郭的立论,明显是呼应、迎合毛泽东尊李抑杜的。严先生立刻反问,有什么根据?有材料吗?我顿时语塞。我一直认为这是个理所当然的推断,要什么"根据"和"材料"?!便争辩起来,而且相当激动,接着便沉默不语。当时在一起的还有诗人任洪渊,他一定很不满意:本来,吹着海风,看海浪拍岸,多好,这不,把诗意破坏得荡然无存。

最近我编写的《中国当代文学史》,讲到60年代《创业史》的讨论,涉及严先生。我猜想,他可能对我的评述不是太满意。一般来说,谈到这个事件,以及有关"中间人物"的主张,都会首先提到邵荃麟先生,我也没有例外。第7章第4节,我首先引述邵荃麟1960年12月在《文艺报》编辑部会议上认为梁三老汉比梁生宝写得好的发言,然后说"在此前后,严家炎撰写的评论《创业史》的文章,也表达了相近的

1988年北戴河文学夏令营"北大身份者"合影。前排左起三位是陈素琰、么书仪、陈学勇,右起两位是章德宁、岳建一,后排左起为叶廷芳、钱理群、洪子诚、江枫、汤一介、乐黛云、奚学瑶、刘宁、严家炎、谢冕。

观点"。这一节的注释24,把发生在1963—1964年前后的《创业史》讨论,与1964年以后对邵荃麟的"写中间人物"主张的批判放在一起不加区分,并将一系列批评严家炎的文章笼统地放在"批评邵荃麟、严家炎观点的文章"的名下。

这种叙述方式,这样的处理,暗示了邵荃麟和严家炎在关于《创业史》评价问题上,存在时间先后,以及影响和被影响的关系。同时,对有关联但不同的两件事也没有作必要的区分。事实上,邵1960年12月的讲话,是范围很小的内部谈话,许多人知道这段谈话,要到1964年8、9期合刊的《文艺报》刊发《关于"写中间人物"的材料》那个时候,那时的邵已被文艺领导界的同仁们作为"牺牲品"抛出加以批判。他关于《创业史》,关于梁三老汉,关于"中间人物"的主张,产生较大影响是在1962年的夏秋。这指的是1962年8月"大连会议"上的系统发言,以及会议之后,谢永旺、康濯分别发表的、在一定程度上传达了他的意见的文章(谢的文章题为《从邵顺宝、梁三老汉所想到的——》,署名沐阳,刊于《文艺报》1962年第9期;康濯文章为《试论近年间的短篇小说》,刊于《文学评论》1962年第5期)。而严家炎先生1961年在《〈创业史〉第一部的突出成就》(《北京大学学报》1961年第3期)、《谈〈创业史〉中梁三老汉的形象》(《文学评论》1961年第6期)中,就已全面、系统地阐述了他在这一问题上的观点。他的看法并不是在受到谁的"影响"下形成的。而且,就在严家炎因《创业史》问题受到众多批评的时候,也未见有任何"中间人物"主张者(包括邵荃麟)出来支持他,和他站在一边。在这种情况下,暗示追随、受影响的这种叙述,并不符合"历史"原来的情状。

如果不是文学史写作者,而是严先生坚持作这样的辨析,很可能会被认为是"邀功请赏",因为在今天,提倡写"中间人物"已不是耻辱,而是荣耀了。不过,我有"根据"证明事情不是这样的。"文革"刚开始,系里教师曾组织过对严先生的批判。有大字报,也有批判会。大字报中,上面有十多位青年教师签名的一张,为我所起草。批判会

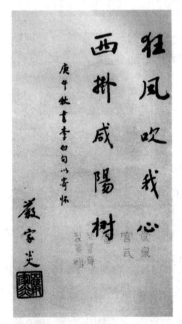

严肃、严谨的严先生,也有狂放、浪漫的一面;只是后者并不为许多人所知晓。

上有人指出严先生"追随邵荃麟贩卖中间人物论",严先生却插话说,我没有"追随"邵荃麟,我关于《创业史》的观点在1960年下半年就已经形成,文章发表在1961年;邵荃麟有这样的看法比我要晚许多(见附注二)。他的插话,让批判者愣住了,不知如何接这个话茬。

严先生在现代文学研究上的贡献这里不用多说。当然,他的有些学术观点,我也不很赞同。譬如对姚雪垠的《李自成》的赞誉,譬如对金庸武侠小说的评价……严格说来,我不是怀疑他对金庸武侠小说在文学史地位的设定,有疑义的是那种评述的方法。虽说金庸的武侠小说被人誉为沟通了雅俗,填平了"精英"和"大众"的鸿沟。不过,用那样的"过"于严肃的心情、态度,用那样的"写实小说"的成规作为尺度,来对待、品评这些小说,总觉得不是那么回事。至于我自己,因为金庸的多部作品总是看了开头就看不下去,所以在评价上并无发言权。但我总记着严先生在北师大演讲时说的话:金庸小说读不下去,说明你有心理障碍……好在家里有金庸全集,我很快就要退休,会有充足的时间来分析自己的心理,调整、检查在阅读习惯上的偏见。

2001 年

附注一(2001 年)

最近的一次错误,是有关冯雪峰先生的一个材料的。今年元月,中山大学中文系青年教师刘卫国、陈淑梅来信,说我的《中国当代文学史》(北京大学出版社 1999 年 8 月版)"第 34 页注 15 说,'《文艺报》4 卷 5 期(1951 年 6 月出版)上刊登的,对萧也牧小说《我们夫妇之间》的严厉批评的"读者李定中"的来信，和《文艺报》发表这封信时加的支持这封信的编者按语，都是当时该刊主编冯雪峰撰写。'经查包子衍《雪峰年谱》（上海文艺出版社，1985年7月版），冯雪峰写该信时为1951年6月10日，当时他在京担任人民文学出版社社长兼总编辑，并非《文艺报》主编。1952年1月下旬，冯雪峰才兼任《文艺报》主编。至于'支持这封信的编者按语'，是否为冯雪峰所写，我们还未找到证据确定，但按冯雪峰任《文艺报》主编时间推之，似乎不大可能。"

为了弄清楚这个说法的来源，便翻找写这本文学史时做的笔记、卡片，却一无所获。我最早是从朱寨先生主编的《中国当代文学思潮史》（人民文学出版社，1987年5月）中知道"读者李定中"是冯雪峰的。但"思潮史"只是说"发表时编者加了基本肯定的按语"，并说"后来《文艺报》副主编陈企霞在文章中（见1951年9月10日出版的《文艺报》）承认该文和编者按语都有'缺点'"（《中国当代思潮史》第85页），并没有说按语出自谁的笔下。况且，我在《1956：百花时代》（山东教育出版社1998年5月版）中，在所列的1949—1966年《文艺报》编委会组成的表中，也明确标出冯雪峰担任主编，是从1952年第2期开始，在此之前的主编是丁玲、陈企霞和萧殷。只要作必要的核对，不难发现这一说法的疑点。更加糟糕的是，编者按是冯雪峰撰写的说法，还写在《中国当代文学概说》（香港青文书屋1997年版，第24页）、《当代文学概说》（广西教育出版社2000年版，第78页）、《中国当代文学史》（韩国比峰出版社2000年版，第52页；该书为《中国当代文学概说》的韩文本）中。这真是让冯雪峰先生"蒙受不白之冤"了！这里，请求冯雪峰先生在天之灵的宽恕，也向这本书的读者致歉。

附注二（2008年）

《严家炎论小说》（江西高校出版社2002年版）的"跋"中，有这样的说明："1961年秋冬之交，《文艺报》编辑部一次会议之后，副主编冯牧同志把特约评论员颜默（廖仲安）和我两人留了下来，传达了当时中国作家协会副主席、作协党组书记邵荃麟同志的谈话精神。据冯牧说，我在《文学评论》上发表的谈梁三老汉的文章得到了作协领导同志（指邵荃麟）的肯定。冯牧自己也说：确实，中间状态的人物如果写得成功，同样会有很大的意义，决不可以低估；《创业史》的成就，现在应该进一步作出新的阐发。"

"知情人"说谢冕

在《"严"上还要加"严"》那篇写严家炎先生的文章里,说到在"文革"时期,我起草了有十来个人签名的大字报,批判他追随邵荃麟鼓吹写"中间人物"。"文革"期间,我批判过、伤害过的人,肯定不只是严先生。

1968年8月,军宣队、工宣队开进学校,接着就开展"清理阶级队伍"。那时流行一句话,说北大是"池浅王八多",很多暗藏的阶级敌人都还没有挖出来。中文系所有教员,都被集中到19楼,有家的星期六下午才能回家。白天学习,交代揭发问题,晚上九点在楼道列队,听管理教员的军宣队的训话,难忘的一句是"要把中文系搞得个鸡犬不宁,锅底朝天"。后来教师又都下放到各个班级,接受教育监督。然后,就不断有"反革命"(历史的或现行的)被挖出。周强先生被宣布为"现行反革命",是因为在学习会上读报纸的时候,紧张慌乱之中,将刘少奇错读为毛泽东。而研究方言的一位老师,听到刘少奇被揪出的消息,在宿舍里说了一句"真是宦海浮沉",被人告发,立刻就被挂上"现行反革命"的牌子,打上叉叉,拉出去批斗游街。

有一天,又说挖出了一个恶毒攻击毛主席、党中央的"反动小集团"。小集团的成员有严家炎、谢冕、曹先擢、唐沅等。严家炎、唐沅是教现代文学的,曹先擢则研究古代汉语。惊讶之余,纷纷打听他们究竟有什么罪行,却没有一点结果①。原因是"恶攻"("文革"中"恶毒攻击党中央、毛主席"的缩略语)的具体内容要严格保密,不许扩散。这样,便出现了荒诞的一幕:在全系或各班级召开的批判"反动小集团"的会上,发言者义正辞严地批判他们反动,却始终不知道他们"反动"在什么地方。

"小集团"揪出后的一天,工宣队师傅通知我到二院(那时中文系的所在地)开会,但没有告诉我是什么会。进了楼下中间的会议室,发现里边已经坐着十几个教员。虽然大家都很熟,互相却都不打招呼,空气沉重凝固。接着,工宣队的连长便宣布"知情人学习班"开始。说在座的,都和"反动小集团"的成员关系密切,一定了解他们的情况,要揭发他们的问题,和他们划清界限,不要一起掉进反动泥坑。又说这是一次机会,当机立断不要错过。说如果涉及"恶攻"的言行,具体内容不要在会上说,下来再写书面材料。

"知情人"?"知情人"是什么人?我是谁的"知情人"?这是快速掠过我脑子的问题。我想,我和严家炎、曹先擢等先生很少来往,唯一可能的就是谢冕了。谢冕读书时高我一个年级,本来也不认识,但1958年底1959年初,我们六个人在一起编写过《新诗发展概况》。留校后,他在文艺理论教研室,我在现代汉语教研室的写作组。经济困难时期,他还下放到京西的斋堂公社工作一段时间。记得1963年有一次我找过他。那时他是系教师党支部委员,我总在不断地争取入党,却总没有人理睬我,就"靠拢组织"地找他。听完我前言不搭后语的"思想汇报",他只是说了些"要继续努力"之类的不着边际的鼓励话。

---

① 很久以后,才得知他们曾私下对林彪、江青当时的言行有所议论,如认为林彪的一些说法,包括对毛泽东的评价有点过分,江青不该把家里的事情,当作政治问题在公开场合讲,等等。

但是"文革"发生后,来往却多起来了。学校开始分裂为两大派,我们既不愿如"井冈山兵团"那样激进,也不满意聂元梓一派的那种得势当权者的做派,七八个有点"中间骑墙"立场的教员,便组织了一个"战斗队";应该是谢冕的主意,起名"平原",取同情"井冈山",但又与之有别的含义。在激烈的运动中,这种"中间派"立场是左右不逢源的。因为是一个"战斗队",便常在一起开会,讨论问题,写大字报。可是,"战斗队"里有七八个人,为什么就我是"知情人"?想来想去,真的想不明白。

"知情人"的揭发会开了一个下午。断断续续有人发言,也不断有长时间的沉默。但主持人不理会这种沉默,坚决不散会。我是个不坚强甚且软弱的人,经受不了长时间这种气氛产生的压力,便搜肠刮肚地来想谢冕的"问题"。终于想出了两条。其中的一条,现在已经忘得一干二净。另一条,我说,有一次我们去天安门游行("文革"中游行是家常便饭),回校的时候,骑自行车从紫竹院公园穿过。天气很热,我们坐在湖边的树荫下休息。凉风吹过来,谢冕说,真好。他说有一种解脱的、身心放松的舒畅。还说,人和自然的关系其实很重要,可是我们不明白这一点……我一边揭发着谢冕,一边心里惴惴不安,便把自己也拉进去,说我和他有同感,赞同他的看法。然后我上纲上线说,这是我们对革命厌倦的情绪的流露,是一种消极的情绪。说完,我注意着会议主持人的反应,看到的是毫无表情;显然离他的期望相距甚远。会议最后他作总结的时候说,不要存在侥幸心理,别以为对你们的底细不了解,别拿些鸡毛蒜皮的事来搪塞!——我想,这些话里面肯定有我。

我沮丧地走出二院时,在门口,也参加会议却没有说话的另一位工宣队师傅(北京齿轮厂)走到我身边,用不经意的平淡语气说,"没事,不要紧的,别放心上……"这话出自工宣队员之口,当时很出乎我的意料,但也因此让我长时间不忘。

在 60—80 年代的政治风云中，谢冕的"反动""右倾""反马克思主义"，并不止这一次。"文革"中，他担任 72 级、74 级的教学工作，在"反右倾回潮"等运动中，多次受到批判。80 年代初支持"朦胧诗"，在"清除精神污染"运动中，还受到围攻，围攻者指责他的"崛起论"是"系统地背离社会主义文艺方向和道路"的"放肆"的理论，是"对马克思主义、毛泽东思想的严重挑战"。"清污"运动中，工作组进驻北大，中文系的文艺理论、当代文学教研室是运动重点，而谢冕应该是重点中的重点。他的这些遭遇，他所经受的困难、打击，我并不是很清楚，因为他很少详细谈过。"清污"运动中，他私下没有诉冤，也没有写文章公开检讨。事情过后，当"反动""受难"成为获取"光荣"的资本时，也没见他拿这些来炫耀。当我试图从他发表的大量文字中，来寻找他对自己这些经历的讲述时，找到的只有下面零星且笼统的片断：

> （文革）十年中，我曾经数次"打入另册"。随后，一边要我不停地工作，一边又不停地把我当作阶级斗争的对象。我个人和中国所有知识分子一样，无法抗拒那一切。……我只能在独自一人时，偷偷吟咏杜甫痛苦的诗句：不眠忧战伐，无力振乾坤！
>
> ……《在新的崛起面前》中我为"朦胧诗"辩护，……这篇三千字的文章所引起的反响，是我始料所不及的。它从出现之日起，即受到了激烈的、不间断的批判和围攻，其中有一些时候（如"反自由化"和"反精神污染"时期），甚至把这些本来属于学术和艺术层面的论题，拔高到政治批判的高度上来。①

---

① 谢冕：《文学是一种信仰》，《福州晚报》1999 年 1 月 4—31 日，转引自《谢冕教授学术叙录》，北京大学 20 世纪中国文化研究中心 2003 年编印。

1998年6月五院中文系门口,一次"批评家周末"结束后合影。第一排右三为谢冕,第四排右一为洪子诚。

80年代以来,我和谢冕同在一个教研室,我们的教学、研究,又都和新诗有关,所以来往也多起来。1985年前后,他开设《诗歌导读》和《当代诗歌群落研究》的讨论课,都要我去参加,我从这些课中受益匪浅。1993年从日本回来后,他让我参加他主持的"批评家周末"的活动,并加入他和孟繁华主持的"百年中国文学总系"的著作编写。他要我写1956年那一本,他为那本书起的书名是"1956:百花时代",还半开玩笑地说:"这一本本来是我要写的,我让给你了!"在和他的交往中,我看到了自己在学识、历史感、艺术感受力和判断力,以及对生活的热爱上与他分明的差距,我也知道有些东西是很难学到的。我们对当代历史、对新诗、对一些人和事的看法上有许多相通的地方,不过,也会有意见不合的时候。在这些时候之所以没有引发冲突,应该说主要是他的克制和宽容。在是非上他有明确的标准,但是对待同事和朋友却从不把这种标准当作"道德棍棒"随便挥舞，他总是说：要记住朋友的好处。

比如有一次的"批评家周末"讨论美国畅销书《廊桥遗梦》，他对这个小说的评价很高。我对它却没有什么好感，觉得是个"俗套"，而且我也从不喜欢过分感伤的作品，为了显示我与他的区别，我完全失去了平时讨论问题的态度，故意用了很极端的用语，几乎是在"糟践"这本书……谢冕不会不知道我的"诡计"，他没有表现愠怒，也没有上我的当，照样引导着正常的讨论。现在想起来，他的评价，可能和那时候他对"人文精神"失落的忧虑有关——他把对这个文本的阅读，加入了对严重的时代病症的思考。1997年在武夷山开诗歌讨论会，也发生过类似的事情，他认为90年代的诗歌普遍存在回避现实，走向对个人的"自我抚摸"的情况，因而提出"诗正离我们远去"这个有名的论断。在他发言之后，我在提问时说，闻一多40年代曾质疑艾青"太阳向我滚来"的诗句，说艾青为什么不向太阳滚去？现在我仿照闻一多的说法，我们总在埋怨诗离我们远去，为什么不想想我们在离诗远去，反省一下我们对诗歌的新因素缺乏认识、感受的能力和耐心？……事后我想，我的这个发言，可能有点离开了具体事物，把问题抽象化了……还有一件事是，1992年夏天我在日本教书的时候，得知这一年我的"教授"又没有评上，便十分恼火：从1990年开始，我已经申请了三年，我的几个学生辈的教师都已经是"教授"了，为什么总轮不到我？我消化不了心中的"委屈"和受挫的"怨恨"，便给当时任系学术委员的谢冕和系主任孙玉石写信。信写了些什么，现在已经记不清了，但肯定是说了不少"恶狠狠"的、故意要"冒犯"人的话。这种做法在我其实并非常态，所以一直觉得像是做了"亏心事"。1993年秋天回国的时候，我心里想，见面最好不再提起、解释这件事。事情果然正像我希望的那样，对此，我一直心存感激。

谢冕这二十多年来，为学术，为新诗，为新诗的当代变革，为年轻人做了那么多事情，费了那么多心血，自然获得许多人的爱戴、尊敬。但相信他也不会没有体验过"世态炎凉"。举个我亲眼看到的例子。十多年前，我和他到南方的一所大学去，那里的系领导奉他为上宾。再过几年，又到那所学校开学术会议，可能觉得他已经"过气"，没有多大"用处"了（他已经退休），就换了一副面孔，虽客气，但明显将他冷落在一旁，而改为热捧那些掌握着大小政治、学术"资源"的当权者。因为亲眼见到这样前后对比鲜明的冷热升降，我不禁忿忿然，但谢冕好像并不介意，仍一如既往地认真参加会议，认真写好发言稿，认真听同行的发言，仍一如既往和朋友谈天，吃饭仍然胃口很好，仍然将快乐传染给周围的人。

2005年初的冬日，北大新诗所一行到日本旅行。谢冕兴致很好，吃了不少他酷嗜的海鲜、"刺身"。在东京浅草寺的仲见世通，陈素琰急匆匆地跑来对我们说，快去劝劝谢冕，让他不要买那件衣服了，他也就是一时兴起。一打听，原来是他看中了一件日本传统的男士服装，价格大概是一两万日元。我反过来劝陈素琰，谢冕决定的事情劝是没有用的，况且，只要高兴就是值得。后来衣服还是没有买成，原因不是大家的反对，而是谢冕自己改了主意。

回到北京的第二天，谢冕打来电话，让我转告，新诗所的会他不能参加了。问原因，说"谢阅病了。""严重吗？""严重。""在家里还是在医院？""在医院。"看到他不愿再多说，也就没有问下去。我就把这个情况告诉了系的领导。

谢冕儿子谢阅我是知道的，小时候还带他到动物园玩。记得是"文革"前不久出生的。因为生日正好是国庆节，所以起名检阅的"阅"字。后来，另一位教员的女儿也出生在十月一日，谢冕又为她起名周阅。谢阅正是事业有成的盛年，是北京朝阳医院神经内科的骨干医生。很快就知道他患的是无法治愈的脑部胶质瘤。八年前，他到法国进修

洪子诚与谢冕，摄于 1968 或 1969 年。

的时候就已经发现，他自己就是从事这方面研究的医生，自然明白后果的严重。但是他一直隐瞒着，始终没有告诉谢冕、陈素琰，直到这次病情严重发作。谢阅不愿意让自己的父母受到打击，不愿意操劳一生的老人晚年还要担惊受怕；他知道在这个世界的日子已经不多，因此，他细心地为父母的晚年作了妥当的安排，这包括在郊区购置一处房子，那种有个小小的院子（这是谢冕多年的期望）的房子；谢冕在里面种了一棵紫玉兰……

在此后儿子手术、治疗到去世的艰难的时间里，谢冕坚忍地对待这突然事变的打击。他和陈素琰几乎每天都从昌平北七家，倒几次公共汽车到朝阳医院去陪儿子。他也仍答应、出席不知情的人们要他参加的活动。他同样写好发言稿，在会上认真发言。他在人们面前，从不主动提起家庭发生的变故。朋友问起，回答也只是三言两语。告别谢阅的时候，他一再叮嘱我们不要去。但系的领导、他的几个学生，和我们几个朋友，还是赶到朝阳医院。在那窄小的摆满鲜花的房间，谢冕拥抱我们每个人，但没有说一句话。他和谢阅一样，独自坚忍地承受生活中的打击。

在《北京大学当代学者墨迹选》(北京大学出版社1992年版)这本书里,收有严家炎、谢冕的墨迹。严先生引录李白诗句"狂风吹我心,西挂咸阳树"。谢冕写的则是培根的语录:"幸福所生的德性是节制,厄运所生的德性是坚忍,奇迹多是在厄运中出现的。"——这应该是他所欣赏甚至就是他所奉行的"人生哲学"了。以"节制"和"坚忍"来概括谢冕性格中的重要方面,应该是恰当的。他经历不少"厄运"。对待厄运,他取的态度是"坚忍";他对自己能够独自承担拥有信心,他也不愿意给别人带来麻烦和负担。他的生活中,又确有许多的幸福。他懂得幸福的价值,知道珍惜。但从不夸张这种幸福,不得意忘形,不以幸福自傲和傲人,也乐意于将幸福、快乐与朋友,甚至与看来不相干的人分享。

2008年6月

我和"北大诗人"们①

说起来,我和近二十年的北大诗歌,算是有一点关系,因此,本诗选的编者才会想起让我来写这样的文字。1977年,教研室筹划编写"当代文学"的教材,诗歌部分本应由谢冕先生来承担。但谢先生没有答应,这件事就落到我头上。既然写了教材的诗歌部分,接着上课也理所当然地讲诗。后来又开设"近年诗歌评述"和"当代诗歌研究"的选修课,且多次被谢先生拉去参加他主持的"新诗导读""当代新诗群落研究"的讨论课,这样,在有的学生的想象中,我便是和诗歌有"关系"的人了——虽然我不止一次地澄清这种误解,指出我对于诗确实还未真正入门,那也没有用。

于是,便不断收到各种自己编印的诗集、刊物。如坚持多年的诗刊《启明星》,如《江烽诗选》《未名湖诗集》,如四人诗歌合集《大雨》,等等。其中,影响最大的,当是出版于1985年的《新诗潮诗集》了,当然,收入的大都不是北大诗人的作品。五四文学社和另外的一些诗歌社团,也曾让我参加他们的一些活动,如一年一次的未名湖诗歌朗诵会(但大多我都没有参加)。我读着他们写的诗,但不系

---

① 本文为《北大诗选》序之一。

北大百年纪念出版的《北大诗选》,收 1978—1998 年间的作品。由臧棣、西渡编选。

老木(吕林)编选的《新诗潮诗集》上下两卷,作为北京大学五四文学社"未名湖丛书"之一种,内部印行于 1985 年初,在当时的诗歌界有广泛影响。

统。在这些诗面前,有过惊异、欣喜,也有过怀疑和困惑。但因为对自己的感觉和判断力缺乏信心,很少当面谈过对他们的诗的看法。有的诗读不懂,不知所云,碍于"师道尊严"的思想障碍,也未能做到"不耻下问"。

这二十年中在北大写诗的"风云人物",名字我大多知道,但人却不一定见过。而且,和见过面的北大诗人谈论诗的时间,这二十年中加在一起也不会超过四十分钟。我从未见过海子。西川是他毕业离校后很久,才知道他的长相的(有一次臧棣和他来到我的住处)。老木的见面是课后在"三教"的门口。他拦住我,兴奋地说他发现一个比北岛还棒的诗人(我猜他是指多多,后来的《新诗潮诗集》选了多多不少诗)。我认识蔡恒平时,他已在读当代文学的研究生。有一个学期,他和吴晓东跑来参加当代研究生的讨论课,并作了"当代文学与宗教"的专题发言,对顾城诗的"宗教感"推崇备至。1993 年顾城事件发生后,我不止一次想到这次发言,觉得如果蔡(这是他的同学对他的称呼)为此事受到打击的话,顾城至少要对此负责。王清平的毕业论文是我"指导"的,因此见过几次面。熏黄了的手指,可以见出他的烟瘾。文稿的字迹潦草得颇难辨识,每个字不是缺胳膊,就是少腿,佝偻病般地歪向一边。但对于"朦胧诗"退潮之后的诗歌现象的描述,却令我当时兴奋不已。我将这篇两万多字的论文编进"新时期诗歌"研究的集子,列入某著名批评家主编的丛书之中。在拖了数年之后,这套书连同王清平的清丽流畅的文字一并"夭折":想起来真觉得对他不起。褚福军也因为诗找过我。1989年夏天他毕业离校后,还几次到过我家;但却是与诗毫无关系的事情。他去世后,因为收到西渡编选的《戈麦诗选》,才知道他是戈麦。1983年三四月间,一次课间休息,一个男生对我说,他叫骆一禾,毕业论文想让我

戈麦去世后,西渡为他编的诗集。里面我读到这样的诗行:
   眷恋于我的
   还能再看一看
   看这房屋空无一人
   看这温暖空无一人……

"指导",是写北岛的。问他为什么不报考研究生,他露出调皮却优雅的笑容:"水平不够,不敢。"过了几个星期,稿子便在教室里交给我。在龙飞凤舞(或幼稚笨拙)成为当代青年书法时尚的当时,看到这整齐、清秀,自始至终一丝不苟的字体,叫我难以置信。长达三万多字的论文,上篇阐述他对于诗的看法,下篇分析北岛的创作。在我看来,研究北岛的文字,这一篇至今仍是最出色的。我期待着它的公开发表,却总是没有看到。最后一次见到骆一禾,是在80年代就要结束的那一年。那天,我和谢冕默默地站在蔚秀园门口,街上没有什么人。不久,从西校门里走出来三位学生,两男一女,女的手中捧着鲜花一束。在询问了我们的去向后,不再说话,也默默地站在我们旁边。一辆中巴把我们送到八宝山。来向骆一禾告别的人并不很多,但肯定都是觉得必须来的。他的脸上没有了那孩子气然而优雅的笑容,因此我感到陌

生。在他的周围，没有惯常的那种花圈、挽联、哀乐。一长幅的白布，挂着他的亲属、他的朋友写的小纸片、布片和手工纪念品，上面写着或温情或悲哀的语句和诗行。当这些被取下来准备与他一起焚化时，臧棣从裤兜里掏出一小块白布，展平揉皱了的折痕，也放在上面。这是毛笔画的正在飞翔的鸽子，旁边写的诗句，却没有能记住。西川和其他人拉着灵床走向火化室——

但那时我不认识西川，最后这个细节，是后来读了他的文章才知道的。那篇文章称骆一禾是"深渊里的翱翔者"。看来，画鸽子的臧棣和拉灵床的西川对于骆一禾的精神的描述，是这样的不约而同。那一天是1989年6月10日。街上几乎没有什么车辆，也没有什么行人。一个上千万人口的都市如此寂静，使人感到害怕。这种异样在记忆里，很长时间都难以离去。

上面讲的是有的北大诗人以为我和诗有关系的"误解"。下面要讲的却是我对这些诗人的"误解"。这方面的事例甚多，这里只举几则。

有一个时期，麦芒蓄着长发，大概是他当谢先生的博士生的时候。我对男人留长发有一种天然的反感，并总容易做出与"行为不检"（至少是"自由散漫"）等有关的联想。后来的事实雄辩地证明，我的这种守旧毫无道理，头发的长度并不一定与学问为人成反比，麦芒不说是品学兼优罢，行为举止至少也未发现任何不轨的征象。

前边讲到指导学生的论文，两次给指导一词加上引号。这是因为我确实没有指导过他们：没有讨论过提纲，没有再三再四的修改，送来的稿子几乎就是定稿。这使我做出一种判断，"诗人"们在"学问"上，也是可以信赖的，而且总是相当出色。因此，如果有"诗人"要我"指导"论文，我总是欣然应允。但后来发觉，任何绝对化的判断，都经不起事实的验证。也会有"诗人"的论文，让我十分头疼的时候。

北大诗人除了极个别的外，都会起一个甚至数个笔名。笔名大多是两个字的，如西塞、西川、西渡、紫地、海子、戈麦、麦芒、橡子、松夏、海翁、徐永、阿吾等等。这些眼花缭乱的名字，常让我伤脑筋。学生名册和记分本上自然找不到这些名字，而要记住郁文就是姚献民，西渡就是陈国平，松夏就是戈麦就是褚福军，野渡就是麦芒就是黄亦兵，还得下点功夫。不过，在牢记了它们之间的对应关系之后，倒觉得这些名字有着一种亲切。于是便想，诗名和诗情可能存在互动的效应。如果西川不叫西川而叫刘军，他会写出那样的诗吗？这虽是个无法验证的问题，但我的回答却是肯定的。况且，还未发现有取芯片、乾红乾白、大盘绩优股之类的作为诗名的，说明土地、河海、树木仍是北大诗人想象的源泉，大自然仍是他们心目中的"精神栖息地"。

诗歌朗诵会是北大诗歌活动的重要项目之一，但我却很少参加。部分原因，是在很久以前（那时，未名湖诗会还未诞生）的一次诗歌朗诵会上，因为位子太靠近台前，朗诵者那种经过训练的、夸张的表情、姿势和声调，看（听）得十分真切，使我很不舒服。有的诗，曾是你所喜欢的；经过这样矫情的处理，会增加你再次面对它的困难。但是，在一次偶然的情况下听到王家新（《帕斯捷尔纳克》）、欧阳江河（《玻璃工厂》）、西川（《致敬》）的朗诵之后，又发现我的看法没有根据。语调、节奏，有了声音的词语，将会"复活"在默读时没有发觉的那部分生命；如果朗诵者能把这种"生命"注入词语之中的话。

80年代是个各种潮流涌动的时代，诗歌在这方面尤其突出。在我最初的印象里，北大的诗人们也是一群弄潮儿，也是根据浪潮方向来作出艺术判断的。这种印象，不久就觉得不怎么正确。呼应与推动潮流自然是有的，也有必要，但也存在一种沉稳的素质，一种审察的、批判的态度。当大陆这边和海峡那边有的前辈诗人，以过来者的身份，批评他们的观念和写作过于"先锋"时，他们曾和这些前辈诗人发生过小小的冲突。而在把中国当代诗的创造折合为"谁是真正现代派"——这种诗歌意识兴盛的时候，他们中有人指出，这是"中国诗学和批评出现了判断力上的毛病：看不清创造"。同样，80年代风行一时的"反文化"的潮流，好像并不太为北大诗人所接纳。他们也许并不轻忽"语言意识"，但却坚持有着"精神地看待语言和只是物质地看待语言"的高下之分。

对于北大诗人的诗，我读得不很系统。原因在于存在一种根深蒂固的观念："校园诗歌"是一种习作性质的诗。这个判断所包含的意思还有：它们是狭隘的，缺乏"深厚"的生活体验的，"学生腔"的，摹仿性的等等。这种观念主要形成于五六十年代，那时，诗据说只能生产于车间、地头和兵营。因此，在编写教材和"当代诗史"时，我"系统"地读过50—80年代许多诗人的值得读或不值得读的诗集，却没有"系统"地读这些被称为"校园诗人"的诗，其实它们之中有不少是值得读的。这种"判断力上的毛病"，我已觉察到。不需援引汉园三诗人的例子，不需援引西南联大诗人的例子，也不需援引台湾现代诗写作者的例子。就在这册诗选中，也能看到80年代以来大学诗歌写作实绩的一个侧面。别的什么理由都暂且放在一边。在今天，坚持诗的精神高度和语言潜力发掘的写作者，仅靠一点才气，一点小聪明，一点青年人的热情和敏锐感觉，是远远不够的。我很赞同这样的意见，"一个诗人，一个作家，甚至一个批评家，应该具备与其雄心或欲望或使命感相称的文化背景和精神深度，他应该对世界文化的脉络有一个基本了解，对自身的文化处境有一个基本判断"。这话出自一个"北大诗人"之口。通往这一目标自然有多条途径，而大学的背景，肯定不是达到这一要求的障碍。在今日，有的诗人创作的狭隘和停滞不前，恰恰是发生在文化背景和精神深度的欠缺上。

1998年4月6日，北大燕北园

(《北大诗选》，中国文学出版社，1998)

祝贺曹文轩的四条理由[①]

2003年刚过12天,在海淀万圣书园的咖啡厅里,参加《曹文轩文集》(作家出版社2002年版)的首发式。向他表示祝贺,至少有四条理由。

出版文集的曹文轩,今年应该是四十几岁,但成果却已如此丰厚。文集共有九大册。事实上,他的许多作品还没有收入。记得我在他这样的年龄时,吭哧吭哧好不容易才出第一本书,是谈当代文学的"艺术问题"的。那本书印数不多,且不出三五年,便摆在打折的地摊上(还让学生从那里替我买了几本)。所以,祝贺的头一条理由,是他如此年轻,却如此大有作为。

在印象里,中国当代男作家,和研究现当代文学的学者,长相大都乏善可陈。因此,文坛上有"美女作家"的称号,却没有公认的"美男作家"。不过,曹文轩(以及另外的极少几个)倒是例外。前些年,他改编《草房子》的电影得了奖,北京的某报发表他领奖时的大幅照

[①] 首发式隆重而热闹。王蒙先生,京城的不少作家、批评家、北大中文系的先生,以及曹文轩的许多好友、学生,和慕名而来的读者,济济一堂。因为发言的人很多,在会上我只念了"四条理由"之中的前两条。

片(好像是现在当县长的牛群的作品):拿着金像,双手高举过头,潇洒而灿烂。这时,也会如汪曾祺先生在《羊舍一夕》中写到的那样,想起《三家巷》第一章的那个标题。因此,虽是男作家和现当代文学研究者,却长得很帅,这是祝贺的第二条理由。

  我们中文系出身的人,开始的时候总是想当作家、诗人。"众所周知",结果是大多数人希望破灭。大学一年级,我也写小说,写诗。同班同学刘登翰读过,半天沉默无言。经过这样的无声打击,再想继续下去就很困难了。其实,就连才华横溢、极富诗人气质的谢冕先生,上大学之后也不再写诗(除了献给陈素琰、至今秘不示人的情诗外),改为诗歌批评和研究。在我们,这都是不得已的事。而这二十多年来,曹文轩却小说、散文写作和学术研究两不误,并一直保持甚佳的状态。在中国现代文学史上,既是作家又是学者的,其实并不罕见;尤其是三四十年代被称为"京派"的那一群。不过,"当代"的一个时期,作家和学者的分离则成了普遍事实,以至王蒙先生80年代初有了"作家学者化"的呼吁。从一般道理说,学术研究和文学写作应当能够互相促进。不过,具体到一个人身上,情况可能多种多样。闻一多、朱

英俊而潇洒的曹文轩先生。

曹文轩和他的同事们：（左起）贺桂梅、谢冕、张颐武、魏冬峰、邵燕君、高秀芹、曹文轩、洪子诚。（李杨摄于2005年10月）

自清先生都既是诗人，又是学者，但又都是诗人在前，学者在后。卞之琳先生在研究英国文学，何其芳先生在研究文学典型和《红楼梦》期间，都还写诗，但诗又都远不如以前的好。当然，我们无法知道是学术损害了诗情，还是清醒到诗情离他们渐远而改事学术。叶圣陶先生开始是小说家，在成为教育家和语文学家之后，便不再写小说。当他50年代以语文学家的眼光修改他自己还未当上语文学家的小说（《倪焕之》）时，似乎失多于得。在曹文轩那里，这两者却似互不妨碍。小说写作，小说艺术思考，看来有助于他文学研究基点的确立；反过来，学术思考，也提升了他写作的境界和方法。他的小说写作理论研究（《小说门》），他的中外文学经典的解读，还有文学史性质的著作（《中国80年代文学现象研究》《20世纪末中国文学现象研究》），这三者，有一致的基点，这就是对"文学性"的信心，和对艺术"本体"的关切。因此，在文学史写作上，他强调的是文学性，而非文学史。他批评目前大量的文学史写作者在"错误地写作文学史"。基于对"纯正"的文学的信念，他对20世纪的中国文学图景作出具有独特风貌的描述。他关于中国当代文学是一个"不可动摇的概念"和"不可忽略的价值体系"的说法；关于当代文学在若干方面"已赶上或超越了现代文学"，但当代"确实没有"高大、丰富的作家的意见；他对目前成为主流的"文化研究"的质疑，和对着眼于揭示"艺术奥秘"的"文学研究"的坚持；他针对文学批评笼统概括趋向的提醒，和提倡对细节、微妙、差异的体察……尽管这样的声音在目前并不居"主流"地位，却应得到我们的重视。因此，不仅写小说，而且做学问，"两手抓，两手都过硬"，是应向他祝贺的第三条理由。

这二三十年的生活，如果说有什么显著特征的话，那便是变化多端。"重建""复兴""拨乱反正""把颠倒的历史再颠倒过来""还事物本来面目"，等等，是我们这个时代的关键词和流行语。我们追随过革命（曹文轩赶上了"革命"的尾巴），又"告别"过革命，今天又点燃了对"红色岁月"的温馨记忆。我们信奉过"文艺是阶级斗争的工具"，又在"为文艺正名"的浪潮中，想让文学回到"自身"，而现在，又觉得所谓"自身"和"纯文学"不过是神话，因为到处都是权力和资本所构成的"政治"，我们如何能够逃遁？我们强调过表现"重大斗争"的宏大叙事，随后改为信仰"日常生活"，如今好像又为对"日常生活"的膜拜忧虑。基于对"理性""主体性"的信任，我们曾坚信世界的"整体"性质，和人对世界"本质"把握的可能性。但不久，"整体性"被证明是虚幻的，我们改信了有关世界平面化、碎片化图景的描述。作为一种象征或一个阶层，"知识分子"在当代曾声名狼藉。不过在80年代，启蒙的精英意识又复活、拯救了"知识分子"的信心。而现在，"知识分子"又开始成为人人避之唯恐不及的词。……在这种风云变幻中，曹文轩有自己坚持的主张。他也吸纳新的知识，也思考社会现实，但如他所说，并不左顾右盼，不盲目追随潮流。他坚信存在着超越时间、空间的"本源性"的东西，如"人性"，如"美"。他坚信"文学"自有其边界，"文学"和"非文学"，真正的文学史和"伪文学史"，可以清楚划分。"真正""纯正""永恒"等，是他经常使用的词。因此，在历史观上，透过显眼的"断裂"，他认为更本质的是历史的连续。他不认为"时间"具有绝对的意义，说是"在昨天、今天、明天之间"，"绝无边缘"。这些自信，既体现在他的小说中，也构筑了他研究文字的总体框架。在社会急剧震荡，以及普遍性的思想危机之中，这种对"本质"和"普遍性"的信仰，也许是另一条值得我们耐心寻找的路。现在，人们又开始谈论重建"整体性"的可能，而我却发觉，不论是何种强力黏合剂也已无法修复自己的思想碎片。在这一令人沮丧的时刻，对照起信念始终坚定的曹文轩来，真觉得让人羡慕，这是向他祝贺的最后一条理由。

他们都"曾经北大"

"曾经北大"是一套丛书的名字,第一辑[1]有这样的六种:

  杨　早:《笔墨勾当》
  郑　勇:《书生襟抱》
  吴晓东:《记忆的神话》
  橡　子:《王菲为什么不爱我》
  余世存:《我看见了野菊花》
  迟宇宙:《声色犬马》

这一辑的六位作者都是中文系出身,因此并不陌生,有的还可以说十分熟悉。这里面,吴晓东是最有"资历"的了,1984年入校读本科,和1998年读硕士的杨早,在与这所大学的关系上相距14年。郑勇也熟悉,最近因为出版我的《问题与方法》,多次见面。余世存也是认识的,那是多年前的事了。橡子应该也见过面,不过是在开会的

---

[1] 新世界出版社2001年版。2002年出版了第二辑,有臧棣《新鲜的荆棘》等九种。

时候。他参与策划编辑的《北大往事》，在前些年那场闹得轰轰烈烈的一百周年校庆的大量出版物中，是少数的令人难忘的一种。迟宇宙最年轻；据他说，他在南方的报上开专栏时，有的学问家就对他"大学刚毕业就开专栏"表示了不满。

　　翻读过这六本书，最先想到的，其实与这些书都无关。像我们这些过了六十岁的人，见面会被人称为"先生"（到农贸市场买菜，"先生"之上还会加上"老"）。参加什么研讨会、首发式，按照官职、知名度、年龄大小等因素综合考虑，会被安排在前排或靠近前排的地方就座。会让先发言。会让先举筷。会让先退席。然而，除了一些学养深厚、精力旺盛者（这样的人当然不少）外，我们已经在或明或暗地走向衰败。词就是那几个词，句子总是那些句子。内心的喜悦、怨恨、缠绵、悲伤都已十分淡薄。"回忆"也因为没有鲜活体验的激发而落满灰尘。许多书，已经没有精力去读；许多路，已经无法去走。也去旅游，却难有这样的期待："有许多我从未见过的风景，有我所不曾认识的人性在等待着我，那才是岁月赐给我的圣餐"（橡子）。那些说不出名字的事物已经不能让我们"疼痛"。面对壮丽的景色我们也会静默，但已分不清是由于内心的震撼，还是漠然的毫无反应。

　　因而，在这些书里，最让我感动的是"如还未收割的稻子一般新鲜、朴素、直截了当"的思绪，是对于个体的思考、经验的"合法性"的自信。而它们中某些篇什的不足，我也首先会从这个方面感受到。郑勇、杨早集中收入的，主要是书评、书话和读书札记。和他们一样，我也神往于那种简短、"直截了当"的书评文字。我们心中好像都存有《咀华集》那样的标尺。这次杨早的书评集中起来读，才意识到他有那么多的不绕圈子的好见解。他品评的那些书，一些是我读过的，但大多没能像他那样敏锐地抓取其中的"关节"。郑勇的追求（"襟抱"）略有不同。他的寻求、他的褒贬有更多的书卷气、文化味；有学问的根底，有雅致的境界。事情总是有得有失，他因此有些拘谨，有时在评述对象面前难以放开手脚。余世存收入的文章"多是写人"的。写到的人主要分为两类。一是在八九十年代思想界的一些知名人士，另一是以前或现在处于"边缘"地带，但他认为对中国文化应该是很重要的。由于这样的选题，他的谈论比起其他五位，就要显得重大甚至严重得多。他当然要涉及这些年知识界的重要话题，并和"大的生存（经验、共同体）结合起来"。我对于90年代知识界的分化等状况，对于"自由主义""新左派""民族主义"等的论战的了解，属于一知半解的程度，只是有时迫不得已有一些情绪化的反应。因此，余世存集中的一些文字，重新引起我对这些问题的思考和反省，给我理清原先杂乱无章的想法的可能性，这应该感谢他。他使用的也是一种自信而"直接"的文字，读起来令人神旺。他的诗并不十分出色，这是因为他想用诗来讲出他的思想，而这些思想他已经用散文讲得很好。

在这些书中，吴晓东的一本比较特殊。它们并非随笔性质，而属于与学术论文更接近的文体。我知道他在北大开设作品分析课，很受

"曾经北大书系"第一辑中的两本。

学生欢迎。集中的这些，应该与他的讲授有关。他选择的都是名篇，在一个经典贬值的时代仍坚持对"经典"的崇敬：普鲁斯特、博尔赫斯、昆德拉、鲁迅、废名、沈从文、张爱玲等。他强调诗学范畴的提炼，只有建立在文本的细读之上才能获得创见，并坚持"坚守文学性的立场"是文学研究者言说世界、直面生存困境的基本的、不可替代的方式。这种声音，现在已不很常见，但确实很珍贵。他的审美阐释细致绵密，不紧不慢，却往往能到达他所称的"原点"，这也是一种我所向往的"直接性"。

在吴晓东的阅读、分析中，在他的语汇里，"诗意""诗性"等是重要的基点。这在橡子，在余世存，在郑勇的书中也能经常发现。与此相关，在人的日常生活中，"无意识的回忆"（吴晓东），"隐秘的触动"（橡子），"瞬间的感动"（余世存）都是他们重视的无限的财富。这些书的作者，都是些"过早读书""过多读书"的读书人。有的"见识过"闭塞、贫穷，有过一些挫折，但也会夸张这种挫折；有的有过多的"内心风暴"，所幸是不沉溺于这种"风暴"；大多敏感、坚强，但也可能有脆弱的一面。他们能嗅见合欢花"幽暗神秘"的气味，能正视自我"内心的恐惧"。对自己的知识、才情感到骄傲，但对这种骄傲有所警惕。坚持自己的存在必须"有所附丽"，但生活位置的设定又表现得比较低调。写作是他们最主要的事情，但有时也明白它的限度。另一个重要的特色是，年纪轻轻，却会经常讲"年轻时"如何如何，似乎已饱经风霜……

在这套书每一本的封底，都印有从书中提取的一段文字——大概是作者（编者）所看重的。引几则在下面，不知道能不能从中发现，这个"曾经北大"的教育背景究竟带给他们些什么：

> 书生之迷恋书卷，想穿了，说白了，也与嗜茶贪酒，或者烟瘾以至毒瘾难以戒除，并无二致。聚书之举，又与集

邮、藏名人字画假古董，乃至聚财，并无本质区别……

（《书生襟抱》）

每一种思想都已有人表达，每一种立场都已有人坚守，每一种价值都已有人崇尚，每一个领域都已有人开拓。剩下可以做的，是择一而从，在一长串的名单中添加一个名字，或者变成一个委琐的相对主义者，在各种理论旗帜之间茫然游走。

（《纸墨勾当》）

故老相传的故事过去了很多年，青春期的焦虑也慢慢过去，我现在很怀念那些受伤的情敌们，他们就像些喜剧演员，为平凡生活增添了不少魅力。

（《声色犬马》）

普鲁斯特告诉我们，每个人其实都是自己的囚徒，是自己的过去以及记忆的囚徒。除此之外，没有任何其他什么东西能够囚禁我们。过去就是一个无形的囚笼，但它与有形的囚笼的区别在于，它使人自愿地沉湎其中，却又似乎无所伤害。因此人们很少对它警惕。而在所有的美学中，记忆的美学无疑是最具蛊惑性的。

（《记忆的神话》）

"艰难的起飞"

这是出版于80年代初的有名的长篇小说的名字，拿它来描述我去日本的经过，大概也是合用的。

现在出国，自然是比较容易了。不过，即使是在80年代末和90年代初，普通中国人出国，也还不是件容易的事。我任职的学校，常有教师出国讲学访问，参加学术会议。他们对此体会颇深。一句常被转述、重复的话是：等到你手续办齐可以成行时，你都不再想走了。当然，走还是走了的，这不过是形容办成这件事的繁难。

1990年9月，我接到从国家教委转来的，到东京大学教养学部当"外国人教师"的通知。和其他人一样，便按部就班进入办理手续的烦琐、冗长的过程。填各种表格，检查身体，政审，准备各种材料；从学校人事处，到外事处，到教委……当这一切还在进行的时候，1991年春，突然病倒了，无法坚持日常的工作。这时，距离东大规定的报到日期（3月底）只有一个多月时间。我估计我的身体，没有三四个月时间不可能恢复，没有办法，只好请系主任给那边打长途，告知这一情况。这下便打乱了对方的教学安排。在无计可施的情况下，教养学部的中国语教研室只好让已准备离任的另一位中国教师（他是上海外国语大学的）再延长半年。而此时，那位教师需从海路运回的行李，已由日本的日通运输公司发走。好在行李还未装船，便由东大租用港口仓库，暂时寄存起来。

到了5月份，身体渐渐转好，便又开始办手续。经学校人事部门向教委询问，被告知以前做的都不算数，需重新开始。于是，让东大重新发来邀请信，又一次查体，政审，准备各种材料，填各种表格；再一次从这个部门，到那个部门，从这一机关，到另一机关。一次次看到或友善，或冷漠，或傲慢的各种面孔……到了8月中旬，终于拿到了护照。这时，最要紧的一项，便是签证了。因为是3个月以上的"长期滞在"，签证便比较麻烦。同事建议说，如果在中国办，费时费力，最好是请东大教师，直接到东京入境管理局去办，将"资格认定书"寄过来，再到日本驻华机构签证，这叫"反签"。

"认定书"到了9月下旬的一天才收到。显然，按规定日期（9月30日）报到已不可能。当天下午，便立刻赶往学校外事处，请他们送教委，因为"因公"出国，不能由个人去使领馆办。外事处说，这星期已去过教委，不会再去了；如果你着急，你自己送去。第二天，便跑到教委办理护照、签证的办公室，却被告知，我们只接待"单位"，不对个人。无论怎么说也没有用，要我回学校把材料交外事处，再转给他们。最后，终于有教委亚非处的同志讲明开学在即，希望能通融、照顾一下，这才算把材料留下，说是等星期一送到日本领事馆去。

但星期一是9月30日，第二天就是国庆节。打电话一问，教委只上半天班，护照处往各使领馆送签证材料的例行工作，也取消了。这件事等过了国庆再说。这期间，东大教养学部与我联系的教师，三番五次来电话询问手续办理情况，说无论如何，一定要在正式上课之前赶到，否则会影响几个班的教学，并说，如果经济舱的机票实在订不到，头等舱的也可以。但因为签证办妥日期无法确定，也不敢贸然订票。

国庆节后，教委亚非处在电话中说，材料已送去，请放心；12日肯定可以去，就订12日的机票好了，这样不至影响14日的上课。但是，等到去订票时，发现各航空公司飞往东京的各航班，10月18日以前的票均已售罄。当然，按照一般理解，所谓"售罄"，其实并非就没有票；而按照一般的做法，便是看看有没有"后门"，好从与当时处于垄断地位的"民航"有关系的人中想想办法。虽然花了许多力气，却毫无所获。一位刚毕业不久在民航宣传部门工作的学生得知这一情况，最后帮我从日航那里，订到一张机票。

本来说签证10日肯定能办妥。但到了那个时间，则说已不可能；不过12日肯定可以拿到。但是，飞机却是下午3点一刻起飞，这可怎么办？对于我的"一筹莫展"，还是教委亚非处的那位小姐给我"开导"，解决这个难题：你12日上班前到我们这里来，坐护照处的使领馆办签证的车，一拿到签证，就可以马上走。我想，这个主意真是不坏。

于是，我便把行李打点完毕。因为要在异乡生活两年，东西自然不会少。我对家里人说，12日那天，签证一拿到，我打电话，你们就带着行李赶往机场，我们在机场见面，我就不回家了。

那天，起早赶往西单教委，跟在那位板着脸孔也不讲一句话的办事员身后，他走到哪儿，我就跟到哪儿。在坐上他的车后，他在前座冷冷地甩过来一句话："临上轿现扎耳朵眼。"这当然是说给我的。我也忍不住了："事情能怪我吗？我的护照在你们这里就办了两个月！"这回，他似乎无话可说，大家便保持开始时的沉默。

车先上外交部。在拐上长安街时，就遇上堵车。到外交部时，已经9点多，然后再到亮马河畔的签证大楼。在河边等了一阵时间，那位办事员从大楼出来了，说，签证他们正在做，大概要中午才能做好；我们（指他和司机）还有别的事要办，你在这里等，我们11点半过来。我一想，糟了，今天肯定走不了了。机票的事只好等一会儿再说，首先得赶紧通知家里，让他们不要去机场。

但是，在那个年头，北京街头找一部公用电话，尤其不是在商业街，真是难上加难。大街上各机关、公寓门房的电话自然是"概不外借"，绕了许多街道、小巷之后，终于在一位好心人的指引下，在一爿卖杂货的小店里，如获至宝地找到公用电话。

中午快1点时，已签证的护照终于拿到手里。教委的那位办事员忽然有了同情心，问我上哪儿。我说到建国门外的长富宫退机票。"捎你一段吧！"他们要上美国领事馆。到了日航办事处，已经快2点了。按当时规定，距飞机起飞只有一个多钟头，办理退票或改签都是不可能的事。但是，日航的办事员听完我的陈述，脸上虽露出不快的神色，还是同意我提出的改签的要求。不过，13日的机票没有了，只有14日的。14日就14日吧，有什么办法？

回到家里，家里人安慰我：这样也好。他们信奉这样的说法：匆促勉强的旅行，不是让人放心的旅行。

一切烦人的事终于有了终结。14日下午1点多，告别送行的家人、学生，通过边防检查之后，多月以来的劳累，由于神经松弛而释放。在候机室，昏昏沉沉半睡半醒等着登机。但是，快到3点了，却不见动静。周围的乘客流露出烦躁不安的神色。有的人便走出走进打听消息。不久，便有两位服务于日航的中国青年，用手持扩音机呜噜呜噜说着什么——乘这架飞机的，大多是日本人，且是有组织的旅行团，因此他们讲的是日语。说完日语，不见有用汉语再说一遍的打算。我们这些不明白其中底细的中国人，便围上去询问。于是被告知，飞机出了一些故障，起飞时间要推迟。问推迟多久，说是说不好，大概5点吧。过了几分钟，显示牌上便出现一行红字，飞往东京的航班推迟到4点50分起飞。

快到4点半的时候，那两位青年人又出现了，又呜噜呜噜讲了一番。看看显示屏，起飞时间改为6点半。这回我们也不用过去问，便坐下来等待那"6点半"。在快要6点时，周围又发出一阵喧哗的声响。

随着大家的视线，隔着候机厅的玻璃窗望出去，当初好好地停泊在那里的那架日航波音飞机，这时缓缓滑行，转向，消失在看不见的地方。接着就又一次宣布，很对不起了，飞机的故障今天没有办法解决，为了旅客的安全，起飞时间改在明天上午，敬请诸位原谅，我们会妥善安排诸位的食宿——这些，当然也都是用日语说的，由于讲话声调、语气颇为谦恭，充满歉意，我便想当然地使用了"对不起""敬请"之类的词语。待到我们说汉语的过去问时，就没有那样的好声气了，听到的回答是：今天飞不了了！明天再说！会安排住的！

这时，办事人员便把那些日本人领出候机厅。我想，不必再去一一打听，跟在后面准没错。便提着行李，尾随其后。于是（这是这篇文章最后使用"于是"这个词），便出"关"，注销若干钟头前出境的签注，领回"出境证"（当时出国要办理"出境证"），然后，乘坐日航租用的大巴，住进了离机场不算远的新万寿饭店。

吃过晚饭，在房间里给家人拨通了电话。女儿在那边高兴地问："一路平安吧？对东京有什么印象？"我回答说，平安倒是平安，就是人还没出北京。听完我的解释，愕然的那边便爆发出一阵大笑。这确实是件快乐的事。想想，能遇上这样颇有戏剧性的事情，这辈子也就不算白过了。

当飞机第二天中午在成田机场降落时，我这时才敢肯定，这趟旅行算是真正实现了。东京正下着瓢泼大雨。在候客厅里，见到来接我的两位东大的先生。他们说昨天已来过一次。想到他们中的一位家住东京西面的多摩市，驾车到成田机场往返需4个钟头，心中便涌起一阵歉意。只好连声对他们说："对不起，真对不起了！"

教学与科研纪事

2002年开始，北京大学二十世纪中国文化研究中心[①]陆续内部出版了"学术叙录丛刊"，为中文系研究二十世纪文学的一些已退休的教授编辑出版学术叙录。先后出版的学术叙录有乐黛云、谢冕、严家炎、孙玉石、孙庆升、孙玉石、钱理群、洪子诚等。这是我为学术叙录编写的"教学科研记事"。收入本书时有少量修改。

1956年9月考入北京大学中文系文学专业。在校期间，听过游国恩、王力、高名凯、杨晦、吴组缃、林庚、朱德熙、冯钟云、林焘、杨伯峻、王瑶、萧雷南、吴小如、吕德申、朱家玉、甘世福、乐黛云、彭克巽、许大龄等的课或讲座。1956年到1957年下半年，课程安排比较正常，学习也比较系统。到1958年开始，便有接连不断的政治运动发生，原先课程安排被打乱。有的课被取消，有的则时断时续，支离破碎。从1957年到1960年，先后参加过鸣放、反"右派"、双

[①] 这个研究中心做了不少事，组织多次国际学术研讨会，出版《现代中国》的学术集刊，出版"二十世纪中国人的精神生活"丛书……在生存十多年之后，因为得不到经费的支持而自动消失，《现代中国》也已停办。

反红专辩论、大跃进、除四害等运动。参加过十三陵水库劳动。参加过"拔白旗、插红旗"的批判"资产阶级权威"的集体科研。开展勤工俭学活动。在平谷、密云麦收、深翻土地。在北大操场炼过"钢铁"。1960年冬在平谷参加反右倾的"整社"运动。

1958年冬到1959年1月，在《诗刊》社副主编徐迟先生倡议下，与谢冕、孙玉石、孙绍振、刘登翰、殷晋培一起，在北京和平里作协宿舍集中一个多月，编写《新诗发展概况》，用"主流"和"逆流"的道路斗争二分法，来编写五四以来的新诗。我负责编写第三章30年代初的诗歌部分，刊于1959年的《诗刊》。

1961年7月大学毕业，留校读研究生。后因研究生名额压缩，1962年初重新分配，留在中文系汉语教研室写作教研组教写作课，见习助教。教研室主任是王力先生，副主任朱德熙先生负责指导写作组工作，写作教学组组长是姚殿芳。姚先生好像和朱德熙先生他们都是西南联大出身，我们每周一次的教学小组会，经常在她的中关园家里开。那些平房80年代后陆续拆除。

1963年7月，见习期满转为助教。到"文革"之前，在中文系和文科其他系教写作课，讲写作知识，分析作品，批改作文。因为写作课被看作没有专业方向，批改作文等工作负担又重，许多教师不安心，我也是这样。猜测为了"稳定军心"，《北京大学学报》破例发表我的不像学术论文的"学术论文"：《〈社戏〉的艺术技巧》；写作教学组还为此组织讨论，说明写作教学也是有"学问"的。

1965年8月到次年6月，与中文系63级学生到北京朝阳区小红门公社参加"农村社会主义教育运动"（"四清运动"）。被分在小红门公社肖村大队，在完全不知道"监察"是什么意思的情境下，被委任为大队工作组的"监察组长"。

1966年6月"文革"开始，回校参加运动。经历"6·18"的令人震惊的场面。运动中也参加"战斗队"，和谢冕等组织"平原战斗队"，取游离于两派的意思。运动中不断批判、检查自己,也批判别人。印象较深的是贴大字报批判严家炎先生有关"中间人物"的观点。期间(1967年春夏),为"校文革"派遣,与中文系几位先生一起,住到王府井灯市西口黄图岗的中国作协宿舍,与"中国作协造反团"合作编写《文艺路线斗争大事记》。"大事记"刊登于作协造反团主办的《文学战报》,并印制单行本。

1969年10月底,与北大一千多名教师乘坐"专列",赴江西南昌县鄱阳湖边的鲤鱼洲北大"五七干校"劳动。先后担任七连(中文系、校医院、俄语系、图书馆系合编)的"打柴班"(供应伙房燃料)、"大田班"(种植水稻)班长。在宜春老农指导下,种过三季水稻。开过手扶拖拉机:两次开进水渠,一次从鄱阳湖大坝翻下。因"只顾自己安危",未能挺身保护国家财产的拖拉机,在场部作过检讨,受到场部通报批评。干校两年,除了思想改造的政治学习材料外,几乎没有认真读过一本书。

1971年夏秋"干校"撤销时,被派往南昌火车站当搬运工:将干校物资、收获的稻谷装上火车。10月回到北京。到第二年夏天,在学校后勤劳动:为江西运回的稻谷脱粒,在西城区街道清运挖防空洞留下的渣土,在学校冬季锅炉房烧取暖锅炉,在图书馆工地当小工。

1972年夏,回中文系参加教学工作。先后随中文系72级、73级学生到京西门头沟煤矿、东方红炼油厂(现在的燕山石化总厂)劳动、"开门办学"各半年。期间,1974年,被中文系派到北京东城区文化馆协助群众文化工作半年,住在西总布胡同的文化馆内,据说那里曾是李鸿章的家庙。之后,1976年唐山地震后,和73级学生到灾区"开门办学",在开滦煤矿劳动清理地震废墟,采写抗灾英雄事迹。在唐山时遇毛泽东去世,通知返校,后告知"四人帮"被揪出。

1977年初,中文系认为写作课无法解决学生的写作问题,写作教研组取消,教师另选择专业方向。应筹建当代文学教研室的张钟、谢冕先生之邀,加入当代文学教研室。与张钟、佘树森、赵祖谟、汪景寿一起，编写当代文学史教材《当代文学概观》（出版于1979年，1986年修订版改名《当代中国文学概观》），负责诗歌、短篇小说两个部分。并在1978年，与张钟等集体为77、78级学生开设"中国当代文学"课程，也讲授诗歌和短篇小说。

1979年，费时颇多撰写的第一篇"学术"文章《关于对"写真实"的批判》，在被两家杂志退稿后，承蒙人民文学出版社《新文学论丛》编辑不弃，被选用。1980年4月，第一次参加学术会议：在南宁召开的全国诗歌讨论会。会上关注和争论的主题是对"朦胧诗"的评价，而我提交的文章则与此完全无关，是讨论田间诗歌艺术的"象征"，和部分街头诗真伪的问题。

1980年起到2002年，在中文系为本科生讲授当代文学基础课近10次。开设的选修课主要涉及当代新诗研究和当代文学思潮等方面，后期的课程，则关注当代文学史研究的问题与方法。

1986年8月出版第一本学术著作《当代中国文学的艺术问题》（北京大学出版社）。当年开始指导硕士研究生。先后指导的硕士研究生有臧力（臧棣）、董瑾、陈顺馨、张慧敏、周亚琴（周瓒）、贺桂梅、朴贞姬、冷霜、赵锦丽、崔容晚等。同年开始至90年代，任中央广播电视大学中文系当代文学主讲教师，在孟繁华、李平的领导下，参与当代文学大纲编写修订，当代文学史教材编写，录制讲课视频。一位看过我讲课视频的南方朋友评价说，为什么讲得这样古板、没有趣味啊？

1988年，由于张钟先生赴澳门东亚大学（现澳门大学）筹办中文系，便接替他担任当代文学教研室主任。原来张钟承担的"20世纪中国小说史"50—70年代部分，也转给我负责。该项目属国家社科课题，由严家炎、钱理群主持，参加者还有陈平原、吴福辉、黄子平。这个项目到现在，完成、出版资料部分5卷，小说史正文部分则只出版陈平原撰写的第一卷，其他5卷（包括我负责的在内）却至今没有完成，今后恐怕也难觅踪影。

1989年，社科院文学所的杨匡汉先生问我是否有书稿加盟他们的"新世纪文丛"，便从当代文学课程的讲稿中整理出若干部分，名为《作家的姿态与自我意识》。此书主要讨论60年代文学的问题，由陕西人民教育出版社出版于1991年。

1991年10月至1993年9月，在日本东京大学教养学部任"外国人教师"，主要课程为初级汉语。虽然潮州方言浓重，an/ang, en/eng, in/ing大部分时间无法区分（现在电脑仍需要选择"模糊音"输入），却敢去教学生讲普通话。好在东京大学中国语教室主任传田章教授说，"不要紧啊，有日本学生讲潮州口音的汉语也很不错嘛"。除汉语外，也和刈间文俊先生合作，给高年级学生和研究生讲"中国当代文学"专题课三个学期。讲课讲稿，经整理修订后，以《中国当代文学概说》的书名，1997年由香港青文书屋出版。这可以看作后来的《中国当代文学史》的雏形。

1993年出版《中国当代新诗史》（与刘登翰合著，人民文学出版社）。全书完稿于1989年，由于学术著作出版困难，也由于涉及诗人北岛等章节的处理，拖至1993年才得以出版。十多年后又由北京大学出版社出了修订版。

1993年10月从日本回国后评为教授。次年获得指导博士研究生资格。名下的博士研究生有刘圣宇、周亚琴（周瓒）、贺桂梅、朴贞姬、萨支山、胡旭东（胡续冬）、钱文亮、曹慧英、刘复生、张雅秋、冷霜、金孝枍、都银妊。

1994年参加由谢冕、孟繁华主持的丛书"百年中国文学总系"的项目，选择若干重要年份，来检视20世纪中国文学历程和问题。我承担的是1956年，书名为《1956：百花时代》。该丛书1998年山东教育出版社出版。参加者除谢冕、孟繁华外，还有程文超、孔庆东、旷新年、李书磊、钱理群、陈顺馨、杨鼎川、尹昌龙、张志忠等。

1996年，《关于50—70年代的中国文学》一文，刊于《文学评论》

1996年第2期。《"当代文学"的概念》，刊于《文学评论》1998年第6期。这两篇论文，体现了我那个阶段思考、观察"当代文学"的角度和方法。

1999年9月《中国当代文学史》由北京大学出版社出版。1997年，因为感到原来的教材不能适应教学需要，考虑集体重编当代文学史教材。因为教研室各人思路差异太大无法统一，最后我自己做，从1997年到1999年的两年多时间。其间，正在读博的贺桂梅在资料上给予我很大帮助，后期因病无法继续工作，贺桂梅撰写最后部分几章的初稿。书稿由高秀芹先生责编，不知道她为什么能那么神通广大，请到许多著名的现当代文学学者在中文系的五院开了座谈会。

2001年9月为研究生当代文学开设"近年诗歌细读"的讨论课。这是在北大中文系上的最后一次课，主要讨论90年代大陆重要诗人（西川、王家新、翟永明、张枣、韩东、于坚、张曙光、陈东东、臧棣、柏桦……）的作品。既是针对个别诗人的诗艺，也是试图综合考察90年代的诗歌风貌和问题。那个时候我其实对90年代诗歌所知不多，课程的设计、组织，依靠胡续冬、钱文亮、姜涛、冷霜他们做了很多工作。课上讨论的录音也经他们整理，2002年由长江文艺出版社出版了《在北大课堂读诗》，该书2014年北京大学出版社出版修订版。

2002年《问题与方法——中国当代文学史讲稿》由生活·读书·新知三联书店出版。是由1999年9月至12月在北大的"当代文学史专题"课录音整理而成。上课之前我完全没有成书出版的预谋，在课堂上录音是贺桂梅的"自作主张"，后来录音整理也都是她做的。三联书店的郑勇先生将它纳入"三联讲坛"丛书里，在体例、版式的策划上，他表现了令人敬佩的创意。

2002年4月，年满63岁，在信箱里收到学校人事部门的退休通知单：按照学校规定退休。由于还有研究生没有毕业，工作不得已延续一两年。

2004年，由于校友黄怒波的中坤投资集团的资助，北大中文系成立中国新诗研究所,由谢冕担任所长,我也应邀参加研究所活动。参与举办多次的学术研讨会。参与"中国新诗总系"的大型选本项目,承担编选第6卷。为研究所主办的《新诗评论》丛刊主编之一,担任"新诗研究丛书""汉园新诗批评文丛"的主编。倡议并组织对50年代编写"新诗发展概况"的历史反思,成果《回顾一次写作》2007年由北京大学出版社出版。

2007年5月《中国当代文学史》修订版由北京大学出版社出版。退休之后出版的书,还有《我的阅读史》《文学的阅读》《材料与注释》《读作品记》等。

2009年至2014年,应邀在台湾的三所大学上课。关于在台湾上课的情况,我在《读作品记》自序中这样说,"这段经历,在情感、观念里留下一些深刻印痕;……稍微复杂一点的感受往往无法说清楚,记得住也能说明白的,便是一些无关紧要的细枝末节:与我的家乡相近而感到亲切的语言、饮食、气候;浊水溪以南壁虎如石头碰击般清脆的叫声;多次登上,却总也见不到蝴蝶的'清大'的蝴蝶山;电视里政治话题与搞笑娱乐有时难以区分的节目;每天无数次听到的'谢谢',和我也'谢谢'时让我不解的'不会啦'的回应;将自己菜田收获的小白菜,一棵棵细心码齐捆好的早市的年老农妇;其实远不如汕头的那种美味,却享受过多赞誉的蚵仔煎;……"又说,"在台湾的将近两年时间里,得到许多老师、学生的帮助、关照。我从他们那里学到很多,不只是学识,更可贵的是品格、为人处世方面的。在那里我住过医院,么书仪也动过几次大小不同的手术,都得到可以说是无微不至的照顾。当有人替我们代为感谢时,一位女生说的是:'也没有什么啦,两位老人在台湾,旁边也没有什么人,也是蛮可怜的……'"

2015年,与奚密、吴晓东、姜涛、冷霜共同主编的《百年新诗选》由生活·读书·新知三联书店出版。收百年新诗诗人109家。上卷为《时间和旗》,下卷为《为美而想》。

《南方都市报》访谈

2013年6月,接受广州的《南方都市报》记者书面采访,当时我正在台湾新竹的"交通大学"社文所任教。下面是访谈全文,刊于《南方都市报》2013年6月20日"问学录"专刊。

"集体写作"的经验

南都:你是1956年考入北京大学中文系的,当时北大的文学氛围如何?作为中文系的学生,有过当作家的念头吗?

洪子诚:那时候北大有全校性的文学社团,就是"五四文学社",社团还创办名字叫《红楼》的刊物。当时,谢冕、张炯、林昭、沈泽宜都是五四文学社和《红楼》的骨干。

读中学和刚进大学时,确实有过当作家的念头。不过,当年北大中文系主任杨晦先生一再跟我们说,中文系不培养作家,加上我那时候投稿都被退回,包括《红楼》,我投过好几次诗、小说,大概只登了一两首小诗。这对我打击很大。我不是个不屈不挠、意志力强的人,遇到这样的挫折,也就打消了当作家的念头。

南都：你上学那会儿，学习什么内容？名教授给你们上课吗？

洪子诚：在1958年"大跃进"之前，教学还是按部就班的。大学一二年级主要是修基础课，中国文学史占有非常大分量，因为当时向苏联"一边倒"，俄语是必修第一外语。像古代汉语、现代汉语等也有很多课时。那时候基础课都是名教授，比如讲文学史的游国恩、林庚、浦江清、吴组缃、王瑶，古代汉语的王力、杨伯峻，现代汉语的朱德熙、林焘，语言学的高名凯……我都听过他们的课。这些课程让我受益匪浅。但是1958年以后，教学秩序就开始不稳定了。

南都：1958年，你和谢冕、孙玉石、孙绍振、殷晋培、刘登翰集体编写了《新诗发展概况》。能简要回顾一下这段经历吗？

洪子诚：在前些年写的《回顾一次写作》书里，对这次编写新诗发展概况的过程，我们五个人（殷晋培先生90年代初已故去）各自有详细回顾和反思。这次编写，既属于当年开展的政治运动（毛主席号召年轻人占领资产阶级"阵地"，"拔白旗，插红旗"），也有某种朋友合作的性质。当时《诗刊》副主编徐迟先生找到谢冕，然后由谢冕物色爱好诗歌的朋友编写。我们六人在寒假期间，自带行李，从图书馆借出几百部诗集，运到北京和平里作协的两个房间的宿舍里。在那里大概不到一个月吧，分工写出初稿，回学校之后又做了许多修改。其中有四章刊登在1959年的《诗刊》上。

编写《新诗发展概况》就我们六个人，基本没有什么专门的讨论，就是七嘴八舌乱吵一通，一人分一个阶段，自己看材料。所以"概况"从学术上说是粗糙的，也是粗暴的，不过这段学生时期的经历，却很难忘。

南都：这次"集体写作"的实践，给你的学术生涯带来了哪些影响？

洪子诚：集体科研我当时参加过多次，除了"新诗发展概况"之外,还参加年级组织的现代文学史、古代戏曲史的编写;它们最后都不了了之。在此之前,我对学术研究可以说一无所知。这些活动如果说有什么收获的话,那就是有了搜集、阅读资料,发现问题、归纳论点等科研实践的初步经验。

当时,"以论带史"是那个时代的潮流、风尚。不论日常生活,还是学术研究,都特别强调观念、立场、路线的重要性。这种"病症"到"文革"发展到极端;它的流弊现在仍然有深刻影响。我因为得过这个"病",知道它的危害,对它就时常警惕,提醒自己不要因为自己心造的幻影而被它控制。

南都: 上大学期间,对你影响较大、印象较深的老师有哪些?

洪子诚: 印象很深的有吴组缃先生讲《红楼梦》《聊斋》《儒林外史》等明清小说,从他那里,见识了生活阅历、写作经验、艺术感觉互相渗透、支持所达到的境界。还有就是常被提到的林庚先生讲唐诗。他讲李白的神采飞扬,自己也如想象中的李白那样神采飞扬。朱德熙先生分析作品和讲现代汉语语法,注重的不是提出和论证结论,他提出几个可以进行比较的观点和方法,启发学生自己从中去分析、判断。孙绍振对朱先生的讲课有很好概括:他"并不要求我信仰,他的全部魅力就在于逼迫我们在已有的结构层次上进行探求,他并不把讲授当作一种真理的传授,而是当作结构层次的深化。"

教写作的"好处"是重视作品分析

南都: 大学毕业后你留校教写作课,这段经历对你的治学有无影响?

洪子诚: 1961年我本科毕业,毕业分配时我第一志愿填的是西藏。这个志愿无关崇高理想,就是和几个要好朋友的约定,而且浪漫地认为那是让人向往的地方。大概以为最遥远就最有趣吧，但最终没有去成。学校开始留我当研究生。后来研究生名额压缩，就让我教写作课。这是当时文科各系的必修课，因为要改大量作业，负担比较重，又普遍认为它没有学问，很多人不愿意教。"文革"之前我一直都是教写作。当时也很不安心，但事情还是认真去做。

现在看来，得到的"好处"是重视作品的分析。你想契诃夫《凡卡》那么短的小说，要讲两个钟头，就必须细读，找出许多观察的角度。另外，写作教学也培养我对语言的敏感，让我明白，把话写得明白顺畅确切，是多么不容易的事情，值得你一辈子去追求。

南都：从毕业到"文革"，这段时间有无集中的阅读范围？

洪子诚：因为是教写作，没有确定的专业阅读范围。这段时间读了鲁迅的大部分著作，契诃夫当时全部的中译小说、剧本。雨果、屠格涅夫、托尔斯泰的小说，高尔基的回忆录，读了亚里士多德、莱辛、狄德罗、别林斯基、恩格斯、丹纳、普列汉诺夫的一些文论。不知道什么原因，恩格斯的《费尔巴哈与德国古典哲学的终结》、丹纳的《艺术哲学》和普列汉诺夫的《没有地址的信》，当时读得很认真，书上画满红蓝色道道。这些书让我特别注意事物的历史情境，但也让我太"唯物主义"，压缩了我本来就不多的想象力。也仔细读了《红楼梦》和《聊斋》，读了一些中国古典文论，《诗品》《文心雕龙》《苕溪渔隐丛话》《沧浪诗话》什么的，但是没有耐心，大多不求甚解……一个时期迷上话剧，经常进城看话剧演出，读曹禺、易卜生剧本。当代中国作家创作也读了不少。总之是茫无头绪，杂乱无章。

南都：1977年你转入新成立的当代文学教研室，当时的情况是怎样的？

洪子诚：北大中文系1970年恢复教学。第一届工农兵是70级，本校和江西"五七干校"同时招收学生,每个班只有很少的学生,二十到三十人左右。"文革"结束恢复高考,77级进校后,教学内容就开始调整了。是"文革"前北大中文系教文学史的,都在一个教研室,现在分细了,有了古代、现代、当代的划分。

当时写作教学小组将近20人重新选择专业方向。张钟和谢冕正筹建当代文学教研室,问我是否愿意加盟,我就答应了;总算有个归宿。当时大家热情很高,有一种想做一点事情的劲头,关系也融洽。最初做的就是给刚进校的77、78级开当代文学课,同时也开始集体编写教材。

南都:编写了《当代文学概观》?

洪子诚:是的。当代文学作为一个学科,教学自然要有参考书。当时许多学校都在编当代文学教材,我们也觉得应该编一本。于是1977年,由张钟、我、佘树森、赵祖谟、汪景寿五人合作,每人负责一章,我写诗歌和短篇小说两章。

《概观》的编写是一种非常自由的合作,不像过去和后来集体编写教材,要认真统一观点,讨论体例和章节安排,分配字数,初稿出来后还要讨论、修改、统稿等等。我们基本没有这些程序,几个人交换意见,分工,然后就分头去看材料写作。按照当时通常的体例,会划分时期、阶段,也会讲当代文学思潮和文艺思想斗争。我们觉得思潮、斗争部分那个时候还没有经过清理、反思,不容易讲得清楚,就有意识避开这个方面。

南都:什么时候开始你将"十七年"(1949—1966年)和"文革"两个时期结合在一起,统称"50至70年代文学"的?当时学界对于这种说法有无质疑?

洪子诚:应该是80年代初给79级上课的时候就采用。那个时候,当代文学分期有所谓四分法和三分法。三分法就是"十七年""文革"和"新时期",四分法以1956年为界又将"十七年"划分为两段。我给79级上课专门用两节课讨论这个问题。觉得三分法、四分法都有一定根据。但是,我认为当时对"文革"的憎恶,过分强调"十七年"文学和"文革"文学的断裂,它们之间的连续性被忽略,后面这一点其实更重要。因为我没有写文章正式讨论这个问题,好像没有引起争论。但是我1986年出版的《当代中国文学的艺术问题》一书,1991年在日本东京大学上课(讲稿后来整理成《中国当代文学概说》出版),以及1996年的论文《关于50—70年代的中国文学》,都一直沿用这个分期方法。现在大家都习惯把"当代文学"分为"前三十年"和"后三十年"了。

南都:1980年代的当代文学史研究,很多"事实"都还没有成为研究对象。比如当代文学团体、作家组织等都没有纳入文学史研究的视野。你是什么时候意识到这个问题的?

洪子诚:80年代后期上课就开始讲这个问题,但还不是很系统。80年代中期,我对当代作家的精神、思想境界问题有比较多的关注。那个时候研究界主要是从人格、思想文化传统的方面去解释。我注意到这里面存在被忽略的"物质"、制度的因素,包括作家组织、刊物出版、作家社会地位、经济收入、作品评价程序、奖惩制度等,基本上属于权力控制方式。当代文学一体化进行的思想、文学规范,很重要的部分是通过制度实施来保证的。当时也读到像埃斯卡皮(法国学者)文学社会学方面的论著,让我对这个问题的处理有理论依据,和方法上可操作的框架。我还逐渐意识到作家的精神态度、境界问题,和社会制度、文学体制是紧紧关联在一起的,这是我后来将文学体制问题作为文学史的重点考察对象的动机。

南都：80年代西学热时，哪些理论对你影响较大？

洪子诚：当时读书很杂。对我后来的研究产生比较大影响的西方论著，一是韦勒克的《文学理论》《批评的诸种概念》，以及另外零星的"新批评"论文。另外是左派批评家伊格尔顿的《马克思主义与批评》和《西方二十世纪文学理论》。还有是不属于"西方"的苏联文论家卡岗的《文艺形态学》，以及一些文学社会学的著作。这种"影响"主要是两个方面，一是对文学"形态"的重视，另外是对概念、现象发生演化的历史语境的关注。

南都：《中国当代文学史》（北京大学出版社1999年出版）是什么时候开始写的？

洪子诚：1997年北大当代文学教研室开始筹划《当代中国文学概观》的修改。大家认为"概观"在教学上已经不大适用了。当时我还是当代文学教研室主任，就跟谢冕商量能不能重新编一本教材。他非常赞成，说北大应该有这个责任。我征求过教研室老师的意见，有的老师很忙，像曹文轩、张颐武、韩毓海，就明确表态不参加……有一次碰到钱理群，就把这事儿说给他听。他突然说，你为什么不自己做呢？你自己写一部好了。这倒是我原来没有想到的。这样，我就决定一个人做。

《中国当代文学史》的基本框架和观念可以说是我在教学过程中逐渐形成的。但抽象谈论文学史观念、方法，和实际的文学史写作，毕竟很不相同。理论可以头头是道，写的时候却会不断出现各类难题。文学史当然有一个"经典化"问题，即作家作品的筛选，当代文学也不例外。但我考虑有这样两个因素，一是"十七年""文革"时期的总体文学成就并不高，"十七年"没有非常重要的作家；另一个因素是毕竟写的事情离我们还很近，所以基本还是处理成以问题带作家、作品的方式。在文学"经典"的问题上，我在处理上的变化，主要是关注点的一些转移，也就是从过去评判哪些作品能成为"经典"（有价值的作品），转移到去解释这些作品当时为何能被确立为"经典"，离开文学史原有框架和叙述体例。

南都：你是从什么时候开始有意识地挣脱主流的关于当代文学史的"叙述体例"？

洪子诚：应该说"十七年"以至八九十年代出版的不少当代文学史，虽然对问题，对作家作品评价可能不同，甚至相反，但在叙述体例上，其实遵循的还是50年代周扬、邵荃麟他们评述当代文学时确立的框架。这个框架不能说完全无效，但也是当时特定政治、文学语境中产生的。因此，我在80年代讲课时，就有意义地想离开这个框架和叙述体例。但不是简单构造一种完全不同的东西，而是首先将力量放在解释这个框架的依据上。换句话说，把周扬他们确立的叙述方式和概念，当作需要辨析的问题提出。

80年代以来，我越发对"历史进步"的历史观产生怀疑，越来越不相信"时间神话"，那种"新时期""新纪元"的意识越来越淡薄。在《1956：百花时代》这本书的前言中，我说："现在的评述者已拥有了'时间上'的优势，但我们不见得就一定有情感上的、品格上的、精神高度上的优势。历史过程、包括人的心灵状况，并不一定呈现为发展、进步的形态。"所以说，我"对自己究竟是否有能力，而且是否有资格对同时代人和前辈作出评判，越来越没有信心"。这些话写在90年代末，但90年代初就开始意识到了。因此不是那样把新时期文学、作家理想化，更多看到的是存在问题的方面，有些悲观。在研究、叙述方法、态度上，有意识尽量减弱"批评"的因素，抑制评价的冲动。所以我开玩笑说，"当代文学"既不是你的，也不是我的，就是"当代文学"罢了。这话听起来拗口，却说明了研究的立场、视角的问题。这里有个经常讲到的"价值判断"的问题。对各种文学现象、作家作品，你的评价自然会制约甚至决定你的文学史写作。

南都：2002年你从北大退休，这十多年来您的治学大概是怎样的？

洪子诚：还是有许多事情在做。在北大新诗研究所，我担任刊物《新诗评论》和"新诗研究丛书"主编的工作。在谢冕先生主持下，参与编选《中国新诗总系》。进行《中国当代文学史》的修订，和这本书英文版、日文版翻译过程的协调、讨论。出版《我的阅读史》和《学习对诗说话》两本书。基本上还是延续以前的那些工作计划。

南都：你目前手头或者未来有何计划？

洪子诚：2009年上半年在台湾彰化师大国文系和台文所，给研究生上了一个学期的课。这次是在"交通大学"社会文化研究所，给"交大"和"清大"中文系研究生讲当代文学史。邀请我到台湾上课，可能是觉得台湾对大陆当代文学的研究还不很够。从我这方面，很大原因是我妻子喜欢在台湾"过日子"。所以陈平原老师开玩笑说，"因为么（书仪）老师喜欢台湾，洪老师只好去当'外劳'。"如果精力允许，以后会写一点随笔性文字，整理在台湾上课的讲稿，和年轻朋友编一本百年新诗选。

同题问答

问：对你影响最大的书有哪几本？

答：《聊斋志异》、《野草》（鲁迅）、《契诃夫小说选》《日瓦戈医生》、《俄罗斯思想》（别尔嘉科夫）。

问：你认为，要做好学问，最重要的是什么？

答：除少数天才外，总是要重视前人的成果，接着他们说。

问：你个人最满意的著作是哪一本？
答：确实没有。《我的阅读史》里少数几篇好一些。

问：学术研究工作要经常到深夜吗？工作习惯是怎样的？
答：从不开夜车。总是遵从"早睡早起身体好"的古训。

问：学术研究之外，有什么业余爱好？
答：听一点西方古典音乐。做家务，从电视看球赛。

《1956：百花时代》前言和后记

简短的前言

关于本书的写作，有下面的几点需要说明。

一、这本书里所要评述的，是发生于1956年的中国的文学现象。这一年及1957年上半年，在文学领域出现了一系列的变革，出现了带有新异色彩的理论主张和创作。这期间的文学运动和文学创作，曾被人称为"百花文学"。仿照这一称谓，我们可以将所要评述的这个历史时间，称之为"百花时代"。

这个称谓的由来，主要的根据，当然是因为在这一年里，毛泽东提出，并开始实施被称为"双百方针"（百花齐放，百家争鸣）的政策。这个方针的提出，有着国际的和国内的深刻背景。它的名称，采用了一种描述性、想象性的修辞方式来表达，并与中国古代的被"理想化"了的历史情景（战国时代的"诸子百家"的学术繁荣）相联系。这一比喻性概念，以及它的提出过程中对内涵的不断限定与修正，使不同的人对它的理解相距甚远，也让具有不同立场的人，在这一口号之中安放各自的期望，寄托各自的想象。总之，这是一个有着多种可

出版于1988年的"百年中国文学总系",共12册;《1956:百花时代》是其中的一本。

能性的"时代"。这个"时代"勾起人们对未来的不同的憧憬。不论是政治、经济,还是文化,空间似乎一下子拓展了,变得开阔了起来。历史也许并没有单一的主题,但是,在这一年多的时间里,思想解放与社会变革,应该说是相当一致的意向。

二、本书的评述,限定于"文学"的范围内。文学变革是"百花时代"的构成内容之一,也可以说是其中的重要部分,但又可以肯定地说,并不是最为重要的部分。对于其他领域,本书作者没有能力加以讨论,而且也不是这本书的任务。在文学的范围内,希望能接触到其间发生的重要文学事件,包括某些重要的理论主张的提出,创作上出现的变化,文学刊物和出版的状况,文学格局中各种力量的冲突和重新组合的情形,等等。评述的角度,采取以归纳的问题作为基点的办法。这肯定有许多重要的遗漏,特别是这个时期某些重要作家的较为完整的状况。另外，在地域上以北京作为中心。因为从 50 年代起，文学中心随着政治中心已转到北京；其他地区发生的事情，常常不过是对北京的呼应或余波。当然，像上海、四川等地区这期间的情势，也不是完全可以忽略的：这是本书留下的另一缺陷。

三、从年度上说，1956 年是"百花齐放，百家争鸣"的方针提出的年份，也是文学发生变革的起点。但是，这个过程一直延续到第二年，直至 1958 年春天。1956 年理论、创作和文学权力内部的冲突，在第二年得到展开，并发生了"戏剧性"的逆转。因此，严格地将评述的主要内容限定在 1956 这一年内，是不可能的，在具体操作上，也有很大困难。更重要的是，我们在这些事实中所要追寻的"意义"，也可能就隐藏在这一"过程"之中。也就是说，关注 1956 年，不仅要了解提出了什么问题，出现了什么样的体现"新质"的作品，而且更要注意在这个不长的时间里的波动、曲折、沉浮、兴衰，造成这种剧烈变动的缘由，以及由此激起的心理波动。这是本书为什么将年份加以扩展的原因。

四、发生于 50 年代中期的中国现象，是复杂的。即使是在文学的限度内，本书也缺乏能力进行稍稍深入的评说。自然，评说是不可避免的，对现象的整理，对问题的初步归纳，都是作者的一种观点的体现。作者是这些事情的目击者（广义上说）。当年他正在北京那所著名的大学读中国文学。那所大学在"百花时代"和后来的"反击右派"的运动中，也是风云变幻而备受关注的处所。他看到也在一定程度上经历了那些风云。他认为，这期间所发生的一切，从理论上也许可以作出或深湛或肤浅的解释，总之，"历史"是可以被处理为条分缕析、一目了然的。但是，实际的情形，特别是在不同的人那里留下的情感上、心理上的那一切，却是怎么也说不清楚的；对一代人和一个相当长时期的社会心理状况产生的影响，也是难以估量的。于是，本书的作者在写作过程中，不仅对自己究竟是否有能力，而且是否有资格对同时代人和前辈人作出评判，越来越失去信心。当时的"悲剧"在现在已有的描述中自然依旧悲壮，而那些带有"喜剧"色彩的种种（现在看起来有些天真的想象，理论和创作的"叛逆"的有限性，在动荡的环境压迫下的各种紧张的思虑……），如今也散发出悲剧的意味。虽说在过了许多年之后，现在的评述者已拥有了"时间上"的优势，但我们不见得就一定有情感上的、品格上的、精神高度上的优势。历史过程，包括人的心灵状况，并不一定呈现为发展、进步的形态。基于这样的认识，本书作者觉得，能整理、保留更多一点的材料，供读者了解当时的状况，能稍稍接近"历史"，也许是更为重要的。

后记：续"简短的前言"

　　五、这本书所评述的，大部分都是这一段时间里的运动、潮流：一个时期提出的口号、各种论争、创作上的某种共同趋向……看来，当代文学的过程就是潮流涌动、更替、摩擦的过程。作家似乎都不由自主地被卷入，他们只有在潮流中选择的自由和可能性，只有在潮流之中才有价值。我们很难在公开发表的材料中发现"潮流"外的声音，发现体现"潮流"外的体验、思考的文本。有也许是有的，但很少。本书的作者在失望之余，有时便异想天开：有了赞成"干预生活""写真实"，也有了反对"干预生活"和"写真实"，难道就没有人产生这样的念头：这些口号本身都是人的自我折磨，在白白地破坏我们的智慧和灵性？当然，没有发现有人这样想。当代文学的这一"传统"，现在仍在继续和发展。

　　在本书所作的这些评述之外，"历史"中也许还有同样有价值的部分，甚至更体现人的创造性和精神深度的部分，却被本书所忽略。但请相信，这种忽略，不是故意的。也许本书的作者缺乏这方面的敏感

（他自己在当代的生活过程，以及他成天所处理的研究材料，也使他的思想、情感反应，早已被纳入当代的那些"潮流"之中：他也是被这一"语境"所铸造），但他也曾经想去发掘这样的材料，而最终所得不多。因而，当他读到傅雷先生1956年纪念莫扎特文章的这样一段话时，竟会觉得诧异：

> ……他的作品从来不透露他的痛苦的消息，非但没有愤怒与反抗的呼号，连挣扎的气息也找不到。后世的人单听他的音乐，万万想不出他的遭遇而只能认识他的心灵——多么明智、多么高贵、多么纯洁的心灵！……他从来不把艺术作为反抗的工具，作为受难的证人，而只借来表现他的忍耐与天性般的温柔。他自己得不到抚慰，却永远在抚慰别人。但最可欣幸的是他在现实生活中得不到的幸福，他能在精神上创造出来，甚至可以说他先天就获得了幸福，所以他反复不已地传达给我们。精神的健康，理智与感情的平衡，不是幸福的先决条件吗？不是每个时代的人所渴望的吗？以不断的创造征服不断的苦难，以永远乐观的心情应付残酷的事实，不就是以光明消灭黑暗的具体实践吗？有了视患难为无物，超临于一切考验之上的积极的人生观，就有希望把艺术中的美好的天地变为美好的现实。

这篇文章的题目是《独一无二的莫扎特》（《文艺报》1956年第13期）。"独一无二"是可能的吗？傅雷等当代的杰出者是想确立这样的生活和艺术目标吗？这种"超临一切考验之上"的人生观，在"残酷的现实"之中，是否永远意味着如莫扎特那样的悲剧命运？而"宁静"和"承受"是否也有限度，以至也会走到精神崩溃的边缘？这些，都只是留下了不可解的疑问。

六、本丛书的主编者曾指示我们,要写得活泼、生动,有较高的可读性,要改变"文学史"的那种传统的写作方式。但是,1956年的这一册,却没有能贯彻这个意图。和作者过去的书那样,这一本也是那样缺少"灵气",毫无生动活泼可言。说到底,"灵气"不是想要有就有的东西。意识到这一点,却没有办法改变,这是让人很觉遗憾的事。

当然,如果说到是否能够稍稍具体点,那倒不是一点都办不到的事情。在写作的过程中,时或也会在眼前浮现一些图像,掠过一些情绪,只不过常被他所"压制":他认为这只会破坏了思考和分析。他当时还不明白,"思考""分析",有时是多么脆弱和没有必要。待意识到这点,却为时已晚。

在前言中曾说到,本书所写的这个时间(1956年),作者刚好从南方一个县城来到北京读书。在初冬下第一场雪时,他和同样来自南方的同学,狂奔着冲到楼前的空地,用手去迎接那些凉沁沁的白色碎片。他在课堂上,听他所仰慕的教授的讲课,在周末的活动中,见到许多他景仰的作家、艺术家。他听过何其芳、贺敬之朗诵自己的作品。他觉得贺敬之先生没有他想象的那样豪放,而何其芳先生也不是那样

1957年秋天,他高兴地从书店买到何其芳的《预言》,淡绿的封面,由上海新文艺出版社根据40年代文化生活出版社版重印。一本只有78页的、可爱的小诗集。现在哪里还有这样的小诗集?

纤细和感伤。这颇使他感到失望。

那一年的秋天和冬天,他和同学兴奋而又吃惊地关注着发生于东欧的事件。铁托、纳吉、哥穆尔卡、卡达尔是他们所熟悉的名字。他还记得,匈牙利"十月事件"发生时(他们被告知那里发生了反革命叛乱),匈牙利人民军歌舞团正在中国,也来到这所大学的"大膳厅"演出。本书作者和许多同学一样,怀着异乎寻常的心情来倾听合唱团的歌唱。演出结束时,学生会的负责人提议全体听众和艺术团一起合唱《国际歌》。那悲壮、雄浑的声音,真是"发自肺腑",让他深觉感动。想到台上的那些艺术家,在祖国遭受危难,革命和社会主义已在血泊之中的时候,成了无家可归的"孤儿",就觉得应该以微薄的精神力量给他们以支持。不过,当时和现在,本书作者都不明白是什么原因,那些军人艺术家,并没有加入这歌唱,他们一个个抿紧嘴唇,神情严肃,但又可以说是漠然地看着台下。

到了第二年的"五一",作者第二次参加游行。为了能在天安门看到日出,他和一个同学,在前一天的傍晚来到广场,打算在这里夜宿。他那时想,天安门的晨光和别处的肯定不同,至少是定会给他不同的体验。他却没有料到,午夜广场就"净场"戒严,他们无处可去,最后在景山后街的一个门洞里,挨着冻过了一夜。第二天清晨找到学校的队伍时,尽管他瑟瑟发抖,却仍感到骄傲;只是周围的同学对这种骄傲没有任何反应。在那一年的五月,有长达三四天的"春假",同学们都去长城,去十三陵。他却和另一个同学,怀着做一个"学者"的梦想,躲在湖边的小山上读了三天朱熹的《诗集传》,还做了许多到现在也不知道有什么用的卡片。但他又不能心神贯注,常禁不住诱惑,时时拿出《汉园集》,期待着"预言中的神"的"叹息似的渐近的足音",

> 你一定来自那温郁的南方,
> 告诉我那儿的月色,那儿的日光,

告诉我春风是怎样吹开百花,
燕子是怎样痴恋着绿杨。
我将合眼睡在你如梦的歌声里,
那温暖我似乎记得,又似乎遗忘。

在此后的日子里,他在"大膳厅"的东墙上读到那首著名的《是时候了》的诗。他听过林希翎的神采飞扬的演说。他在谭天荣的《一株毒草》前惊愕许久:这张大字报开头,引了赫拉克利特的话("爱菲索人中的一切成年人都应该死,城——应该交给尚未成人的人去管理"),并宣称,"到现在为止,百家争鸣,百花齐放离我们无知的青年还有十万八千里,我们的国家没有检查制度,可是一切报刊(例如《人民日报》《中国青年》和《物理学报》)的编辑们对马克思主义的绝对无知,对辩证法的一窍不通和他们的形而上学的脑袋中装着的无限愚蠢,就是一道封锁真理的万里长城……"这场惊心动魄的运动一直持续到第二年,因为他在当时人手一册的《校内外右派言论汇集》的扉页上写着:

1月13日雪,1958年。今天开始停课,进行对右派分
子的处理。

然而,这种种的一切,既与本书的论题无关,也是些不关联"本质"的"现象",就让它们从他的记忆中消失吧。

1997年1月,北京大学燕北园

(《1956:百花时代》,山东教育出版社,1998年)

《问题与方法》初版自序[①]

这本书由我在北大讲课的录音整理而成。课程的名称是《当代文学史问题》。上课的地点在一教（第一教学楼）的104教室。课从1999年9月开始，9月的6、13、20、27日，10月的11、18、25日，11月的1、8、15、22日，12月的6、13、20、27日，一共15次。

授课对象原来设定是当代文学研究生，特别是博士生，所以估计人数会在十几二十人，并打算讲授和讨论相结合，在讲课的基础上，提出一些问题，由学生分别准备，在课堂上提出他们的报告。实际的情形却打乱了最初的设想。听课人数总是一百多人，除了研究生外，还有本科生，也有进修教师和访问学者。讨论当然完全不可能。而为了照顾于当代文学某些情况不甚了解的听讲者，在现象的说明性解说上也只好多用些时间。这样，原来想讲两方面的问题（"当代文学"的"发生"和"当代文学"的形态特征），到学期快结束，发现头一个还没有讲完，剩下的只好作罢。有头无尾，残缺不全，是我上课常患的毛病，上"当代文学"基础课也是如此。不过，当初（50年代）林庚、吴

[①]《问题与方法——中国当代文学史讲稿》由生活·读书·新知三联书店出版于2002年。后来又出版增订版。

组缃、杨晦、王瑶诸位先生给我们上课,也大都是这样的;杨晦先生讲文艺理论,讲"九鼎",一个学期下来,"九鼎"还没有讲完。这好像是中文系的一个"传统"。这样一想,也就不会感到特别不安。

"当代文学"的"发生",在过去的中国当代文学史研究中,经常被忽略。"当代文学"常被看作因政权更迭、时代变迁而自然产生。这种叙述方式,对证明"当代文学"诞生的"历史必然"和它存在的"真理性"虽说相当有效,但在学术研究上,对问题和现象的这种"平面化"处理,却引开了我们对许多矛盾、裂缝的注意。所以,在课上便用了比较多的时间,来谈"当代文学"的生成过程。这一过程,也可以看作是中国左翼文学在四五十年代之交的演化:它与另外的文学力量、文学成分的紧张、复杂关系,它确立了怎样的文学纲领、路线,以及如何建构它的"当代形态"。从后者而言,又涉及作家分类,文学"资源"选择,文学"经典"的重评,文学体制和文学生产方式的制订等方面。其中,引出了对"中国左翼文学"在当代命运的讨论:这是那时我和一些同学颇感兴趣的问题。这一具有"先锋"意味,在某些时间里表现了相当的活力的文学,是怎样走向"制度化",怎样失去"弹性"而变得僵硬的?这是无法逃脱的"宿命"吗?与此相关的问题是,在文学史叙述和当今文坛上已失去主流地位的"左翼文学",它的经验,它曾有过的以粗糙、不和谐去抵抗"腐败"(文学的和社会的)的努力,是否还是一种重要参照,一种不应忘却的遗产?这都是些令人困惑的问题。

从1961年开始,我大学毕业后就以教书谋生,所以,这些年出版的书,也大多是由讲稿整理、修改而成。譬如《当代中国文学的艺术问题》(1986),譬如《作家的姿态与自我意识》(1990),更不要说《中国当代文学概说》(1997)了,它本身就是一份讲稿。这些书出版的时候,出版社常会提出要求,即想方设法抹去讲稿的痕迹,改造得像"学术专著"的样子。我也乐意于这样做:这至少对评教授,评"博导"什么的有好处。当然,狐狸尾巴不可能藏住,书里许多地方的语气、论述的展开方式,明眼人一看就会发现它与讲课之间的关系。

  这一次正好相反。有听过课的学生,还有出版社的编辑,希望不要弄成正襟危坐的"学术"样,要保留讲课的那种情景。内容维持原样不说,课堂的氛围,讲述的语气,一些随意的发挥,也尽量不要改变。于是,在整理时,我便这样去做。不过,这里要说明的是,书现在的这个样子,也不是讲课情景的实录。"真实"并不可能。我只能说,面貌大致不差。有不少修改,也有不少补充。这样做的原因有三。一是我拙于言辞,又有潮州口音,上课时总怕学生听不懂,便会有许多重复和解释;这些在成为书面文字时就完全是多余。其次,有些话在课堂上随便讲讲无伤大雅,写到书里会觉得欠妥当。第三,因为天性怯懦,虽然讲课已有40年的"历史",但只要一站到讲台上,依然还是战战兢兢,没有信心。一旦发现学生有些不耐烦,或漠然而无反应,事先准备好的内容就会随时删节。课安排在上午的3、4节,快到中午12点,就忧虑学生的饥肠辘辘,常常是在做出"不要着急,还有几句就完了"的声明之后,赶紧将剩下的用三言两语潦草带过。凡此种种,都是无法完全保持原样,而要做修改、补充的理由。

  我讲课的时候,当代文学界有的事情还没有发生,有的重要的书还未出版。因此,课上的许多说法,现在看来就显得相当落伍。譬如高行健先生还没有获得诺贝尔文学奖,当时我既没有读过,甚至也没有听说过《灵山》《一个人的圣经》,对他获得这一殊荣也没有丝毫的预感。这些对于一个"当代文学"的研究者来说,是很惭愧的。许多事情使我认识到,其实不用隔代,不用过几十年几百年,现实就在不断证明我和另外一些"当代文学"研究者的判断力的可疑。当然,是不是"可疑",现在也很难说清楚。这一切在书中都保持原样。另外,按照学术著作的出版"规范",本来应该对引文加以注释,列出引用书籍的出版地和出版时间。但既然不要太"学术",要体现"演讲录"的"文体"特征,对这种"规范"也做了别样的处理。所有课上谈到的重要著作,引用的文字,都不一一加注,只在书后列出这些著作的目录,在正文的引文后用括弧来注明页码。

教师在课堂上讲课,一般都会很专心,会根据情况调整讲课内容、方式,注意听讲者的情绪、反应。但其实也有"走神"的时候。我在"三教"(第三教学楼)上课的时候,就常发生这种情形。教室朝南的窗户外面,就是"五四运动场"(1956年我入学时,还没有这个名字,那时叫"棉花地",以前是一片种棉花的农田?棉花地这个名称,其实相当不错)。教学楼紧挨运动场,这是我们学校建筑布局上许多创造中的一项。(现在北大建筑布局的另一项创造,是"见缝插针",只要有空地,就盖一栋楼,什么校史馆,什么光华管理学院等等。)上课时,从窗户看出去,有时是无云的晴空,有时就是飞沙走石,尘土蔽日。打篮球的嘈杂喊声经常传进来。现在又有了新的景观:不远处矗立着那穿西装、戴瓜皮帽的北大"太平洋大厦"。这时便会想起:五六十年代三教、四教这个地方,是一个小湖,周围山丘环绕,湖中间还有长着几株柏树的小岛。湖边排列着高大的杨树。几阵秋风过后,树下便积满厚厚的落叶。东边小山后面幽深的树林里,隐藏了一座四合院,住着不知名姓的人家。这一切,如今都已经消失得无影无踪。今天,在北大,那些称做"园"的地方,如勺园、佟园等等,已是有名无实。著名的朗润园、镜春园、蔚秀园、承泽园,和二三十年代才有的燕东园、燕南园,也正在经历着相同的命运。这时,便会有一种伤感。

这次的课是在"一教"上。窗外是马路,马路对过是图书馆,而且窗口就有树,真没有什么可以看的。不过,有时候也会有另一种想法:面前许多专注的听讲者,他们花这些时间(有的还要从城里老远赶来)听"当代文学史"的枯燥问题,是不是值得?如果去读一本有趣的书呢?或者听自己喜欢的音乐呢?如果天气晴朗而且凉爽,那么,躺在草地上晒太阳,坐在未名湖边看着湖水发呆,在遍布学校四周的茶馆、咖啡室里和朋友聊天,是不是更好?很显然,一些人为了听课放弃了更好的选择、更惬意的享受,这使我对他们产生歉意。所以,我首先要感谢这些在选择上出了差错的听讲者。

至于这本书能够出版,那完全是学生和朋友努力的结果。没有他们的推动、帮助,这一切只能是塞在抽屉里的一叠杂乱的讲稿,说不定这次搬家就当成废品处理掉了。

我这样说并不是夸张。上第一堂课走进教室时,看到讲台上放着录音机,觉得很奇怪。问是怎么回事。有学生回答说,录下来可以整理出版。对于这"自作"的"主张",我将信将疑。但是此后录音一直坚持着,从不间断。课程一结束,学生就整理了录音,输入电脑。中间有一两次录音机出了毛病,就根据上课记的笔记补充。不到半个月,我收到了磁盘和一份打印好的稿子。我一边修改补充,一边怀疑是否有出版社肯接受这样的书稿。但不久又告诉我,确有书店表示了兴趣。这时,我便开始生病——近一段时间,每出一本书总要病一场,这好像已成"规律";当然这回还有另外的原因,就是贪图住大一点的房子,忙于装修和搬家——而稿子还有不少的错乱,注释也未全做好;电脑又感染了病毒,格式受到许多损害不说,所有的注释码都不打一声招呼就从正文中消失。所有这一切,都只好由学生去做。出版社的编辑郑勇先生在北大上过学,不过没有听过我的课。看了讲稿,大概因为我总归是"先生",所以说了不少肯定的话。也提出一些改进的意见,并认真、细心地考虑了版式、装帧等许多细节,包括改变注释的方法。也要我另起一个不那么古板、老套的书名(他们说我过去的书名都古板而老套)。我搜肠刮肚几天,终于因为缺乏想象力没有做到。交由他们去处理,他们也不比我高明多少,同样一筹莫展,只好使用这个大家都不满意的名字。

我的同事,那位研究鲁迅、研究周作人、研究鲁迅与周作人、研究曹禺又研究中学语文教学的教授,曾经说过这样的话(大意如此,出处待查):我们从学生那里得到的,其实比给予他们的多。我很同意这番话。为了不辜负那些渴求知识的青年人,为了能和他们对话,你就不敢过于懈怠,时时警惕懒惰的本性,而要不断学习,包括从他们那里学习。这样,我们的心态也就不至于衰老得过快。

作者
2001年6月3日于蓝旗营

在"学术作品集讨论会"上的发言[①]

出版作品集,开这样的讨论会,当然很高兴,但也有怪怪的感觉。一是总认为文集出版是一种资格。这是上世纪五六十年代的经历形成的观念。那时候,在文学界,只有郭沫若、茅盾、巴金、叶圣陶等有数的大作家才有这个资格,现在文集出版虽然平民化了,也还觉得是僭妄。第二是,这辈子当过主角的会议大概有三次。一次是1966年6月"文革"刚开始,我当班主任的那个班开我的批判会。另一次是1999年《中国当代文学史》出版的座谈会,事先并不知道高秀芹那样神通广大,居然请来那么多著名学者。这次是第三次。当主角快乐吗?也不一定,有时候颇不自在。看到我这样紧张,这样小家子气,见过大世面的谢冕说,就当作是找一个机会,朋友一起聚聚、玩玩好了。这才放下心来。我也就借这个难得的机会,向在座、不在座的朋友表示我的感谢。

[①] 在2010年1月19日在北大召开的"当代文学与文学史暨《洪子诚学术作品集》讨论会"上的发言。"洪子诚学术作品集"由北京大学出版社出版,有:《当代中国文学的艺术问题》《作家姿态与自我意识》《中国当代新诗史》(合著)《中国当代文学概说》《1956:百花时代》《中国当代文学史》《问题与方法》《当代文学的概念》。

感谢谢冕老师、晓明（陈晓明）、贺桂梅为这次会议的召开做的许多繁杂的事。感谢北京大学出版社（培文）的高秀芹出版我的"学术作品集"。这个计划她两年多之前就提出了，很出乎我的意料；觉得她应该选择更有学术含量的学者。感谢黄敏劼、丁超在书的编辑、出版上的细致工作。

有的朋友的交往是几十年时间了，像在座的谢冕、赵祖谟。从五六十年代开始，就一起做事：做不少好事，也可能做过一些"坏事"。感谢谢冕、张钟先生。1961年毕业后我在学校教的是写作课。"文革"结束写作课取消，谢冕、张钟让我参加他们筹建的当代文学教研室，在专业上我才有了着落。谢冕在新诗和当代文学研究上的敏锐、创见、功绩，他对生活、文学总也不衰竭的新鲜感和信仰，始终是我向往却难以到达的境界。77年张钟主持编写《当代文学概观》，让我写诗歌和短篇小说两章，我开始了当代文学的研究。当初编写"概观"的五位合作者，有三位（张钟、佘树森、汪景寿）已经辞世。想起来令人伤感。

在座的赵园、老钱（钱理群）、吴福辉，80年代就知道他们；赵园认识要更早。不过在80年代，感觉中我和他们分属两"代"：他们年轻、新锐，我是中年，保守、迟滞，从他们那里我学到许多。待到90年代后期，发现他们也渐渐"变老"，这种代际区隔的感觉才有些减弱，才意识到其实老钱、福辉和我是同龄，都出生在1939年。

1985年，我提着书稿去见北京大学出版社的编辑宋祥瑞。在此之前，因为我常被杂志社、报社退稿，所以一路惴惴不安。还好，宋祥瑞没有拒绝，他让黄子平写审稿意见。这才有了我的第一本书（《当代中国文学的艺术问题》）。感谢宋祥瑞和黄子平。

1986年，在福州的大学同班同学刘登翰，提议一起编写当代新诗史，说已经征得人民文学出版社的白崇义先生认可。其后的两三年里，这成为我们主要的工作。没有刘登翰这个提议，便不会有我们合著的

《中国当代新诗史》。所以要感谢刘登翰。

1989年秋天，杨匡汉（社科院文学所）打来电话，说他们正在组织"新世纪文丛"，问我有没有书稿加盟。我没有现成书稿，但觉得可以从讲稿中整理出一些段落。这便有了《作家姿态与自我意识》。这里要感谢杨匡汉。

1991年秋到1993年秋我在东京大学教养学部上课，"当代文学"上了三个学期。课结束时，东大教授刈间文俊提议我把讲稿留下，说他们会翻成日文在日本出版。我便用了几个月时间整理誊清，定名为《中国当代文学概说》。后来，翻译的承诺虽然没有兑现，但如果没有刈间文俊教授的提议，我上课写的凌乱纸片，回国时很可能就扔掉了。所以要感谢刈间文俊。

回国之后，《概说》的稿子在抽屉里搁了三年多，从没有胆量去联系出版社。一次闲谈说起，当时在北大读博士的陈顺馨说可以拿到香港试试。她找到香港青文书屋的罗志华先生，这才有了《概说》这本书。所以要感谢陈顺馨、罗志华。青文书屋在湾仔庄士敦道，经营着人文社科图书，也出版一些书刊。罗志华先生痴迷于文化学术的出版、传播，为它付出全部心血。2009年初猝死被埋于倒塌书架的书堆之中，几天后才被发现。愿罗先生在天之灵安息。

同样，没有谢冕、孟繁华策划、组织的"百年中国文学总系"的丛书，我真的想不起要写一本《1956：百花时代》。这要感谢谢冕、老孟。

1997年社科院的贺照田找到我，让我担任"90年代文学书系"的总主编之一。书系有六个分卷。出版社总编辑对分卷主编蔡翔、南帆、戴锦华、耿占春、程光炜耳熟能详，却从未听说过总主编洪子诚的名字。因为有了贺照田苦口婆心的解释、说服，我才得以保住主编这个头衔。要感谢在座的贺照田。

《中国当代文学史》1999年在北京大学出版社出版。高秀芹组织了一个座谈会。随后，一些学者——孟繁华、赵园、钱理群、宋遂良、曹文轩、李杨、李兆忠、戴锦华、程光炜、王光明、曾令存、李宪瑜、孙民乐、姚丹、郜元宝、刘黎琼……写过评论文章。感谢他们的评论，特别感谢他们对其中存在的缺陷、问题的揭发和讨论。

《中国当代文学史》的"个人写作"（或"独立撰史"）在一个时间常常被作为问题提出。其实我并没有这方面的自觉。原先是想教研室同仁合作编写，代替原有已显陈旧的教材，可是大家的想法差异太大。正在为走投无路发愁的时候，遇到钱理群，说你何不自己动手？有了他的这个灵感，难题才得到解决。所以，假如"独立撰史"很重要的话，功劳应该归老钱。

2002年退休前上最后一次课，踏进课堂看到讲台上放着录音机。一问，说是录下来说不定能出版。我从未有过这样的念头。因此，如果没有贺桂梅的"自作主张"，没有后来生活·读书·新知三联书店郑勇的创意筹划，也就没有这本《问题与方法》。感谢贺桂梅和郑勇。

谢谢这些年发表我的文章、出版我的书的朋友。他们较少退我的稿子，我很感激。他们是：董之林（《文学评论》）、张燕玲（《南方文坛》）、赵晋华（《中华读书报》）、朱竞（《文艺争鸣》）……有一个时候，觉得女生编辑对我特别好，清醒过来才意识到是一厢情愿的错觉：我竟然忽略了经常刊发我文章的张宁（《郑州大学学报》）、毕光明（《海南师大学报》），也忽略了前面提到的郑勇。

感谢北京大学出版社的推荐，感谢莱顿大学柯雷教授等的审议，这才有《中国当代文学史》的英文版。柯雷肯定从未想过要我谢谢他，因为从未跟我说起他在这里面起的作用，包括他帮助挑选、确定译者。

谢谢我的学生。有的是我名下的研究生，有的只是听过我的课，有的可能课也没有听过。不管怎样，北大现在仍是中国的好学校之一，因为这里有许多优秀学生。他们精神、学业上的执着追求，让我们做老师的感动，提升我们的精神境界和责任感。感谢他们对我的真实评价。《中国当代文学史》出版前，问过贺桂梅对这部书稿的看法，回答是"还可以吧"。冷霜则说过,洪子诚的文学史叙述是一种"微弱的叙述",是过渡性质的,无法成就优美、有独创精神的作品。退休之后一次与学生(李云雷、刘复生、程凯、鲁太光等)座谈,对我的文学史论述,他们有虽委婉,但触及问题实质的质疑。我的一些学生写诗,爱好诗歌,如臧棣、周瓒、冷霜、胡续冬、钱文亮。感谢他们让我保持在大学年代就有的对新诗的感情。赵园说得好,"一生钟情于诗,是一件美好的事,经由诗保持了审美的敏感,对文字的细腻感觉与鉴赏力",这确实"润泽"了我本来枯燥、灰色的人生。

前些天,乐黛云老师让我读一篇文章,是金春峰教授读乐黛云的《四院·沙滩·未名湖》之后写的读后感。其中有一段话是:"中国文化的精髓就是感恩……中国文化的两大信仰——天地与祖灵崇拜,都是奠基于自觉的报恩情感之上的。所以没有恐怖,没有恐吓,只是无限的清和之情弥漫于祭拜者与被祭拜的在上者之间。"又说:"报恩之情,由父母而天地、而师友、乡邻,以至与我们生命连为一体的一山一水、一草一木。"这说得很好。感恩,当然不限于逝去的先人、长者,也包括健在的朋友、后生。

因此,借这个机会,向在几十年的生活、学术研究中给我帮助,给我信心的朋友致以衷心的谢意。

北大退休之后

2002年4月我从北大中文系退休，教学等工作也就停止了。不过，从2009年开始到2014年，应台湾几所大学邀请，在那里上了三个学期的课。2015年春天从台湾"清华大学"回到北京后，接受北大中文系的微信公众号的访问，谈了在台湾上课的简单情况。下面是2015年5月27日北大中文系微信上的访谈记录（略有改动）。

微信平台（以下简称"微"）：老师您最近去台湾讲学，请问是到哪所大学？

洪子诚（以下简称"洪"）：从北大退休后去过台湾的三所大学，都是给研究所的研究生上课。2009年在中部的彰化师大国文系和台文所上了一个学期，2013年在新竹的"交通大学"。"交通大学"没有中文系，上课是在社会与文化研究所，就是陈光兴、刘纪蕙教授任所长的。2014年在"清华大学"中文系。"交大"和"清大"都在新竹市。这两所学校紧挨在一起，它们的关系很有意思，有点竞争的意味。校园隔开的小河沟上有一座小桥，"交大"那边的牌子写的是"交清小径","清大"这边是"清交小径"。我结束"清华"课程之后,有的大学还想让我去上课,虽然喜欢在台湾那里"过日子",那里传统习俗保留比大陆多,比较有人情味,生活饮食和我的家乡潮汕揭阳很相近。但想到我这么老了,书已经读得很少,也没有新的想法,不应该到处乱跑,就打消这个念头。

微:您在那里都上什么课?学生水平怎样?教学方式和大陆相同吗?

洪:我上的课和在北大的差不多,也就是当代文学、新诗什么的。在彰化师大和"交大"社文所,主要讲当代的"前三十年",讲一些文学史问题:当代文学制度、作家身份、文学内部成规、当代文学文化资源、重要的文学事件和作家。每周一次课,三个钟头,都是我一个人滔滔不绝,每次都讲得很累。北京的学生批评我实行的是"暴力专政",不符合教学规律。2014年到"清大"中文系,就和学生一起读1980年代的作品。每次课读一个诗人的诗,或者一篇小说。每次课会让两位学生先做准备,查阅材料,提出报告,我再延伸补充发挥。因为经历、处境、文学教育等的差异,能发现和大陆读者、批评家不同的有趣想法。譬如,他们不喜欢北岛早期的诗,觉得语言"僵硬",技巧也单调,对顾城倒是评价比较高。虽然我一再解释,他们也不大能理解韩东的《有关大雁塔》为什么是"好诗"。有的学生喜欢《艳阳天》,但我们这里现在耐心读它的好像不多。讨论王安忆《叔叔的故事》,"清大"的一个年轻老师说:"人不能那么刻薄"——她指的是小说的叙述者;一位老师不同意阿城最好小说是《棋王》,说《树王》要好许多……

微:现在大陆有许多交换生到台湾,您遇到过吗?

洪:2009年我第一次去,交换生还很少,近几年很多,各个学校都能遇到。我到澎湖旅游,在马公岛、万安岛上,也能遇到自己独行的大陆交换生。这次"清大"我的课上，就有咱们中文系的三位学生，你们都认识的吧，孟蕾、鞠晨和李昀？我和她们都很意外：没有在北大，倒是在台湾听我的课。她们都很优秀，报告、期末作业很认真。我临回北京时，"清大"刘正忠教授（也是台湾著名诗人唐捐）还特意告诉我，李昀在他课上的作业很出色。上我的课的，其实"身份"很多样，除了台湾研究生以外，也既有大陆本科的交换生。"清大""交大"的研究生中，也有从大陆的大学，如中山大学、中南大学考过去的。另外就是"清大""交大"和淡江大学的几位年轻老师。记得2009年在彰化师大，听讲的有来自台北、新竹、台中和南投的老师和学生。从台北自己开车到彰化，来回至少要三四个钟头；这么辛苦，我很不安，几次劝说她们不要来，却一次课也没有缺过。只有一次一个学生请假早退，说她好不容易弄到在台北小巨蛋伍佰演唱会的票。我说，你快走吧，听伍佰唱歌当然重要得多！——当时我根本没听说过伍佰这个名字，不知道他是何许人。

微：台湾的大学中文系的教学情况怎样？他们关心大陆当代文学吗？

洪：其实在那里，我过的还是在大陆那种足不出户的日子，很少主动和作家、学者交往，只是应邀去一些大学演讲，对那里大学的情况所知不多，至少是很不全面。有一次上课，我一时兴起便对台湾社会、政治问题发表议论，一位听课老师（彰化师大的徐秀慧）忍不住插话："洪老师，你成天关在屋里，您知道什么呀？！"但还是有一些印象吧。一个是比起大陆中文系，他们更重视古代文学、文献学，20世纪文学则重视民国时期的部分。另一个是比起我们重视"大文学史"，他们更重视作家、典籍和专书的研读。大陆当代文学的教学、研究，在台湾很边缘的。不过，近些年这个情况有了改变。去年11月我去"中央大学"（中坜）讲课，那里中文系主任王力坚教授正在给研究生开"知青文学"的专题课。当然，王力坚本人原先就是大陆的知青，他让我去讲多多的诗。好几年前,成功大学(台南)翁文娴教授在她的诗歌分析课上,就选了许多大陆当代诗人作品,还有臧棣的诗;就讲臧棣的诗这件事说,比起大陆的学校也显得很超前。在台湾,主要精力放在大陆当代文学研究上的学者,许多是施淑、吕正惠教授的学生。施淑教授是淡江大学的,已经退休。她和施淑青、李昂(施淑端)是三姐妹,施淑是大姐,你们更熟悉小说家施淑青和李昂,写《杀夫》《暗夜》的。她们是彰化鹿港人。所谓"一府二鹿三艋舺",府是台南府,艋舺是现在台北的淡水河一带,鹿就是鹿港,在中部的西海岸,台湾早期的通商口岸。80年代在大陆很受欢迎的罗大佑也是鹿港人,他有一首歌就叫《鹿港小镇》,"我家就住在妈祖庙的后面,卖着香火的那家小杂货店……"鹿港我去过两次,漂亮的旅游小镇;学生带我在老街吃蚵仔煎,蚵仔米线,但感觉不如广东汕头的蚵仔煎(汕头叫"蚝烙")好吃。

微:现在台湾有很多人在建构台湾文学、台湾文学史的概念,请问您对这个问题怎么看?

洪:这其实应该问咱们系的计壁瑞、蒋朗朗老师,他们是这方面的专家。其实,台湾文学史、台湾新诗史的著作,并不是首先由台湾学者写出,最早是大陆学者编写的,如古继堂、古远清先生的著作,还有我大学同班同学刘登翰主编的《台湾文学史》,社科院文学所的黎湘萍,也是很出色的台湾文学研究专家。台湾一些学者对大陆编写的文学史、新诗史,有不同看法,有许多批评。近些年他们也陆续编写这方面的著作,前些年也开始在大学建立台文系和台文所。"台湾文学""台湾文学史"的概念,80年代以来大家都在用,不过,两岸学者在理解上有许多不同。这里涉及不同文学观念,特别是对历史、对当代政治的不同看法。一方面是作家作品评价上的分歧,更重要是对"台湾文学"的源、流的不同甚至对立的理解。总的说,大陆学者是把台湾文学看成"中国文学"一个部分，而有的台湾学者则想建构自己"独立"的系统：这反映了文学史问题上的"独统"之争吧。

微：对这个问题，台湾学者内部观点是不是也有不同？

洪：是的，也不一致，甚至有很大分歧。我认识一些老师，研究者，他们这方面的观点就和大陆学者很接近。他们中一些人带有"左翼"的政治、文学理念，虽然认为台湾文学有自身思想艺术特征，但强调它是中国文学的组成部分，强调与大陆文学在源流上的紧密关联。他们也特别关注大陆和台湾文学的左翼经验，比如台湾六七十年代的乡土文学运动，像黄春明、陈映真这样的作家，以及大陆30年代左翼文学、"解放区文学"、当代"社会主义文学"的经验。我读过他们不少的著作、论文。

微：是研究生学位论文吗？

洪：有的是大学老师专书，也有博士生的学位论文。研究丁玲的，研究社会主义现实主义在中国的接受的，研究柳青、赵树理的，还有研究江苏"探求者"文学集团的（高晓声、方之、陆文夫、陈椿年他们），水平都很不错。有一位博士生写柳青，专门到陕西了解当年柳青的生活情况，了解《创业史》描写的地理环境和生活习俗，搜集相关材料。现在"清大"中文系一位做路翎研究的博士生，虽然路翎作品都有新的版本，全集也在陆续出版（上海复旦大学张业松教授主编的），她仍坚持要看作品的原刊本、初版本，几次到北京、上海的图书馆，拍照复印；说没有见过原刊本不放心，也难以感受那时的时代氛围。前些天，我参加吴晓东老师指导的刘奎博士论文答辩，他写抗战时期的郭沫若。孙玉石老师特别称赞他的论文引用材料的处理方式，都是根据原来发表的书刊，而不是后来出版的选集、全集。这不是简单的技术问题，而是研究、做学问的严肃性。现在有的作家的"全集"不可靠，有的作品文章经过家属、编者修改。另外，论文注释引自《全集》

第几卷第几页,也完全不能反映文本的"原始状况"。你们有的可能将来会走上研究的路,这个问题值得参考。

微:您觉得现在台湾与大陆的文学情况怎样,有什么区别?

洪:这问题太大,没有办法回答,主要还是我对两岸的文学情况了解都非常有限。说一点感觉吧。大陆文学比起来格局要大很多,但是我们这里气氛好像也比较焦躁、紧张。台湾那边没有这样焦躁。我们这里总时不时提出文学、诗歌出现危机,困境这类问题,台湾好像没有这样的紧张度。不过,这也反映那里的文学当前可能欠缺活力。就诗歌方面说,六七十年代,中国新诗成就主要在台湾,但是现在,我感觉大陆的诗要强许多,无论题材还是艺术水准都是这样。说到我们这里几年就来一次的文学(新诗)危机论,黄子平老师曾讲过一个笑话。在一次"现代文学学科危机"学术会议上他说,在香港看到一家百货商店,挂出醒目的标语,说本店即将关张,货品"甩卖大出血",抢购从速。黄老师说,可是三四年过去了,这个广告牌仍挂在上面,百货铺并没有关门。"危机论"可能是真实情况和真实感受,对现状的不满,体现我们强烈责任感,但有的时候也可能是一个噱头,一种"促销"手段。

到北大念书

1963年的夏天,是我参加"高考"的季节。当时的"录取标准"主要还是"分数"不是"出身",所以我很走运地考上了北京大学中文系。

当时,北大的物理系和中文系分别是理科和文科录取分数"顶尖"的系,中文系在全国每年招收一百人上下,在北京的录取人数也就是十个左右,师大女附中的文科班,已经有好几年都是每届有两个学生考上北大中文系:62级是刘蓓蓓和钱学列,63级是我和张书岩……这些成绩可以与男生抗衡的学生都是师大女附中文科班的骄傲。

为了筹集上大学的最初花费,我报名参加了学校的暑期"勤工俭学",那是我的第一次自力更生。

我的工作最开始是清除暖气片上的铁锈,后勤的工人师傅把暖气片从教室里拆下来,集中放在操场上,我的任务就是用铁刷子刷掉暖气片上的铁锈。那把铁刷子很好使,我又是从来干活不惜力,刷下来的铁锈颗粒就像是教室里做值日的时候扬起的灰尘在我的身边飞舞,虽然学校发了"劳动保护用品"——口罩和手套,可是,仍然挡不住无孔不入的铁锈灰尘——每天我都是带着一身铁锈回家,连鼻孔里、耳朵里、眉毛上都是细细的铁锈粉尘。母亲总是拿着扫把迎出来,一边为我清扫衣服上的铁锈，一边对我说："洗洗脸、洗洗口罩，刷刷牙吃饭吧！"母亲还说："学会吃苦不是坏事，人没有吃不了的苦，只有享不了的福！"

清除铁锈的活干完以后，就是给修理地下暖气管的师傅当小工。记得我背着工具袋，跟在暖气工的后面，爬进暖气管道，暖气管道一米见方，左、右壁是砖砌的，上面盖着水泥预制板，暖气管道的右边是暖气管，左边的空间可以容得下一个人爬行，也可以勉强容得下一个人坐下修理暖气管的接头。暖气工一边爬行，一边检查，有时候还会坐下来拧拧螺丝帽什么的，我就听师傅的吩咐，递给他手电筒、钳子、螺丝刀……一天干下来，倒是觉得比刷暖气片还要轻松些。

大学时代

记得我干了 21 天，挣了 10 块 5 毛钱，这是我平生第一次领工钱，10 块 5 毛钱在当时可不是一个小数目，当时北京市的最低生活费用是每人每月 12 块 5 毛钱。我买了一个脸盆、两条毛巾、一个漱口杯、一支牙膏、一支钢笔、一个日记本、一个书包、一双鞋，剩下的几块钱交给了父亲。

暑假过后的 9 月初，我在规定"报到"的日子，前往北大。

我提着母亲为我准备的、打成捆的干净被褥和一个线网兜，网兜里装着搪瓷洗脸盆、茶缸子，书包里装着北大的"录取通知书"、纸笔、牙刷、牙膏什么的，行李很重，因为我从小患有风湿性关节炎，母亲特地为我带上了可以隔潮的单人床毡垫。

母亲把我送出家门口，望着我向西走去，直到很久以后我才意识到，那一天就是我开始独立生活的日子，从此以后我就距离我的"家"

越来越远了。

从兵马司西口的丰盛胡同7路汽车站上车，7分钱坐到西直门，倒车换乘郊区车32路，车票1毛5。

记忆中的公共汽车已经没有了50年代前面的大鼻子，发动汽车也不再是用摇把插进汽车的大鼻子里拼命地转，就像是在农村从井里打水摇辘轳一样，车门也可以自动关闭了。

那时候的汽车只有一个门，售票员站在车门口，每站他都先跳下车，收验下车乘客的车票，等到上车的乘客都上完了，他才上车，遇到人多的时候，他得用手把乘客都推上车，然后自己挤上去，双手拽紧车子里面车门两边的铁杠，用自己的身体使劲往里拱，让车门在他的身后呼然关闭。

我把行李卷竖起来靠在车厢的最后面，用腿倚着它不让它倒下，眼睛看着窗外面对马路的郊区风景，耳朵听着售票员报站名，咕咚咕咚坐了十几站，才听到"北京大学到了"的声音。我提着行李下车，看到王府一样的大门，蓝地金字的匾额上写着"北京大学"四个大字，我一个人进了校门，心里奇怪何以这样冷清，询问之下才知道：学校迎新和新生报到都是在南校门，32路车在南门有一站叫作"中关村"，中关村车站就有人迎接新生……

已经坐过了站的我，只好自己提着沉重的行李从北大西门穿过古色古香的小石桥，办公楼，图书馆（现在的档案馆），南、北阁，一、二、三院，第二体育馆，哲学楼……方才到了直通向北大南门的大路，走进了熙熙攘攘的各系的"迎新站"……

在迎新站我领到了校徽和学生证，学生证的后面装着十个借书卡片，学生证和借书卡上都印着我的"学号"：6307005，这个学号表示我是1963年进入北大的中文系（代码07）学生，我是北京录取的十几个学生之中的5号，北京籍的学生学号排在63级学生名册的最前面，这个号码就是我，它在北大是独一无二的。

"当时的中文系女生住在27斋"。现在,27斋(楼)已被拆掉,盖起北大教育学院大楼。

63级不到一百个学生中有女生12个,我们文一(3)班有4个女生。

当时中文系女生住在27斋(27斋于2007年被拆毁,盖起了教育学院),4个人一间宿舍,宿舍的长度恰恰可以摆放两张双层单人床,床前一张四方桌,面对面可以坐下4个人看书、写字,旁边一个小书架,每人一层,学校发给每人一个方凳,平时坐着看书,周末到东操场或者大饭厅看电影都是自带座位,出入大饭厅和东操场门口的时候,学生们都是把自己的板凳顶在头上。

二年级时27斋住了留学生,每个留学生配备一个"出身好、政治可靠"的中国学生陪住,两个人住一间房,中文系女生就搬到了30斋,还是4个人一间宿舍,我所在班的4名女生住在楼房阴面水房隔壁的323号。

一、二年级的课程有:中共党史、古代汉语、现代汉语、古代文学史、文艺理论、外语、写作、体育。记忆中的任课老师有:沙建孙、赵克勤、倪其心、侯学超、陆颖华、吕乃岩、林庚、孙静、周强、洪子诚……

记忆中最忙碌的是党史课。因为没有书和教材,全凭老师课上的教授,所以每星期一次三节课连堂的党史课就弄得非常紧张:首先是要提早出发,到阶梯教室去占一个靠前的座位,可以听得清楚一点,因为那是几个系一起上的一二百人的大课,而且没有麦克风。其次是眼耳手脑并用拼命记笔记,教室里鸦雀无声,老师讲课的声音和纸笔的沙沙声都能够听得清清楚楚。第三就是下课核对笔记,大家的笔记互相核对,填补丢下的部分,纠正听错写错的部分……期末考试全得靠它啊!党史课就是政治课,谁都不想政治课不及格。

作为一个事件留在记忆中的是我们班对于林庚先生的批判,那已经是"文革"前夕了,革命造反的浪潮开始涌动。

林先生给我们上"中国古代文学史"第二段"隋唐五代文学",唐代文学最重要的部分就是李白和杜甫。印象最深的是林先生讲李白,他从盛唐气象讲到仗剑去国,从李白"不屈己,不干人"的性格,讲到"一鸣惊人,一飞冲天"的志向,林先生讲得神采飞扬、如醉如痴,似乎是林先生与李白的人格已经合而为一;李白之后是杜甫,林先生讲到杜甫的时候,虽然评价也很高,相比之下,他的讲课就少了激情,少了自己的加入,也少了感人的力量……

听一个室友说,我们班的团支部和班干部下课之后向林先生提出批评,说他"扬李抑杜,贬低反映民生疾苦,更有人民性的杜甫",当时,林先生什么也没说就走了……下一次上课的时候,林先生没有表情,也没有什么解释,他只是在黑板上写了一段恩格斯的话,那段话的大意是:真理超过一步就等于是谬误!

林先生2006年魂归道山的时候,我忽然想:先生当年被我们这一代年轻人"批判"的时候,他会怎么想呢?是悲哀师道不尊?是觉得学生无知?还是根本没往心里去?逝者如斯,这些没有答案的事情也都已随风飘逝了。

古代文学史和古代汉语两门课给了我最基本，也是最扎实的古典文学修养，一生之中无论我走到哪里，无论我的职业是教中学还是做研究，我的所有本领都是从这两门课生发出来的。那些教科书和注释详明的参考资料我一直都带在身边：陈旧而永不过时，古朴而不事张扬，不抄袭不臆测不胡说八道……你永远可以相信它们，它们是：

王力主编	《古代汉语》四册	北京：中华书局，1963年	5.60元
游国恩等主编	《中国文学史》四册	北京：人民文学出版社，1964年	3.93元
游国恩编选	《先秦文学史参考资料》	北京：中华书局，1962年	2.10元
游国恩编选	《两汉文学史参考资料》	北京：中华书局，1962年	1.90元
林庚、陈贻焮、袁行霈主编	《魏晋南北朝文学史参考资料》	北京：中华书局，1962年	2.30元
林庚、冯沅君主编	《中国历代诗歌选》上编二册	北京：人民文学出版社，1964年	1.81元

这些书籍的编选、注释者，除了主编之外还有：阎简弼、梁启雄、吴同宝、倪其心、陈金生、吕乃岩、孙静、彭兰……他们都是中文系的老师，在心里，我一直对他们充满了敬意。

进入中文系之后，我很久都不能适应北大"没人管"的学习生活，班级没有固定的教室，许多课不留作业，老师上完课就走了，班主任也难得见到……同学们一下课就各奔东西，大多数是到"文史楼"去上自习。文史楼有文史图书可以随时借用参考，也有大桌子可以四个人同时使用互不干扰。师大女附中的学习和考试经验完全不再有用，我不知道怎样复习当日的功课，也不知道应该怎样对付各门课老师开出的一串串"参考书目",因为平时没有人管,我的心不在焉有时候发展到课上,而且在课余时候,我也会常常坐在湖边观景……结果是期末考试分数不好:只有写作课是5分而且提前毕业,我所喜欢的和不喜欢的古代汉语、文学史、政治课顶多也就达到4分,俄语课、文艺理论课就惨了,常常是3分,这是我最"苦恼"的事情……

当时,没有工夫去想生活单调不单调,更何况事实上我喜欢北大学生"三点一线"(宿舍—课堂—大饭厅)的生活方式。北大的学生都没有固定的教室,常常是一、二节的文学史上课地点在一教,三、四节的俄语课的教室是在西门旁边的小平房,我们班没有人趁自行车,都是挎着书包赶路,中午再从小平房往大饭厅奔……大家都是随身带着饭盆和勺子,装在一个自己缝的布口袋里,布袋有一根线绳拴着,挂在书包带上。中文系的指定食堂是"大饭厅",就在今天"三角地"的北边,百年大讲堂的旧地,大饭厅里有四方的桌子,可以站在那里吃饭,可大多数同学都是端着饭盆一边吃一边回宿舍……听说大饭厅原来也有板凳,可是北大演电影从不限制周围的市民来看,食堂的板凳都被顺走了……

当时,学生的"公共浴室"是在学三食堂的西南边,那是一条东西向的长条建筑,东边女生西边男生,中间是一墙之隔,洗澡的时候,经常有男高音从隔墙上面驾着水声和水汽飞过来,外文歌词虽然听不懂,可是悠扬的美声唱法和他的歌喉浑然一体,这时候浴室两边总是没有了说话声和笑声,只有他的歌声和水声……后来我知道了他就是当时学生合唱团的独唱演员。

记得我刚刚入学不久,第一个新年的时候,我们年级到中文系所在的二院去给老师们拜年,带了几个小节目作为礼物,其中有我的"京剧清唱"。唱的什么已经记不得了,只记得唱完之后有热烈的掌声,而且一位先生被推出来,和我又对唱了一段《打渔杀家》,那位先生唱肖恩,我唱肖桂英,事后我才知道那位先生是吴同宝(吴小如)。

我加入了北大学生社团的京剧队，在学校的新年晚会上，我和一个西语系、一个历史系的男同学表演清唱《二进宫》，一句唱完，热烈的掌声曾经吓了我一跳。

后来"文化大革命"之中，就改唱李铁梅了……京剧行家金申熊（金开诚）先生、胡双宝先生都说我唱得不错，挺有味儿。忘记了是在一个什么场合，我和金先生、裘锡圭先生一起表演过《沙家浜》中胡传魁、刁德一和阿庆嫂的三人对唱。

1965年8月，在我该上三年级的时候，学校安排我们下乡一年搞"四清"，是劳动锻炼，也是社会实践，前一年62级去了湖北江陵，而这一年63级就在北京郊区的朝阳区小红门公社，我们和北京工业大学、中国医科大学、北京电子管厂混合编队，我们的身份是"工作队"。

公社、大队、小队都有工作队的各级组织，公社还有"专案组"，我被分配在龙爪树大队的11小队，工作队员4个人，组长是来自工厂的技术员老郭，下属有我和我们班的男同学林春分，加上一个北工大的同学。

我们每个人都有一本小册子《四清工作队手册》，是"中共北京市委办公厅编印"的，其中有纲领性的文件，也有具体的政策，比如"中共中央关于目前农村工作中若干问题的决定（草案）"，"怎样分析农村阶级"等等。

我们的工作对象是：农村干部。

我们的任务是对于农村干部"四清"：清政治、清经济、清组织、清思想。

我们的工作方法是"三同"：和贫下中农同吃、同住、同劳动。

我们的工作内容就是动员贫下中农揭发干部的"四不清"问题。

我们经常学习文件和政策：有自学，也有听报告。报告的内容多半是传达文件精神，宣传阶级斗争的形势，讲述处理性质不同的"四不清"干部的具体政策界限……

从1965年的8月到1966年的6月,似乎是有过各种各样的运动阶段:扎根串连、个别谈话、小队开会、大队开会、公社开会、典型发言、背靠背揭发、面对面批判、坦白交代、检讨退赔、洗手洗澡、轻装上阵……

当时,每一个工作队的小队都希望自己负责的地方能够整出一个"四不清"的大案,所以,每个小队扎根串连的时候,都是竭尽全力、挖空心思地和贫下中农套近乎,希望从他们的嘴里得到"四不清"干部违法乱纪的线索。可贫下中农也不含糊,有的人干脆说:"慢说我不知道,就是知道了我也得好好想想,揭发了干部你们工作队倒是高兴,可是等你们拍拍屁股走了,我们不是还得听干部的吗?要是揭发错了,我们可怎么活呀?"

可是,还是揭发出来不少问题,批判会上,我看着农民的各种表情:咬牙切齿的(平时总是受干部的欺压,这次可是解恨)、痛哭流涕的(干部检查自己的"四不清"行为)、感激涕零的(受到了宽大处理,感谢党,感谢毛主席)、冷眼相看的(工作队总有撤离的时候,走着瞧)都有,然而,漠然置之的还是大多数。

记忆中的一切都很新鲜,尤其是"吃派饭"和"同劳动"。每天都会到不同的贫下中农——"革命动力"的家里去吃饭。公社和大队干部家不派饭,因为干部是"四清"的"革命对象",吃饭的时候要"和贫下中农心连心",在聊天中了解干部的"四不清"情况……林春分和北工大的同学一组,我和老郭一组,每次派饭都按天付固定的饭费和粮票。

我体会了很多农业劳动的艰辛:挑水是肩膀、腰和脚跟较劲,薅苗时候蹲得膝盖生痛,种黄瓜苗时手泡在大粪汤里一整天,之后的好多天都洗不干净手上的大粪汤味儿。特别是那天中午,我们的派饭是在小队的妇女队长家里吃,我总觉得那天的窝头有大粪味儿,我没敢说,怕被认为是"阶级感情有问题",老郭也没说,可是他吃得比平时少。

老郭是 11 队工作队的负责人，我跟他一组吃派饭就很省心，我只顾吃饭就行了，在吃饭的时候和贫下中农增进感情、扎根串连、了解情况、动员揭发都是老郭在做了，老郭每次吃饭都不闲着。

最"幸运"的是，我在"四清"的时候"火线入团"。

一年的"四清"还没有结束，"文化大革命"就开始了，我的四、五年级就是在"文革"之中度过的……

后来，1966－1968 年在校的五个年级被称为"红卫兵"——这是个不那么"褒义"的称呼，就像是"文革"时候中学的高中和初中在校生被称为"老三届"一样，因为"文革"中的种种劣迹都和当时的大学中学在校生有着千丝万缕的关联——我们都是"毛主席的红卫兵"。

事实上，我在北大正儿八经地只读了两年书……

我的老师
——记吕乃岩、林庚、马振方

半个世纪之前的 60 年代，文科的中文系和理科的物理系是北京大学招生取分最高的系，也是北大的两块金字招牌。

1963 年秋，我从北京师大女附中考进了北京大学中文系，我的学号是 6307005，修习文学专业，被分在文一（3）班。

初进北大中文系，印象深刻的是在迎新会上见到了当时的中文系系主任杨晦先生，一个瘦瘦的老者，记忆中他对新生讲话时说是"中文系培养研究者，不培养作家"，很可能是针对着当时学生中的思绪动向，我听到男同学私下里传说着："别看他瘦，那可是（五四运动）火烧赵家楼点火的英雄。"

按照当时的看法，中文系之所以名列北大各系榜首，是因为有一支堪可为人师表、名实相符、前后相续的教师队伍。

我所听说和心仪的老师，大部分是与我的文学专业相关：老一代的游国恩、魏建功、季镇淮、吴组缃、王力、林庚、朱德熙、林焘这些先生们都已经是我们景仰的先辈、各自研究领域的冠军，我们多半是先读到他们的著述，偶尔才会在中文系或者什么场合远远地看到他们,并不敢贸然到近前打搅。正在当年的冯钟芸、吕乃岩、吴同宝(吴小如)、陈贻焮、赵齐平、袁行霈、唐作藩、王理嘉、吉常宏、倪其心、赵克勤等先生都长于传道授业,也已经在某一方面的研究事业有成,有的先生后来还成为给我们授课的老师。年轻一代的陆颖华、李庆荣、费振刚、刘烜、马振方、赵祖谟、洪子诚、侯学超……这些先生自然也是令人羡慕的年少才俊,他们比我们不过年长五六七八岁啊!

从 1963 年的年中到 1968 年年底毕业离校,我在北大度过了 5 年多的大学时代,当时北大中文系学制 5 年,可是,我实实在在只读了两年书,三年级是被派到朝阳区小红门公社"搞四清",四五年级是回北大"搞文化大革命"。

在校的五年之中,我们与老师们之间的关系几经变异:一、二年级时我们是坐在教室里,手拿钢笔和笔记本聆听和仰望着老师;三年级的时候,我们和老师一起下乡"搞四清",身份都是要与贫下中农"同吃同住同劳动"的"工作队员",感觉上似乎有一点平等的意味;四五年级时到了"文化大革命"中的师生关系就因时而易显得很复杂了,在不同的时段、不同的"革命形势"下,与不同的老师关系都会不一样,有时是势不两立的"革命者"和"被革命者",忽而又会变成"一个战壕里面的革命战友"。

一、二年级时候,我们的主要课程是"中国文学史"和"古代汉语",这两门互相配套的课程都要上四个学期,教科书都是四册,一个学期上一册,它们既是我们的大学启蒙课程,也是我日后参加工作(无论是做中学教师还是做文学研究)的看家本领,而把我领进门并且点燃我内心对于古典文学一生眷恋的人,就是给我们讲课的老师们。

给我们讲授第一段先秦两汉文学史的老师是吕乃岩先生,第二段魏晋南北朝隋唐是林庚先生,之后是季镇淮先生、孙静先生,讲授"古代汉语"的是倪其心先生、赵克勤先生,讲授写作课的是年级主任马振方先生和刘烜先生、洪子诚先生,现代汉语课是侯学超先生,文艺理论课是陆颖华先生……

吕老师是我们的第一个文学史老师,清癯的面容,中等身材,洁净的中山服上衣,板书字体清秀,讲课和走路的姿势中规中矩是他给我的第一印象,也是永远不变的印象。

吕老师讲课总是从容不迫娓娓道来,他讲的虽然是上古至秦汉文学,却能够用言浅意深、确切清晰的语言分析《诗经》《离骚》的内涵,从《左传》《战国策》简括的叙述中发掘出幽默。

记得有一次吕老师讲到《战国策》中的《赵威后问齐使》,课后,一个同学跑到讲台前问吕老师:"赵威后向齐国的使臣问的问题都很具体也很细致,比如'齐有处士曰钟离子无恙耶……叶阳子无恙乎……北宫之女婴儿子无恙耶……此二士弗业,一女不朝,何以王齐国子万民乎?於陵子仲尚存乎……何为至今不杀乎?'赵威后对于齐国的情况怎么会那么了解呢?"吕老师笑笑回答道:"战国时候的国家领土面积都很小,彼此离得也很近,赵太后又是齐国的老姑奶奶,所以齐国的事情她都很熟悉。"之后又对"齐国的老姑奶奶"究竟是怎么回事以及李贽对于这个问题的研究做了详细的说明……

吕老师对于先秦典籍如数家珍,对于相关的研究也很关注,横通纵通的结果就是学生的问题一般都难不倒他,而且最让我们感觉吃惊的是,他在课堂上一边讲课一边顺口就能背诵出他要引用的古诗古文的片段,他操着礼仪之邦的山东腔,抑扬顿挫,听起来真个是韵味十足……

一个学期下来之后,我们从只学过一些个别的古文篇章的中学生水准,在无形之中逐步开始建立了"文学史"研究和发展的概念,对于中国古代文学史也生发出诸多的兴趣和向往,大概这就是潜移默化吧!

半年之后,吕老师的威信已经很高,学生们喜欢向他提问,也喜欢和他聊天,吕老师则是有问必答,我们断断续续地知道了他是鲁西南菏泽专区巨野县人，1943年17岁时参军的"老革命"，也就明白了他的行为举止中规中矩来源于他的军人经历，他在参军前14至17岁在学校读书时的先生是一个老学究，采取"私塾"式的授课方法，讲课之后让学生们背《诗经》《论语》《孟子》《离骚》……他是1958届留校的北大中文系毕业生，给他上文学史课的老师是：游国恩、林庚、浦江清和吴小如……他受惠于旧学校的启蒙业师和新社会北大的优秀教师的传授，再加上吕老师良好的记忆天赋，让他的知识武库用之不竭。

"文革"之中，吕老师成了中文系一级挨斗挨批对象中的一员，记忆中好像是因为他是中文系党总支的"支委"，沾着"中文系走资派"的边儿。因为他困难时期回到山东老家，看到老百姓挨饿，曾经写过文字材料"反映问题"，被批判是"攻击无产阶级专政"。也因为他和学生们聊天聊到过关于贺子珍，这个问题上纲上线起来就没谱了……批斗会上，吕老师和其他老师们仍然站在台上，可已经默不作声，有学生领导和发言人历数着他们的"罪行"，大多数学生们在带领下都喊着"批判"和"打倒"的口号……那时候，师生之间已经筑起了一道荆棘藩篱。

2012年3月17日吕老师去世于阳台山老年公寓3101号。

给我们上中国古代文学史第二段"隋唐五代文学"的是林庚先生（当时，我们学着62级的样子尊称游国恩、林庚那一代教师为"先生"，管比较年轻的教师叫作"老师"）。记忆中好像是因为中文系有不少教师被派下乡"搞四清"，要不然也轮不到我们听林先生讲课。

唐代文学最重要的部分就是李白和杜甫。印象最深的是林先生讲李白，他从盛唐气象讲到仗剑去国，从李白"不屈己，不干人"的性格，讲到"一鸣惊人，一飞冲天"的志向，林先生讲得神采飞扬、如醉如痴，似乎是林先生与李白的人格已经合而为一；李白之后是杜甫，林先生讲到杜甫的时候，虽然评价也很高，相比之下，他的讲课就少了激情，少了自己的加入，也少了感人的力量……

学生们都知道林先生推崇李白，林先生富于声情的讲课也自有他的感染力，课后常有不少同学围在讲台周围，希望着多听一点林先生对于李白的卓见。

同学们都知道林先生也是诗人，30年代就有诗名，同学中间传说着林先生觉得五言诗和七言诗都已经极盛难继，主张而今写诗可以向九言和十言发展，他自己也在探索和实验，记得有一次，我们班的男同学在赶往下一节课教室的路上集体大声背诵着林先生的诗：

> 马路宽阔得像一条河
> 汽车的喇叭唱着牧歌
> ……
> 日出高高地走出大门去
> 朋友们青青在天的远处
> 清晨的杨柳是春的家乡
> 白云遮断了街头的归路
> ……

他们一边笑闹着一边诵读，声音凌乱而且有点不够严肃……

作为一个事件留在记忆中的是我们班班干部对于林庚先生的批判。

听一个女同学说，我们班的团支部和班的干部在某一次下课之后向林先生提出批评，说他"扬李抑杜，贬低反映民生疾苦、更有人民性的杜甫"。当时，林先生什么话也没说就走了……下一次上课的时候，林先生没有表情，也没有什么解释，他只是在黑板上写了一段恩格斯的话，那段话的大意是：真理超过一步就等于是谬误！全班同学都默默地看着林先生，看着他依然是高洁的面容、飘逸的风致和拒绝的态度,谁也没有说话,预想的一次意识形态的批判活动也就不了了之了。

到了"文化大革命"一开始,我们年级的"革命小将"又把这件事倒腾出来写大字报继续批判,还跑到燕南园62号去抄林先生的家,听说还有一位二班的"革命小将"抄走了林先生尚未发表的手稿书稿……那就是后话了。

林先生2006年魂归道山的时候,我忽然想:先生当年被我们这一代年轻人"批判"的时候,他会怎么想呢?是悲哀师道不尊?是觉得学生无知?还是对于那样的无理取闹根本没往心里去?逝者如斯,这些随风飘逝了的往事都永远也不会再有答案了。

63级有一个语言班和两个文学班,马振方老师是级主任兼一班的班主任,二班班主任是刘烜老师,三班班主任是洪子诚,他们都是教写作课的年轻教员。

写作课是我们的基础课,全年级的大课由写作组的老师轮流讲授,分析一些经典的文学作品,各班学生的作文批改和讲评就分班由班主任进行了,写作组的老师们曾经给我们讲过什么课都已经记忆不清,可是级主任马老师的一件事却让我牢牢地记在心里。

似乎是我们年级到北京东郊的一个棉纺厂去参加劳动,女生多是被分配做"检验",男生则多半是去了漂染车间或者是整烫车间干力气活,有一天召开年级总结会的时候,级主任马振方讲话,照例的讲评好人好事之后,马老师特别说到漂染车间和整烫车间的安全问题,强调遵守车间规定的注意事项,他说:"漂染车间和整烫车间都是要接触热水和电烙铁,男同学们一定要注意安全第一,注意不要烫伤了,提倡大家'一不怕苦二不怕死',可是并不是'不怕烫'……"同学们听完马老师语气平常的话之后有愕然,也有议论纷纷……

会后我才知道马老师讲这番话的原因是因为我们班一个出身不好

的男同学,在漂染车间不小心被热水烫了之后,表现得不够"勇敢",被一些出身好的同学认为是"资产阶级的娇气!没有做到毛主席说的'一不怕苦二不怕死'"。

因为毛主席说过:"我赞成这样的口号,叫作'一不怕苦二不怕死'"所以,"一不怕苦二不怕死"就成为当时的号召,也是学生们努力争取的目标和衡量"先进"和"落后"的标准,同学中出身好的人认为:"出身不好的人'怕烫'是娇气!是没有按照毛主席'一不怕苦二不怕死'的伟大教导去做"是当时先进的、合乎逻辑的、革命的推理方式,马老师的讲话显然是没有支持"先进"和"革命"的一方,这让当时的学生们觉得有点出乎意料。

马老师很可能是因为身上担负着一百多个学生的安全责任,他不愿意不顾具体情况,盲目提倡不负责任的口号。

马老师出身好,是共产党员,拥有在当时看来最优越的政治条件,这样的条件在当时可以成为一种走向极"左"的"资本",可马老师从来都不追逐政治高调,不追逐时尚潮流,从生活实际出发为人处世是他一贯的品性,在出身成分可以成为一种特权,表现非凡的革命性受到鼓励,极"左"语言可以横行无阻的时代,马老师选择了自然平实和实事求是,这使我不能忘记。

马老师的话其实说得很幽默,他让"一不怕苦二不怕死"这个严肃的政治口号和"并不是不怕烫"放在一起,就变得有点滑稽,这就是学生们"愕然"的原因。

1984年陈贻焮先生在为马老师的《聊斋艺术论》所写的序言中曾经说:"我和振方共事多年,深知他是个真诚的人,这真诚,表现在他的为人处世和对待工作的态度上,也表现在他对创作艺术的执着追求和对学术问题的认真探索上。"此言甚是。在那个全民都"崇尚"极"左"的年代,能够保存自己的"真诚",不失去自己人格的人,也是很不容易的啊!

"文革"之初，63级的"革命小将"在32楼贴出了三张配图的大字报，一张是"现在是提着脑袋写文章"，画着刘烜先生手提头颅；一张是凡卡写信给"乡下爷爷收"，画着洪子诚一脸倒霉相；一张是"田寡妇也不去看她的瓜了"，配图是马老师无奈地摊着两手。三张大字报的立意是"批判陆平在中文系的小爬虫在课堂上宣扬封资修"——因为马老师在写作课上讲过赵树理的小说《田寡妇看瓜》，洪子诚讲过契诃夫的短篇《凡卡》，刘烜先生有过上述的言论，此外，马老师名下还比刘烜和洪子诚多了一张被批判"一不怕苦二不怕死不是不怕烫"错误言论的大字报……

当时，老师们都已经是"革命对象"……级主任班主任和"革命小将"之间，已经没有了共同的语言，似乎是从此以后师生们就分道扬镳了，一直到63级学生毕业离校，大家都再也没有机会坐在一起。

在35年之后的1998年，借着母校百年华诞盛大节日的召唤，63级的一些学生从四面八方回到北大中文系，转眼之间已经是年过半百满脸沧桑的学生们和马老师、洪老师、刘老师打招呼，合影留念，一切都是很自然的样子……

是啊，"文革"那一笔烂账谁还愿意旧事重提？既然是罪在"四人帮"，人人都是"受蒙蔽的群众"，自然也就不必对于自己在运动中形态各异的所作所为反省和道歉，对于芸芸众生来说，这大概应该是最好的"选择"和"结局"了。

赵克勤老师、倪其心老师都是我们年级古代汉语课的授课老师，他们给我们讲授文选，解释词句，讲解古汉语的语法、诗律词律、古书的句读、古代文化常识……教给我们查字典，查辞书，辨析古今词义的异同……这些老师给了我们进入古代文学宝库的钥匙，让我们终生受用不尽。

陆颖华老师为我们讲授文艺理论课，让我们第一次接触了"理论",她也是我们女生可以谈一点课堂以外事情的唯一的女老师。

花开花落春去秋来,历史总是在不断地翻篇。

在我心里,北大中文系永远是年轻的,它只是从静园的西面迁到东面,从二院搬到了五院,依然是年年的春天盛开着藤萝花,夏天满墙的爬山虎,进进出出的一代代学生也总是流动着青春和活力……

可每当我走过二院和五院门前的时候,我的面前总是会出现我的老师们年轻的面影和他们讲课时候的文采风流……

虽然我和一届届从这里毕业的学生一样,都拥有不同的自己的沧桑。

么书仪　写于中文系系庆前

2010. 2. 25

在北大经历"文革"

1966年6月初,一年的"四清"还没有结束,"文化大革命"就开始了,我们63级在被毛主席称为"第一张马列主义大字报"在中央台广播之后就全体撤回了学校。

记忆中回校之后见到的北大已经失了常态,大饭厅和楼墙上贴了许多大字报,各种颜色的纸上,写满了毛笔字,内容都是响应哲学系党总支书记聂元梓为首的七人(聂元梓、宋一秀、夏剑豸、杨克明、赵正义、高云鹏、李醒尘)大字报,揭发批判北大走资派校长陆平、党委副书记彭珮云的。

我在大字报之间走来走去,在大字报末尾各系老师和学生的署名中寻找我认识的熟人。看到同班同学署名的大字报就从头到尾地看,所有的大字报都学着七人大字报的样子,在末尾写上:"打倒陆平、彭珮云!""打倒三家村黑店!""打倒一切赫鲁晓夫式的反革命修正主义分子!""消灭一切牛鬼蛇神!""保卫党中央!""保卫毛主席!"这样的触目惊心的口号,好像是党中央和毛主席的对面出现了很多的敌人,陆平、彭珮云和赫鲁晓夫一伙,已经危及党中央和毛主席的安全了。

"文革"期间的北大西校门。也当了一回"造反派"。

校长、书记既然已经成了革命对象,学校的各级组织也就跟着瘫痪了,不再上课的学生们在校园里走来走去表情各异:心事重重的有,悠游闲散的也有,在一院到六院之间的花园里还有少数人在读书,念外语……我想:他们真有"定力"。

我毫无目的地走到中文系办公室所在地二院的大门口,看到三五成群的学生们从院子里走出来,他们一改往日到系里就会屏声敛气、文雅小心的习惯,抱着纸笔和浆糊大声地说说笑笑,放肆而快乐得像是在庆祝一个盛大的节日……

我走进楼道,看到各个教研室都很萧条。系里只有办公室里熙熙攘攘,办公室的老崔在那里管事,他的屋子里堆满了一令一令(原张的纸五百张为一令)的彩色大字报纸、一瓶一瓶的墨汁、一盒一盒的毛笔、一桶一桶的浆糊,他在那里主管分发,说得确切点就是"看堆儿"——谁来要就给谁,要多少给多少。

在后来的两年之中,我经历了所有的出现在北大的"文化大革命",然而,时过境迁已经让当年有因有果的事件在记忆中支离破碎,活在记忆之中的场景,也许对我来说曾经是重要的。

新改组的北京市委派来了"工作组",负责人是张承先,在工作组的领导下批判校党委,学生们参加运动的热情高涨,整个北大都是热气腾腾的样子。

不知道是怎么回事,北大所有的学生们都成了斗志昂扬的革命者、主宰者;而北大所有的原来的各级领导和老师们都变成了革命对象、阶下囚,只有聂元梓和他的战友们除外。觉得真理在手的学生们一旦横行无阻之后,革命意志受到空前的鼓励,每天斗志昂扬地在学校里寻找革命对象,"批斗"本身就是革命,批斗任何人大家都会跟随着喊口号,不喊口号的人就显得很特别,我就是跟着喊口号的人,而且经常是站在最后面。

学校一级的批斗会开来开去差不多,陆平、彭珮云是主角,两边陪斗的"爪牙"一字排开,西语系的石幼珊、校医院的孙宗鲁都是"运动员",他们被叫作"刽子手",越是耸人听闻就越革命是那个时代的特征。有一天,我看到陆平校长在校园里拔草,学生们都在旁边围观。

我们班在贫下中农出身的团支部的领导下,革命的主动性和创造力空前高涨。

先是发动了"革命政变":当我被通知开会进入32楼男生宿舍的时候,看到全班同学都到了,就像平时开班会一样,一个宿舍的四张双人床上都坐满了人。贫农出身的团支部书记主持会议,他首先发言,内容是:我们班的团干部里面有国民党反动军官的子弟,这严重违反了党的阶级路线,我们的团支部要由革命干部和贫下中农掌权,我们今天要按照团章的规定,进行民主选举,然后就有不少支持的发言,用语同样的郑重,表情同样的凝重,语气同样的严重,之后是补选提名和举手表决,结果,那个国民党反动军官子弟就被罢免了。

的确,他不是民主选举的,是学生进校之后由中文系团总支根据学生档案记录指定的,他中学时候就是团干部,高考分数第一,他也许是作为"出身不好表现好"的团员被指定担任了团支部组织委员,这是北大当时的通行做法。

每天都在说"革命斗争形势一片大好",而且斗争的激烈和残酷的程度都互相攀比着升级。1966年6月18日,全校和各系里终于全面开花,酿成了斗争老师和校系两级领导的"高潮",每个系都不甘落后,都把总支书记、系主任和"牛鬼蛇神"(也就是出身不好的党员干部和老师)揪出来批斗,北大的院子里到处都是"斗鬼台"……那就是北大"文革"历史上被命名的"6·18事件"。

7月下旬,张承先的工作组撤出北大,据说是犯了"压制群众,阻挠运动"的错误。

工作组撤出之后,北大的运动失去了控制。

记忆中的有一天,我看到中文系的一群学生愤怒地围着中文系党总支书记程贤策质问着什么,程贤策的眼神慌张而且狼狈,完全失去了往日犹如精神领袖一般的风采……这位曾经的地下党员、中文系党总支书记被中文系的"红卫兵"勒令站在一个条凳上低头弯腰接受批斗。他还曾经身上被涂满墨汁和浆糊,粘贴着大字报,戴着纸糊的高帽子,敲着铜锣高声喊:"我是走资派!我是牛鬼蛇神!"这位"革命者"可能从来没有当过"革命对象",后来他自杀了,一个人在香山,用酒和一种叫敌敌畏的农药……

混乱之中的有一天,听到楼下人声鼎沸,我急忙跑下30楼,迎面看到32楼前面用桌子搭起了一个高台,临时揪斗一个"现行反革命"。当我赶到现场的时候,看到中文系语言专业一个瘦瘦的老师弯着腰,被两个学生粗暴地反扭着两臂按着头,批判他的学生指着他大声喝骂,听不清批判的内容是什么。据说是有老师揭发他的反动言论,说他在刘少奇被揪出来之后说:"这真是宦海浮沉哪!"我抬头看着他惊惶失措的眼睛,汗珠顺着他的脸流下来,滴答滴答……然而他清癯的面容、洗得发旧的洁净的蓝色中山服和温文尔雅、中规中矩的站姿，都可见他的风度依旧。

又有一天，我们接到通知，说是二院要开副系主任向景洁的批斗会。我们几个女生赶到二院的时候，批斗会刚刚开始。向景洁站在中文系门口的台阶上，正在回答问话，突然，我们班的一个同学从向景洁的身后走过去，把一瓶墨汁从他的头上浇下来，他猝不及防地哽噎了一下，并不敢稍有移动和反抗。墨汁顺着脸颊流下来，他立即变得面目全非。接着，另一个同学拿来了厕所的铁丝编的纸篓，连同肮脏的大便纸一起扣在向景洁的头上。他不再说话了，似乎也没有人想要听他说话。我看着这位主管全系教学和行政的副系主任，这个在中文系兢兢业业的领导，这么轻易地就被"打倒在地"，丧失了一个人起码的尊严，看到"革命群众"居然可以有这样的"创造力"，这样会污辱阶下囚。心里一边觉得不可思议，一边止不住地想要发抖和恶心。

后来就是江青、陈伯达为首的"中央文革小组"不止一次地晚上来北大，在东操场召开群众大会，他们经常说的是"我们是代表毛主席来看望你们的！"当江青说到毛岸青的妻子张少华（韶华）怎么怎么坏的时候，人群立刻骚动起来，正好站在我前面不远的少华姐妹很快就从我的视线里消失了。

从8月5日毛主席的"炮打司令部"大字报，矛头指向刘少奇之后，北京高校的造反派学生们就心领神会，立即组织了"揪斗刘少奇火线指挥部"，到中南海门外安营扎寨……

北京的学生们开始把注意力从北大转移到了社会上，参加破坏力最强的"破四旧"（旧文化、旧传统、旧风俗、旧习惯）和最有席卷力的揪斗牛鬼蛇神。

砸庙宇，砸石碑，砸牌坊，砸石头狮子，砸匾，砸门楼……在北京可是大有可为！星期六回家的路上，我在7路公共汽车上，就在祖家街站看到一群中学的红卫兵蹬着梯子在路边砸一个门楼，他们挥着铁锤,干得很努力,也很吃力。

修改北京街道和胡同有"封、资、修"嫌疑的名字,也是一件大工程,反修路、革命路、卫东路、卫红路、文革路、东方红路……成为一时的人心所向,而原来的武王侯胡同、祖家街、宝禅寺、观音寺、裤子胡同、舍饭寺、文昌胡同……都是"封资修",赵登禹路、佟麟阁路、张自忠路都是颂扬"国民党反动派",所以它们也都一一在批判、讨伐声中消失了。

这些革命行动的主力是中学的红卫兵,可是大学生也不落后。北大未名湖边的德斋、才斋、均斋、备斋被改成了红一楼、红二楼、红三楼、红四楼。我曾经住过的27斋的门框上贴着一张纸条,上面写着"不许叫斋",我看了半天,才弄清楚这四个字的意思是"破四旧"破到了"斋"这个字上了。在清华大学,我曾经正好赶上清华红卫兵砸工字厅大门前面的一对石狮子,那个石狮子的石材真棒,学生们汗流浃背却是进展缓慢,看起来这力气活不太好干……

在改名字成为高潮的时候,有出身不好的人改了姓,以示与家庭断绝关系;有名字不革命的改了名,以示消灭"封资修",改名叫作"卫东""卫红"的人成千上万,即使是不想改名改姓的大学生也在苦心孤诣地发掘自己名字中的革命意义。

社会上也开始了揪斗"牛鬼蛇神",中学生们根据派出所提供的情况,入门入户批斗"地富反坏右",街道上"出身好"的积极分子成了可以整治街坊邻居的革命派,变得忙碌和神气活现,他们主动地监视邻居,向派出所和红卫兵汇报"阶级斗争新动向",还可以到学校去向红卫兵"求援",请他们前来帮助"革"院子里出身不好的街坊的"命"……

解放之后的每次运动,出身不好的人都是当然的革命对象,每次运动都会有固定的革命目标,可这一次不一样,"走资派"和"牛鬼蛇神"被关在一起,过去整人的和挨整的全成了人民的敌人……也就是

"出身不好"的全部和"出身好"的一部分人一锅烩了。

北京的红卫兵"破四旧"一路顺风，在毛主席的号召下，没有人敢于阻挡。红卫兵们从北京杀出去"支援外地革命运动"也个个都是革命的好手，据说，到曲阜参加破"四旧"大闹"孔家店"的造反派，除了当地的学生和贫下中农以外，从北京和其他省市前去支援的大专院校师生和红卫兵就有一万多人——名副其实的"群众运动"！

大串联是在毛主席的允诺下到社会上去闹革命，全国的"革命小将"都是免费乘坐火车到全国各地去"煽风点火"，改变当地"走资派""压制"革命群众，使"文化大革命""冷冷清清"的形势。第一次我和班上的几个男同学一起去了苏州和广州；第二次我一个人到了成都，在四川大学与北大数力系的一个老师、一个同学一起南下云南东川，在那里整整忙了一个月，"帮助"当地人揪斗东川铜矿的走资派，我们三个人组织了一个"长征战斗队"……

在从北京开往成都的火车上，我看到北京的红卫兵押解着牛鬼蛇神"遣返回乡"，牛鬼蛇神在车厢的过道一路爬过去，又爬回来，嘴里念念有词："我是牛鬼蛇神，我有罪，我有罪。"后面有红卫兵挥舞着鞭子，喝道："大声点！快点爬！"在从成都去云南的路上，一个平时坐6个人的卧铺车厢单元里一共挤着28个革命小将……当时，我们都练就了从火车车窗上下火车的好身手。

1968年夏秋，"工军宣队"进校作了领导，聂元梓和学生领袖的"校文革"就算是过了气。

记忆中工宣队的副总指挥是一个姓魏的口才很好的女工人，她的特点是：在全校大会上指名道姓的批判可以做到肆无忌惮，她的话经常是有后果的，被她点名批判的人会受到更多更大的，不仅"触及灵魂"，而且"触及皮肉"（推推搡搡、连踢带踹、拧胳膊、按脑袋……）的批斗，记得她在讲话中说到过："最高指示：'备战备荒为人民'，可是北大到处是花花草草，这就是培养修正主义苗子的温床，我们工人阶级就是要铲除这个温床……"

她的讲话导致了一院至六院之间"静园"那一大片可以称为园林的花园的毁灭，那片园林不仅历史悠久而且是北大的一景，那里有很多不同品种的大树和粗粗细细的葛藤交互缠绕，一条石子铺成的小路曲曲弯弯，有太湖石和石洞，有石羊和石碑（那两座康熙二十四年的石碑应该是很有来历的），有六角的街灯散落在各个角落里，这些曲径通幽的小路、石刻、石头座位交织在一起，是读书和散步的绝好去处，也是赏心悦目的风景，在那里穿过总是可以碰到相识的同学和老师……

魏副总指挥讲话之后，这批园林就被夷为平地，原来分散的太湖石、石兽、石碑……被归拢在一起，堆放在静园的东北角。按照她的讲话精神，静园种上了果树。后勤的工人们还把魏副总指挥的指示推而广之，清理铲除了北大的各个角落、未名湖周边的花花草草，哲学楼东北角路口中间的一大丛高高大大的白丁香也被杀死了，而五四运动场全被挖开，种上西红柿之类的蔬菜……我一直忘不了她的无知和无畏。

记忆中这一时期北大的自杀者不少，中文系程贤策、历史系翦伯赞夫妇、西语系俞大绚……加起来有二十几个，中文系的学生有四年级的沈达力、三年级的刘平……这些本来还想着有一天运动结束可以平反昭雪、重见天日的人，终于失去了希望。

毛主席给校刊题词"新北大"，后来"新北大公社"成立，加入不限制出身，所以我们这些没有希望成为红卫兵的人，都高兴地成了新北大公社的社员，胳膊上也能够佩戴黄字红袖标，那是挺光荣的事情。不久，记不得为了什么，学校里又出了另外一个群众组织"新北大井冈山"，然后就旷日持久地打起了"派仗"。

打派仗的时候，有一个同班同学问我愿不愿意到新北大公社的广播台做文字编辑，我想，采访和写稿对我来说都不难，一边参加运动一边还可以练练笔也不错。按理说广播台是喉舌,既然他们没有强调阶级路线当然挺好,只是我总是写不好打派仗的稿子,说理讽刺和尖酸刻薄都不是我的特长,这被叫作"缺乏战斗力"。

有一天,我正在编辑室值班,下面传来急遽的敲门声,我急忙下楼去开门,中途却从直而陡的石阶摔下去崴了脚,我爬到门前抽开了铁门栓,一群人涌进来就冲进了广播室,我坐在地上听到广播,说是:"牛头山"(新北大公社称呼井冈山)的小丑们正在挑起武斗,新北大公社社员们,请你们立即拿起武器,马上到某某楼前集合……那一天发生了两派的武斗。

第二天,母亲骑着自行车来接我,我收拾起自己的洗漱用具、教科书、笔记和日记,然后坐在自行车的后座上,母亲推着自行车把我一直推回西城的兵马司,走了三个多小时……幸运的是:我的书和笔记完整无缺,在后来发生的武斗里,它们没有落到对方手里,真应了"祸兮福所倚"的老话。

在我治疗脚伤的时候,我知道了新北大井冈山的红卫兵占领了学生宿舍区,从30楼起始,32、34、35、36楼一直到北大南墙的一大片相连的楼房;新北大公社占领了周围更多的楼房,包围着井冈山。两派学生组织中都有后勤的工人,他们用电焊焊接钢筋,制造了大型的弹弓,用自行车内胎和方砖配套,把互相可以用弹弓够得着的学生宿舍的窗玻璃几乎全部打碎,井冈山在30楼一直到南墙的各个楼之间都挖(通)了地道,想来是为了躲避弹弓,也便于秘密行动的……

后来我曾经远远地看到30楼我的宿舍的窗户上,挂着母亲给我的防潮的毡垫,已经被用以阻挡弹弓射过去的砖头。我很心疼那个毡垫,也心疼我的丢失的相册。

两派学生开始是互相辩论,后来就开始相互谩骂、武斗。本来的同学和朋友,一旦成为"两派"就会变得不共戴天。那时候,全国人民都在高呼"誓死保卫党中央!""誓死保卫毛主席!"可奇怪的是:口号虽然一模一样，却弄得同学之间，甚至于夫妻、父子、兄弟姐妹之间，也会因为派别有异而反目成仇⋯⋯

记忆中的盛夏，海淀的居民都坐在路边的马路牙子上，摇着蒲扇，听着两派的高音喇叭互相嘲骂讥讽⋯⋯

当时，毛主席的最新指示都是在晚上8点由中央台广播，那是"文化大革命"下一步的"战略部署"，全国人民都是直接接受毛主席的领导。学校里和大街上都架设了高音喇叭，北京市以海淀区的八大学院和北大这一块密度最大，一有最新指示，所有的高音喇叭都会以最大的音量一起开放，所以所有的人都可以在第一时间里同时聆听到最新指示。

工军宣队进校之后，广播台这个校级单位也进驻了工宣队，在工宣队裁去了出身好却不那么听话的编辑的时候，一个出身好的女广播员提出："工宣队为什么不执行'阶级路线'？"我知道她说的是裁人的事，是责问工宣队为什么没有把我这个"出身不好的人"裁掉。她的义正辞严和不屑的表情，令我马上心里就开始惶恐起来，可工宣队并不买账，回答说："工宣队就是阶级路线。"出身好的女广播员翻着眼睛，却拿毛主席派来的成分好的工宣队没有办法，因为"成分好"比"出身好"还要牛气。从此她不再和我讲话，我也尽量躲着她⋯⋯幸而不久63级就"回到班上"闹革命了——因为快要"毕业分配"了。

工军宣队主持了两派的"大联合"——不谈是非只谈联合，说是让互相归还宿舍的财产，互相整的"材料"都上缴工军宣队，由工军宣队进行"甄别"和处理。

武斗之后的宿舍的财产早已不翼而飞，也没有人再提起和追寻，互相伤害了很久的全班同学重新坐到了一起，大家都没有什么话说，单单是观点不同派别有异是容易化解的，做到"大联合"也不难，可是在"文革"过程中对老师、同学实施过人格侮辱和政治诬陷的事情却很难被忘记和互相谅解。诸如：毒打过老师，把墨汁浇到系主任的脸上，把装着大便纸的纸篓扣到老师的头上;通过抄看同学的日记和信件义正辞严地说同学是"反革命";把帮助过自己的、出身不好的同学斩钉截铁地说成是"腐蚀拉拢别有用心";在大字报上辱骂谈恋爱的同学是"搞破鞋";在大饭厅门口扇了不同观点的同学的耳光;在武斗中为了证明自己"阶级感情深厚"动手毒打出身不好的同学……这样的事都是"出身好"的人的专利,在漫长的"文革"过程中出现的频率极高——出身不好的人没有胆量,也没有资格这样表现和用这样的方式证明自己,他们只有权利沉默,这"沉默"也显示着没有"谅解"也没有"忘记"……

因为中文系的30楼(女生宿舍)和32楼(男生宿舍)都是在井冈山的占领范围之内,所以,新北大公社一派的日记和信件全都落到井冈山人的手里,他们用这些原始材料为新北大公社派的每个人都整了一份"反革命言行",其中我的一份最薄,因为我的日记和信件都带回了家,所以没有实质性的内容(真是上天保佑了我),我们这一派倒不是不想整他们的"材料",只是没有机会得到他们的日记和信件罢了。

工宣队把两派学生互相整的"反革命材料"进行了甄别,对犯有"攻击诬蔑中央首长"这类罪行的学生又根据出身、表现进行了区别对待:批判的批判,检讨的检讨,在大拨的学生都分配离校之后,他们有的被发配到青海,有的被送到沙河农场……

1968那一年,北大的61、62、63级学生在半年之中分配完毕。

那年的分配与北大历年的分配方式都不相同:一是北京、上海、天津以及各省省会都没有名额,二是没有具体的工作单位,三是分配下去首先要"接受再教育"。大家都是先到各省的省会去报到,然后由省里决定分配你到哪里去"接受再教育",只有少数的"方案"上有具体地点,比如"陕西渭南""浙江某地",那就是引人注目的好方案了。

分配的程序很简单:先是公布分配方案,工军宣队在32楼贴上一排大红纸,纸上写着:河北(3人),内蒙古(6人),山西(7人),

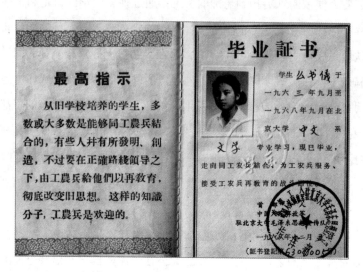

1968年由工人、解放军驻北大宣传队发的毕业证书，内容相当丰富、复杂。一共有8页。第一页是毛泽东图像，第二、三页为林彪、毛泽东语录，第四、五页如图，第六、七页是毛泽东的"新北大"题词和林彪语录。

新疆（3人）……然后自报公议，群众讨论，个别谈话，最后工军宣队又贴出一张大红纸，纸上写着：河北（某、某、某），内蒙古（某、某、某、某、某），山西（某、某、某、某、某、某、某），新疆（某、某、某）……发下了派遣证之后就完事了。

　　分配的时候，只有出身好的人有权利选择地点，考虑得失，出身不好的人都很自觉地选择一个和自己的出身相匹配的地方（比如边疆、山区、经济落后的地方），工军宣队自然也会把好的地方（比如经济发达、沿海）分配给出身好的人，那叫作"执行党的阶级路线"。

　　北大毕业生，从"革命动力""革命小将"转而成为"接受再教育"的对象，对于这种180度的角色转换，没有人提出质疑？！

　　是啊，经历了"文化大革命"，看惯了昨天还是革命干部、革命教师,今天就成了"反革命修正主义分子"这样的事情,对于仍然属于"革命阶级"范围之内的角色转换,还有什么不可理解的呢?全国人民都习惯了"毛主席挥手我前进!"不必使用自己的头脑。

毕业分配至今数十年过去了,在正常的老年人开始有时间、有心情、有余钱怀旧的如今,我们班没有人张罗聚会,即使是在北大百年校庆的1998年,也有一部分同学没有到校,到校的人振振有词:"都这把年纪了还这么计较,就不能宽容大度一点?"……然而,我可能更理解当时曾经受到伤害、至今还解不开心结的人——观点分歧容易化解,可以归结给当时的"政治氛围",可是那些跻身于主流社会,曾经乘着"文革"的东风伤害了同学的人,存心要把同班同学整成"反革命"却至今都没有一丝反省的人,有资格说什么"宽容大度"吗?

可实际上偏偏就仍然是他们在振振有词!

入团纪事

在我的少年和青年时代，小学生和初中生几乎都是少先队员，中学生和大学生中的多一半人是共青团员，成年之后，少数的优秀分子才会是共产党员。所以，如果谁要是小时候没有入过队，一定会被认为是不可思议；谁年轻时候没有入过团，一般会被认为是不要求进步的落后分子；而成年之后入不了党就没有关系了，优秀分子毕竟是少数嘛！

当时的潮流和说法是："每一个要求革命的青年"都要"积极要求进步"，争取早日加入"共产党的后备军共青团"。这样的逻辑深入人心：不争取入团，就是不要求进步，不要求进步就是不革命，在"革命"和"不革命"之间，"没有中间的道路可走"——在大学和中学里，校长这样说，班主任这样说，政治课这样说，团支部这样说，学生们也都这样认为，在学校所有的场合，所有的人都循环往复地重复着同样的"至理名言"。

在当时，发展刚刚超过"队龄"的初中学生入团和刚刚进入成年的高中学生入党，都会被看作一件很隆重的事，和一般傻乎乎的中学生截然不同，这些学生都是比较成熟的会说一些政治语言，会被普通的中学生认为是与众不同和高深莫测。

青年学生按照先天的家庭条件，不言自明地被分成两部分："出身好的"和"出身不好的"，"出身"这个"事实"决定了你的社会地位，"出身"这个"概念"如影随形地时时刻刻跟随着你，提醒着你，决定了你的政治地位和你在别人眼里的分量。

在"党性"大于一切，"个性"成为批判对象的时代，一个人是不是被认为"要求进步"是非常重要的，谁也不想当被人看不起的"落后分子"。当"落后分子"是有后果的：不仅仅是"好事"轮不上，单只是接长不短的点名和不点名的被批评、被批判，就具有足够的警示作用。

"要求进步"和"入团"对于不同出身的人来说，"难度"是不一样的，争取的方式也不相同。"出身好"的人如果没有要求进步的表示，一般会被认为是"暂时的""思想幼稚"，而"出身不好"的人就一定会被认为是因为受到家庭的影响而"思想落后"，"出身不好"的人都不想成为这样的"落后分子"，也害怕自己被认为是"与家庭划不清界限"。

从初三到高中到大学，"争取入团"对我来说，曾经是一个忧心如焚的过程。

在15岁的1960年，我在北京三十九中上初三，那是我第一次参加共青团的发展会，发展对象就是我们班的班长。

原以为入团和入队差不多：班主任一定是表扬班长学习努力，关心集体，帮助同学，工作负责，让大家向她学习罢了，却没有想到在班主任简短的发言之后，整个会议都是班长痛哭流涕地"控诉"她的"国民党反动军官父亲"的"滔天罪行"。她说，她的母亲是她父亲的"小老婆"，本来也是"劳动人民出身"，可是在她做了她的父亲的"妾"之后，也是过着"吮吸劳动人民血汗"的、可耻的"寄生虫"生活，她要坚决与父母"划清界限"，她要做"劳动人民的"好女儿……

介绍人班主任最后总结发言，大意是说：每个人虽然不能"选择"自己的"出身"，可是，都可以"选择"自己要"走什么道路"，某某同学能够"彻底揭发"父亲的滔天罪行，就是迈出了"走无产阶级革命道路"的"第一步",每一个"出身不好"的同学,都应该向她学习。讲完后全班同学热烈鼓掌……

直到今天我都很难确切地描述出这个"发展会"当时对于我产生的震撼,只记得回家的路上,我愣愣的脑子发木:心里乱糟糟的全是班长对于她父母缺席声讨时用语的极端和带着仇恨的语调,她的声色俱厉、她的声泪俱下……我没有想到可以这样在人前背后痛骂自己的父母,这一切都太离奇了,有点不像是真的,而且完全超出了我的理解能力和情感所能承受的程度。这一幕怎么想怎么像是表演,可是我又明明看到她涕泗横流,在我的心里,眼泪是不能掺假的……那天我一直在想:她究竟怎样去"划清界限"呢?她这样骂了养育她的父母,今天她可怎么回家去面对她的父母呢?以后又怎样在她的父母的养育下生活呢?怎么样去"划清界限"呢?……想不清楚,也没有和母亲说,朦胧之中,似乎觉得"划清界限"之类,也与我和父母有点关系,因为我也不是劳动人民出身,我的父亲从刚刚成年的三十年代起始就做股票,这在当时算是"剥削阶级"……

这是我第一次知道了什么是"出身不好表现好"的典型,怎样做才算是"和家庭划清界限",见识了同龄人中"成熟"的样板,这也是三十九中给我的最最深刻的"政治启蒙"。

15岁还没过完,我就被保送进入了北京师大女附中读高中。当时的师大女附中是一个"贵族女校",学生大多数来自高干子女学校育才中学,平民出身的学生很少,和三十九中不同的是,学生中的团员是大多数,每个班都有一个团支部,团支部下设团小组,支委们从言辞到工作作风都显示出成人般的权威性和有条不紊。

团支部显然是比班长还要重要的领导。从一开始,每一个"要求进步"的学生就都配了一个团员做"联系人","联系人"负责关心和听取"被联系人"的"思想汇报"(一般都要汇报自己出现的错误思想),作出指示(分析你自己暴露的错误思想的实质),并且及时把"被联系人"的"思想动态"上报到团支部。团支部的中心工作就是"掌握全班非团员的思想动态",所以当团干部、班干部党团政合一地围在一起小声议论的时候,大家就都知道他们是在"分析全班同学的思想情况","交换对于全班群众的看法",自己应该离她们远一点,不要被别人觉得自己是想要偷听——特别是出身不好的人。团支部负责选择和确定"重点培养对象","成熟一个发展一个"。

到了师大女附中这样的政治环境之中,虽然我仍然是15岁,可是内心却一下子成熟起来:意识到自己"争取入团"的事情已经不能再回避。

记不清是在高二还是在高三,我们班又发展了一个"出身不好表现好"的典型入团,她的父亲也是国民党高级将领(师长?军长?副司令?反正比三十九中班长的父亲还要"反动"得多)。这是个"体育明星"式的女生,高高的个子,齐耳短发,青春健康,她是什刹海业余少年体校排球队的骨干,经常去参加全国性的比赛;她的功课好,数学、物理在班上数一数二;她的排球打得好,比赛的时候满场飞,什么"没救"的球她都能救起来;她的生活内容丰富,说体育,聊电影、谈功课,她都是神采飞扬;她的人缘好,走到哪儿,身边都有好朋友,追随者、仰慕者一大群,按照当时的标准衡量,她可以算是一个"全面发展"的优秀学生,不仅老师喜欢他,就连那些骄傲的、平时与普通同学没有多少共同语言的团干部对她也是另眼看待。

在发展会上,她也是"控诉"父亲的"滔天罪行",也是要和家庭"划清界限","做毛主席和党的好女儿",她也是痛哭流涕、抽噎不止……之后也是团支部和团员们都"严肃"地批判了她的父亲的"反动阶级本质",充分肯定了她的"入团动机比较端正",她对家庭"认识比较深刻",她与家庭的界限"初步划清"……最后举手表决,一致通过她入团,然后也是全体与会者经久不息的热烈鼓掌。

这一次,我没有像两三年前发展会之后那样的"震撼",使我愕然和联想不已的是:"共产党高干"出身的团员们与"国民党高级将领"出身的非团员之间的"角色"转换,在这次发展会上,我看到体育明星收敛了平日的"天之骄子"式的意气风发,眼神里平添了几多"谦逊和感激",而高干出身和共青团员们则争先恐后地"表现着"她们对于"国民党"的批判权力和拯救义务……

阅历使我逐渐明白了:每一个"出身不好"而又想要加入共产党的后备军——共青团的人,都需要在发展会上履行这一"表白"的程序。表白忠心的具体内容就是:与"反动家庭"划清界限,既然是与父母已经是"势不两立",那就要痛斥父母曾经对于无产阶级和劳动人民犯下的"滔天罪行",言辞越是激烈,措辞越是严酷、上纲上线越是提高,就越能被认为"背叛"彻底,如果能够揭发一点别人不知道的父母的罪行(比如他们在家里私下说的"反动言论")就更好了,一般来说,"痛心疾首"都会表现出声色俱厉和声泪俱下……

这样的程序由于卓有成效、受到肯定,广泛被采用而成了一种"经典",一种为"出身不好"又想"要求进步"的青年学生所出示的"示范"和"导向"。

我常常想:或许第一个这样做的人是发自内心"痛恨剥削阶级"、"感谢党热爱党"而激动地真情流露,可是当同样的方式被不断复制之后,就很难避免"演示"的嫌疑了。

从初中到高中,我感觉年龄越大,面临的"观众"越复杂,"演示"的难度也就越大。演示者或许是"不自觉"?或者是"不得已"?反正这是一道迈不过去的"坎儿",一个行之有效的"模式"——一个属于与"大跃进"式的"放卫星"(唱高调)和"浮夸"(虚假)行为同一范畴的、必须的生活方式,已经渗入到中学生的生涯之中。

对于自己能不能入团,我逐渐生出了怀疑……一想起这样的程序和模式,就觉得心里紧张。

对于自己的政治前景,我也逐渐生出"自卑",因为政治上的"优势"和"劣势"都是"与生俱来"的，无法改变也不可力致的，想要"入团"就一定要面临这样的"模式"——虽然我的出身还远远够不上正式的"地、富、反、坏、右"。可是，如果放弃入团，就要承受"出身不好"和"不要求进步"的双重压力，我可以吗？要知道在当时，每一个人的每时每刻都是和政治联系在一起的，你的所有的行为、前景都是与政治结合在一起的啊！

大概是因为没有什么突出的表现，班上虽然入团的同学不少，却总也没有轮上我。

18岁那年，我开始了大学生涯，"出身不好"的印记和必须"要求进步"的负担也寸步不离地跟着我一起进入了北京大学中文系。

和我的中学一样，班上的团员仍然有监督、汇报非团员的权力和义务，书面的和口头的都是在不公开中传达和进行，监督和汇报由于有"团组织"的地位和革命的名义而合理合法、理直气壮，非团员不会知道自己被"汇报"了什么，也没有申辩的机会。这是当时日常状态的"革命"和"被革命"的基本划分。

从中学时代起，党的政策"给出路"，"重在表现"，"出身虽然不能选择，可是走什么道路却可以选择"就被不断地重申。"出身不好"的人无一不是致力于希望"表现好"，"表现好"包括"做好事"和"汇报"：相比之下，做好事（包括帮助他人，给出身好的穷苦人寄钱之类）比较复杂，因为做了好事还应该隐姓埋名，最好是别人发现之后揭示出来……汇报比较省劲，汇报自己和汇报别人都是"靠近组织"的进步表现，所以，几乎是当时的全体学生们都参加过"汇报"：有"资本"（出身好或者是团员）的人有权力，有义务汇报别人，没有资本（出身不好）的人也可以汇报别人，那叫"揭发"，没有资本又不想暗中伤害别人的人多半就只能汇报自己了。

我不想汇报别人，也不想总是咒骂我的父母，所以我选择的"要求进步"的"表现"方式是：跟着团组织的各种号召参加政治活动，参加集体劳动竭尽全力，主动打扫宿舍卫生……我想大家都住在一起，所有的活动几乎都是集体活动，我的努力也都是在集体场合，我觉得别人能看见我的好表现，我当然希望自己的努力不会白干。可是过了不久，我就发现我错了……

在一个非常偶然的过程中，我看到了我的室友上报团支部的汇报材料，那是对我最近一个阶段思想和表现的汇报，其中包括：不关心国家大事，竟然不知道柯庆施（当时的上海市委书记、市长）是谁；嘴上说是要求进步，没有实际行动；不靠近团组织，很少写思想汇报，也很少汇报思想；一到星期六就急着回家，和父母感情密切，不注意和家庭划清界限……

我的问题被分门别类："不关心国家大事"是政治问题；"星期六急着回家"是立场问题；"很少汇报思想"是不想靠拢组织的思想问题……既有上纲上线也有事实描述，连常在水房一边洗衣服一边唱戏也写在里面……总而言之，全是我的劣质表现……

这次偶然的事件让我想了很多：我明白了从中学到大学，大家虽然都变成了成年人，但是团员和出身好的人与非团员和出身不好的人属于两个营垒的事实没有变化，团员们监督、汇报非团员的职责没有变化，他们的行为方式和思维模式没有变化，变化了的只能是观察更细密更贴近，上纲上线和解释得更加富于想象力……我开始明白了被曲解的"事实"是如何变成了另外一个被别人确信的事情；明白了我的那些努力和"表现"实际上没有被认可或者是全然不对路，我在同班女生中唯一的团员眼里一无是处，不用希望从她那里传达出对于我的公平评价；明白了"表现"好坏的认定，是具有随意性、伸缩性、不具客观标准的，而对于我来说，她的汇报和认定可以让我被误解的行为百口莫辩，让我被歪曲的形象无法更正，让我所有的努力化为乌有；我也明白了自己的"争取入团"已经成了绝望中的虚望，可是这一切都是非常正常的暗箱操作，你永远也没有可能过问和澄清……

我觉得非常无奈。

三年级的 1965 年,学校安排我们到北京郊区搞"四清"(正式的说法是参加"农村社会主义教育运动"),一年的四清生活给予我最"幸运"的收获是:火线入团。

"火线入团"的意思就是团组织要发展在运动中有突出表现的人,我没觉得我有过什么突出的表现,我还是我,实际上我是沾了"混合编队"的光。

记忆中混合编队由技术员(来自第二机床厂或者电子管厂,已经记不清了)和工人、北大和北工大的学生混编组成,团支部书记是北京工业大学的同学,团小组长似乎就是同班的男生林春分。林春分是个从福建莆田农村来的下中农子弟,才不出众貌不惊人,他的眼睛里经常愿意透出小狡猾,可是实际上心地质朴,我所在的 11 队只有我一个非团员,我自然就成为他的工作对象。

也许是天天在一起工作和生活让这个同班同学对我有了一些了解,他开始告诉我不少在学校时男同学那边了解的我的"劣迹",那些"劣迹"都是我在室友笔记本上看到过的内容。我告诉他:我曾经看到过室友对我的汇报、歪曲和我对入团问题的绝望……不久以后,他代表团支部找我谈话:"老郭(11 队的工作组组长)我们都觉得你的表现挺好,我们想抓紧在这里解决你的入团问题,不然一回到学校,你可能就没有希望了。"

他的话让我惊奇万分,也让我觉得有了希望。

不久,北工大的团支部书记就来找我填表,同时跟我谈话。说是我需要写一份对家庭的认识。我趁着回家休息的时候,把父亲的经历了解清楚,然后认真仔细地写了好几页纸的思想汇报,尽可能地上纲上线。我说父亲"做股票就是投机倒把","商人的生涯就是剥削劳动人民",我们家领取"股息"是"剥削行为"(因为父亲解放初买的股票在公私合营之后,国家定股定息十年,十年之中每个月给他 10.4 元股息),说父亲是"沾染了资产阶级思想",把他在年轻时候参加过"五台山普济佛教会"的一段历史叫作"历史污点",说自己"要从思想上和他划清界限"……

这一份思想汇报通过林春分交到了团支部,应该是被审查合格之后,就让我填写了"入团申请书",不久就决定开我的"发展会"。"发展会"上,我的同班同学都来参加。我的团员室友端着一个密密麻麻的笔记本作了一个长篇发言,大意是:虽然你在"四清"运动中受到锻炼,有了一些进步,但是,这并不意味着你的缺点就不存在了,你的很多根本性问题还都需要努力克服和改正,即使是今天你能够被通过,也只是达到了入团的最低标准,今后你仍然需要不断地加强思想改造,克服自己身上的阶级烙印,彻底和家庭划清界限,努力争取做一个真正合格的共青团员……

她的发言没有出乎我的预料,却让我铭刻在心。

然而,我还是觉得幸运和兴奋——我不仅没有痛骂父母,而且减免了痛哭流涕的一幕,我的心头豁然开朗……从此以后,"争取入团"的苦战就可以告一段落。从此以后,我就可以不再看人眼色,巴巴结结。从此以后,我就可以在填表的"政治面貌"一栏里填上"共青团员"——那是我对于"政治生命"的最高企望。

从建国开始一直到"文革"结束之前,中国的青少年都是在一种政治环境中长大,他们无可奈何地被出身和成分"定位",又无可选择地必须要"进入"政治……那种经历对于我这样的人来说,真可以称为是一种"煎熬"。

1976年之后,"平反改正""发展经济"代替了"阶级斗争",属于那个时代的"阶级出身、政治面貌"之类而今已经淡化到几乎被忘却,被晚辈听起来像是"故事"的这些经历,在我,却仍然觉得那是一个不能触碰的"伤疤"。

日记的故事

我从上高二的时候开始写日记,当时,师大女附中文科班的学生大多数都在语文老师"练笔"的号召下天天记日记,内容有一天的所见所闻、心情感受、风景片段等等,目的是为了提高写作水平。

这习惯一直坚持到1963年我到北京大学念书,中止于1968年离开北大以后。

在我上高三的1963年上半年,全国发生的最大的事件就是三月初毛泽东主席题词"向雷锋同志学习"的消息在报纸上发表,《雷锋日记》也同时在书店里发行。学校最先投入了运动。

记得雷锋日记中,最经典的部分如"对待同志像春天般的温暖,对待工作像夏天般的火热,对待缺点像秋风扫落叶一样,对待敌人像严冬一样残酷无情"作为格言,被贴在每一间教室的墙壁上,学生们议论报纸上印刷出的毛泽东为雷锋题词的字体是怀素体还是松风格体也很热烈,当然更多的还是在政治老师、班主任、班团干部的带领和引导下学习报纸上的文章,学习《雷锋日记》片段,再深入一步就是对照检查自己了。

雷锋日记的内容和独特的写法使大家都很感动:首先是作为"共

产主义战士"的雷锋在日记里关心的事情都是集体、他人和"世界上（除了中国、越南、朝鲜、阿尔巴尼亚之外）三分之二还在水深火热之中"的人民。相比之下，只关心个人的好恶和一己的悲欢就变得十分渺小了。其次，对比雷锋，自己日记中尽写些个人的生活、心情变化、花花草草的好像不大对劲，即使不算什么严重的问题，至少也是境界太低。

由于雷锋日记光明正大的内容，表现出来的共产主义者的磊落胸襟、毫无个人隐私的意味，使学生们逐渐提高了对日记的认识。先进的学生开始对照《雷锋日记》，检查自己与雷锋之间存在的巨大差距，光是"对同志""对工作""对缺点"和"对敌人"就有演绎不完的话题，于是"学习雷锋做好人好事"，"狠斗私字一闪念"的革命内容就成为写日记的新方式。慢慢地开始有同学定期把自己的日记也上交给团支部，作为"思想汇报"的补充。发还的日记后面会有"组织"的批语，内容多半是对进步认识的鼓励和对勇于暴露思想问题的表扬。过组织生活的时候，团支部对团员和非团员的表扬，有时也会引用日记中记载的只有当事人自己知道的思想过程和做过的"好人好事"。

当然，上交的日记也不是一律的都受到表扬，日记是否被信任，被肯定，主要得看作者的出身和家庭背景是否革命，如果出身不好，得看"组织"是否认为那作者对家庭的"背叛""很彻底"。也有时会听到"某某用日记弄虚作假"，"某某把日记摆在桌子上打开着，故意给人看"的议论。这些议论当事人并不能听到，但他显然已经被认为是用不正当的手段伪装进步了，这样交日记的行动就非但没有预想的效果，反而会使事情变得更糟。

这样，一些人已不再把日记视为个人的隐私和秘密，通行的说法是："有什么话不可以向组织公开呢？"比较要好的同学之间交换日记看的事也有，那被认为是一种互相信任和交流，当然也仍然有人不愿意这样做，其他人也会尊重他的意思，不得到本人的允许去偷看别人日记的行为仍然会受到鄙视。

雷锋日记的政治作用是明显的,它是以榜样的力量,以渗透的方式在塑造一代年轻人的共性,包括了如何思想,如何做人,如何表现……它力图把人性之中最私人、最隐秘的部分纳入一种模式、一种规范,雷锋日记的公开发表,使得日记这一"私人空间"呈现出可以公开进入的性质。但是,这件事做起来并不容易,实际上,大多数当时年轻人的日记都有点"夹生",规范之中总是夹杂着私密的部分。

1966年6月,"文革"开始,学生们作为"革命小将"跟着主流批斗老师,揭发"反革命修正主义路线","大串联"煽风点火,打派仗,大联合,复课闹革命……都经历得阳光灿烂、有声有色。到了1968年,运动由放到收,一切都在毛主席的运筹、掌控之中,全国十几亿人就像棋子,在棋盘上各行其是,没差什么大格。工宣队进校后,开始收拾残局,大联合之后,先是清理两派公认的"反革命小丑",各年级都有揪斗的对象,多半是出身不好又有"反革命言行"的学生。

我所在的三年级揪斗的是一个身材矮小的残疾女同学,她从小患小儿麻痹症,留下了萎缩的右手和右腿。她平时用左手写字,右手弯着,只能做简单的动作,她右腿比左腿短,穿着有三寸厚底的特制皮鞋还要一拐一拐。她的父亲做过国民党军医。她的被抄没之后整理的日记里除了有"反对中央文革"的言论之外,使我记忆最深的是她被"揭发"的"阴暗心理"——她在日记中写道:"社会主义与我有什么关系?我希望的是健康,是漂亮,我希望自己能穿高跟鞋……"按照当时的认识,这种想"漂亮",想"高跟鞋"的思想,是违背了革命原则、见不得人的"阴暗心理"。

批斗会上,她面对同学站着,穿着一件不知从哪弄来的破蓝布衫,自动把腰弯成90度,两边有两个出身好的红卫兵(她的同学)反剪着她的手臂,按着她的脖子,但那可能也就是做个样子了,她已经快要站不住了……批判发言,喊口号"打倒反革命小丑某某","某某不投降就叫她灭亡",一直到会议结束,她都一直保持着"坐飞机"的姿势……重点发言是她的室友——一个出身城市贫民的女生,她大量地引用"国民党军医的女儿"日记里面的片段,然后进行讽刺挖苦和上纲上线,"资产阶级臭小姐"、"阴暗心理"、"不要脸"、"伪装进步"、"用粮票收买人心"、"小恩小惠"……那天我才发现,日记这样被人分析真是不幸,她也真不该经常把吃不了的粮票送给那位出身城市贫民、总说自己"饭量大、不够吃"的室友,如今,这些都变成了"别有用心"的"收买"行为——那时候困难时期刚刚过去,粮票在黑市里还是挺值钱的东西呢。

四年级在斗争中揪出来的一个男生时,发言中"揭发"了他的"无耻下流"和"狂妄",因为他在追求同年级一位女同学的时候,曾经以马克思和燕妮的爱情作比。这"揭发"的根据也是他的信件和日记。当时,参加会议的"革命群众"都把目光转向了人群中他追求过的那位女同学,她孤零零坐在阶梯教室的一个角落里,右手托着腮低垂着目光……她是个很出众的清雅的女孩子,系学生会的干部,为全系学生所熟悉,也为许多男生所瞩目。

后来,三年级的患小儿麻痹症的女学生和四年级当过学生会干部的女学生都自杀了,一个死在30楼401,一个死在校园西北角荒芜的红湖游泳池南岸,记忆中她们都是喝的来苏水,也许忍受人身污辱比扛着政治罪行还要难吧?我想。

清理完革命小丑,就轮到清理革命群众了。学校里的两派分别向工宣队上报对方成员的"反革命言行",这些材料多半也是来自武斗时抄剿的对方同学的日记和信件。无可争议的罪名第一类是"反对中央文革",其中以"反对革命样板戏"、"反对江青"的居多;第二类是"反对工宣队",在当时也属于"反革命言论";第三类是"资产阶级思想"之类,这类问题在大家心里就不算什么问题了,因为在"旧教育路线"教育下的北大学生几乎概莫能免。

记得两派大联合以后,工宣队让归还"革命群众"的日记信件。抄剿者既没有惭愧不安,被抄者也只能自认倒霉,因为从 1966 年"文革"开始以后,"破四旧"时对"地富反坏右"抄家,没收他们的财产,批判"资产阶级路线"时,学生们跑到"资产阶级反动学术权威"家中去查抄、没收自己老师们的手稿、信件、日记这些行为已经被舆论公认为是"革命造反"的"革命行动",那么,当这些革命手段被"革命群众"互相使用时,当然也仍然不能否认它的"革命性"。

根据信件和日记所整理的材料在当时属于最"过硬"的一种,这样的材料不用核实,不用取证,白纸黑字,不容抵赖,一经发现,罪名即可成立。批判的时候,只要在引用之后上纲上线,进行发挥和分析就行了。

1970 年春天,我所在的"接受再教育"的新疆奇台解放军农场传达上级指示:即将在"接受再教育"的学生中清理阶级队伍。我的第一

么书仪(后右一)在新疆奇台解放军农场劳动锻炼,是毛泽东文艺宣传队一员。

2001年偶然发现的66年"文革""串联日记"的一页。

个念头就是把两年前我所居住的北大30楼被另一派同学占领之前，侥幸没被抄剿的日记一共六本，交给了一个比我小十来岁的忘年交（她叫杨东远），托她给我烧了。她先是呆呆地看着我掉眼泪，后来就把这一大捆日记装进了军绿色的帆布挎包。后来她告诉我，她烧了，她没有看它们——她懂得尊重别人的秘密。

2001年年初我往蓝旗营搬家时，竟在废纸堆里清理出一本从1966年8月25日到12月21日的"串联日记"，扉页上写着毛主席语录："你们要关心国家大事，要把无产阶级文化大革命进行到底！"一页一页翻过去，有对外地"文化大革命"形势的分析、忧虑，有对自己"私字一闪念"的批判，有豪言壮语，有自我检查，完全是"雷锋日记"式的文字，私密的部分几乎没有……如果不是白纸黑字，我简直就不能相信这样的文字曾经是我的"日记"！

也许这就是它可以存留至今没有被我烧毁的原因吧。

"大象"
——记副系主任向景洁

1971年的暑假,我到南昌鲤鱼洲——当时的北大"五七"干校,去探望已经从老师变成了"男朋友"的洪子诚。

在南昌下了火车,辗转找到了北大干校驻南昌办事处,晚上躺在黑暗中,北方人的我第一次知道了想要在铺着一张凉席的硬板床上入睡有多难,大概那是需要"童子功"的。

第二天中午过后,我才坐上了每天一次往返于鲤鱼洲和办事处之间的拖拉机,在一路颠簸中到了鲤鱼洲。

中文系在北大的代号是07,在干校就是七连了,走近一个大草棚——那是七连的五七战士集体宿舍,草棚下面是许多挂着蚊帐的单人床,蚊帐杆上挂着五颜六色的雨衣,蚊帐上面还捆绑着各色塑料布,想来是挡雨的……色彩各异的雨衣、塑料布和塑料绳构造出一片凌乱,只有床下一双双摆放整齐的雨靴还昭示着主人们的良好生活习惯。

我被安置在一间客房里等候洪子诚,正在拍蚊子的时候就听到外面有了"稍息""立正"的口令声,就知道一定是五七战士们收工了,我出门看了一眼已经解散了的队伍就又退回了屋子。令我惊讶的是:

所有的我当年的老师们全都是光着膀子,光着脚,只穿着一条短裤(大多是杂线粗糙的再生布裤)和一双塑料凉鞋……洪子诚走进屋,也是这样的打扮。他要我出去和老师们见面,很平常地说:"没关系,都这样,南昌太热。"我只好走出屋,去和认识的老师打招呼。老师们可能也不习惯这样面对昔日的学生,和我说话的时候全都双手交叉抱在胸前,似乎是这样就可以遮挡住自己没穿衬衫的不雅,几句话过后就借故匆匆地消失了。

三年前"文革"时候的"黑帮、走资派、陆平的爪牙",六年前我上大一大二时的副系主任向景洁,已经变成了"北大五七干校"七连的副连长(正连长是图书馆学系的书记阎光华)。看见他的时候,我的内心马上泛起了惶愧不安,我想起了在二院批斗他的时候,自己也是站在远处高呼过"打倒向景洁"的啊。可是向主任的表情却已恢复了"文革"前的开朗和儒雅,对我也比上学时候多了几分亲近。

1971年夏造访江西鲤鱼洲北大"五七干校"。后面是"五七战士"居住的大草棚。

当时，老师们叫他"大象（向）"——离开了学校，住在同一座草棚下，都光着膀子……老师们也变得无拘束起来，向主任因为身躯肥胖，变成了"大象"；三位年纪比较大的女老师被合称为"蓬皮杜"，其中就有彭兰先生和留办的老师杜荣，她是林焘先生的夫人；一位好口才喜辩难的老师被叫作"雄辩胜于事实"（"事实胜于雄辩"是"文革"中的常用语），这外号因为太拗口不那么流行……阶级斗争相对松弛，以劳动为主的干校生活让老师们像是回到了学生时代。

9月1号晚上，在我打算回北京的时候，大向带领着金申熊先生、顾国瑞先生敲开了我的门，他们穿得衬衫长裤，衣冠楚楚，却都是一手拿着擦汗的毛巾，一手拿着蒲扇来找我谈话。三个人显然是经过准备的，谈话大意是：你和子诚相隔两地，此次回到新疆，再见面就要来年了，你们都到了婚嫁的年龄，子诚今年已经32岁，你也已经26，我们都是子诚多年的同事，都了解他的人品，子诚是个老实人，不会花言巧语，我们可以向你保证……那一场谈话使我至今记忆犹新，因为那促成了第二天我们的结婚——那时候"老实"和"努力"几乎是所有人的衡量尺度，而系主任和我的老师们的"保证"让我深信不疑。

第二天，大向给了洪子诚一天假，我们就从南昌领回了结婚证，买回了水果糖。

回到我的客房门口，看到门框上已经贴上了一副喜庆的对联，隔壁卫生室住着北大校医院的院长孙宗鲁，他掀开门帘笑着说："大向命令我给你们写一副对联，我的毛笔字不好看，也不敢违抗他的命令，献丑！献丑！"这时候我才仔细地去看那副对联的字，中规中矩的字体并不输给中文系的教师，这位上海医学院的高材生显然是训练有素。

吃过了晚饭，大向就开始张罗我们的结婚仪式：先让我给工军宣队送去了水果糖，请他们过来参加，然后，中文系当时在鲤鱼洲的教师都集中到宿舍前的空地上，围坐成一圈。那天，老师们都穿上了背心或者圆领衫，正式的长裤或短裤，腰里扎着皮带，俨然又变回了原来的师长……

大向宣布为了庆祝婚礼,由大家表演节目,按照毕业年限以长幼为序,唱歌可、唱戏可、快板可、山东快书可、说笑话可……只记得最后一个节目是最年幼的70届毕业生马大京(他因为"文革"中有"反动言论"被推迟分配,跟随着老师到北大干校劳动锻炼)的小提琴独奏曲,似乎是"梁祝",而我表演了京剧样板戏《海港》清唱……

仪式很快就结束了,因为明天早上他们都要下地……

第二天我醒来的时候,洪子诚已经走了。我在屋子里听着七连副连长大向集合队伍上工的例行的一套:"立正!毛主席教导我们说:'抓革命促生产促工作促战备。'齐步走……"

花开花落、春去秋来……那个曾经是那么有能力、有魄力、有担待、有人情味的系主任,那个曾经给了我真实的、朋友式的劝告,促成了我们这段婚姻的系主任终于也走到了生命的尽头……

其实他的心是年轻的,与时俱进的性格让他的生活质量没有降低,记得前年(2006)的秋天,我还看见他驾驶着一个电动摩托在蓝旗营的院子里飞驰而过……

我也知道,他在七八十岁的时候接受了电脑,迷上了上网,他写信、传送图文,他有同学网友,互相鼓励着度过退休之后疾病来临、生命却还没有离去的日子……

2007年6月10日(星期日),他的一则短文留在电脑里:

我亲爱的亲人们、朋友们和同学们:
我多年重病在身,最近又甚感身体不适,为此,我想对我的后事表明我的意见。
1. 后事绝对从简:除教务部领导和我的亲人外,不通知任何人,也绝对不搞任何祭奠形式,不写悼词。
2. 不保留骨灰,全由我的家人处理。

3. 待一切后事处理完毕后,再通知我多年的朋友、同事和同学们。

请务必尊重我的意见,不要改动。

赤条条来,静悄悄去,不落葬,不立碑,一缕青烟化尽尘世烦恼,灰扬四方了却一世人生喜和忧。

莫悲伤,不需悲伤:我只不过去了人生旅途必然要到达的地方。

解脱,真正的解脱:没有了病痛,没有了日夜的揪心和操劳。我们彼此如释重负!这岂不是真正的解脱?

相会,再相会:我们定然能在人生最后的驿站重逢,到那时让我们再叙亲情。

别了,我亲爱的亲人们,朋友们和同学们!

……

这应该是他和人世的告别。

也应该是个遗嘱。

也许在这个时候,他已经了无生趣,不再留恋人世人生?他的灵魂已经飘然而去了?

然而,他是在9个月之后的2008年3月9日去世的——也许这9个月并不是他的选择。

在他的身后,讣告、治丧小组、告别仪式、悼词、花圈……一切都是遵从着他这样级别的革命干部的丧葬规格进行——那也并不是他的选择……

——其实人可以选择的东西真的是很少很少。

结婚证的麻烦

1971年的9月2日清晨,我和洪子诚带着两人的单位介绍信,坐在北大干校的拖拉机运货的拖斗里,从鲤鱼洲出发到南昌城里去登记结婚,领结婚证。按照当时的规定,这结婚证应该由北大干校驻南昌的办事处所在地所属的街道办事处办理发放。

从北大干校驻南昌的办事处开始,经过了很多次的询问打听,才在一个曲里拐弯的巷子里找到了所属的街道办事处。办事处的负责人是个话不多的老头,他拿过介绍信进了屋,我们就在院子里的树荫下候着,等候良久,老头才从屋子里走出来,递给我们一式两份填写完毕还墨迹未干的卡片:大红色、对折、大约20厘米长15厘米宽、表面印着"结婚证"三个字,字的下面有一小撮红花绿叶的牡丹图案,打开以后里面有一段毛主席语录,下面写着我们的名字和登记结婚的年月日。

领完了结婚证,就到南昌的街上去寻找水果糖,准备晚上结婚仪式上招待中文系洪子诚的同事用。记忆中的南昌城热得像火炉,卖水果糖的地方也不好找,满大街上的行人都集中在卖冰镇红豆汤的地方,那是南昌城里唯一的降温饮品,一毛钱一杯,我一路上总想喝冰镇红豆汤，不想吃饭。等到买完了水果糖，吃了一碗面条，洪子诚告诉我，拖拉机每天有固定的时间往返，而当时已经超过了拖拉机的开车钟点，我们得自己想办法回去了。

坐了一段公共汽车到了天子庙，洪子诚把糖装在两个挎包里搭在肩上，给我买了一顶草帽，他自己没买，他说他们天天下田干活，习惯了头顶烈日，我们一路无言地走了十几里路，才到了鲤鱼洲……当晚，我们就算是结了婚。

寒来暑往二十年之后的1992年10月，洪子诚由教委公派出国到东京大学教养学部任教两年，他走后我就可以办理"家属随行"。

按照规定的第一步是拿着结婚证、户口本去海淀的公证处作公证，证明我和洪子诚是"夫妻关系"。那一天，公证处的一个小伙子和我的对话让我至今记忆犹新：

"办不了，你的结婚证上没有盖戳子。"

"什么戳子？"

"办结婚证单位的公章。"

"从来没有人告诉我们结婚证上应该盖公章啊！"

"没有公章的《结婚证》无效，办不了公证。"

"可是我们已经结婚二十多年了，你看户口本……"

"那也不成。"

"那怎么办啊？"

"到发证单位去加盖公章……"

"就是说这个结婚证不合法？"

"对！从法律上说你们是'非法同居'……"

我心怀诧异、心乱如麻地回到家里，倒不是为了"非法同居"，而是因为办不了公证就不能办护照和签证，没有护照就不能去日本。当时，洪子诚在东京，身体十分不好，需要有人照顾，况且，当时出国也还是被视为难得的机会。

于是，我开始为了结婚证"没戳子"而东奔西跑。所有的地方都告诉我，丢失了结婚证就要办"夫妻关系证明书"（我的结婚证没戳子就等同于丢失了结婚证），而这个"夫妻关系证明书"只能在你原来办结婚证的地方办理，就和那位公证员让我"到发证单位去加盖公章"是一样的意思……

北京的街道不管，让去南昌！可是，经过了二十年的物是人非，到哪里去找那个早已忘记了地点的街道办事处的老头啊？还有人会为这件事负责吗？在撞了无数的钉子之后，一个在海淀街道办事处工作的好心的熟人帮助了我：她从专管办理结婚事宜的同事那里"偷"出两本盖了钢印的"夫妻关系证明书"，给我填写了："根据婚姻登记档案记载，么书仪和洪子诚已于1971年9月2日在海淀区海淀街道办事处依法登记结婚（结婚证京海字第32号）。因原《结婚证》丢失，特出具此证。本证明书与原《结婚证》具有同等法律效力。"

然后，我就一路顺风地办理了"夫妻关系公证书"、护照、签证……然后背着20剂中药到日本，到横滨的唐人街找到了砂锅（为了给洪子诚熬中药），帮助夫君度过了两年开源节流的日子……

这件事的前前后后，留在我的记忆中涂抹不掉，总是觉得滑稽异常。

在指定的地方领了合理合法的结婚证，在单位领导的主持下举行了仪式，一切都是在秩序的规定之中。可二十年后，我们从法律上变成了"非法同居"，一份偷来的"夫妻关系证明书"，伪造了"婚姻登记档案记载"，才使我们的婚姻重新成为合理合法……这一切都让我心中生出的荒谬感觉挥之不去。

不过，现代人就是这样，他们的"自我"是不真实的，只能由文件、符号、卡片、档案来证明自己的身份和存在。

家住未名湖

我们在北大的宿舍，第三处就是未名湖边的健斋。

从1972年起始，结婚之后最初的日子是在19楼304度过的。当时，19楼是中文系教员的集体宿舍，两地生活的时候，探亲、女儿出生，都是发生在19楼。

19楼是筒子楼，从刚刚留校的年轻教师，直到两地问题尚未解决的单身教员都住在一起。资格最老的比如：古代汉语教研室的吉常宏家在山东，大家已经习惯了他一年一度的探亲生涯，他是年龄最大的"牛郎"。已到中年的如：研究楚辞的金申熊（金开诚）和教写作课的胡双宝同住一室，他们有共同的爱好——京剧，偶尔到他们的屋子里去，还看到过胡双宝先生收藏的戏票和节目单。金申熊先生的妻女都在江南，也是长期的分居两地。同样有京剧爱好的还有裘锡圭先生，休息的时候，常常从他的屋子里传出字正腔圆的老生唱腔，裘锡圭先生的母亲是上海人，老太太一副名门闺秀的模样，在楼道里遇到我，说的悄悄话经常是："小么，给我们锡圭介绍一个女朋友吧，我真发愁，唉……"看到我们家的饭菜简陋，老太太有时候还会送过来一小碟精美可口的小菜。

当时，盛年而尚未婚配的男子，还不叫作"单身贵族"，那好像是一种人生的欠缺，大家都觉得要给他们帮帮忙。同样盛年而且未婚，或者结婚了却分居两地住在19楼的，还有倪其心、赵祖谟、侯学超、刘煊、王福堂、徐通锵……

听说，倪其心先生的女朋友在上海，婚嫁的事情尚在两可，倪其心1957年被划为"右派"，那时候许多"右派"虽然已经"摘帽"，但是"改正"却是若干年以后才有的事情。戴上"右派"的帽子之后，女友离他而去，经过了很多年，在伤疤逐渐愈合之后，他才开始新的恋爱。他抽烟、熬夜、拉二胡，《江河水》的幽咽声，有时会从他的门缝里挤出来，在19楼的楼道里飘荡着没有着落……大家都习惯了他的二胡兴起而始兴尽而终，曲子几乎没有一支拉得完整。常见他在海淀镇上老虎洞的小酒馆里独自一人喝酒，二两老白干，一碟花生豆，消磨大半天。我读中文系时学生们人手一套的《先秦文学史参考资料》《两汉文学史参考资料》《魏晋南北朝文学史参考资料》主要的资料收集和注释，很多都是他在做"右派"时候的"笨工夫"，这三部书贻泽后学，至今无可代替，今后大概也不会再有人做这样的"傻事"了。

侯学超先生教现代汉语，擅长语法研究，他生性开朗，一米八的个子，50年代他做学生的时候，曾经是校田径队的骨干，创造了男子400米的学校新纪录，他的纪录保持了二十多年，直到80年代初才被打破。

那时候，教古典文学的周强先生结婚的故事还很具有传奇的味道。据说：某一天晚上，大家正各自在房间里看书备课，周强先生忽然在楼道里大声宣布："我今天结婚，大家快来吃西瓜！"19楼安静的楼道，马上乱作一团，大家纷纷从自己的屋子里跑出来，涌进202周强先生的屋子，看到"新娘子"白舒荣先生笑眯眯地站在满是切开的西瓜的屋子里……

大概是1974年，我已经调到北大附中教语文。记得那个星期六是一个美术展览的最后一天，我上完两节课骑上自行车出发，想要进城去美术馆看美展。那时候，从中关村到白石桥这条路分为两段，北边一段叫海淀路，人民大学南边一段叫白石桥路，而且，快行道在西边，走汽车，慢行道在东边，走自行车和行人，土路上自行车和人都很少。骑到魏公村附近，后边追上来一个小伙子，先是在我的左边与我并排前进，车把挨得很近，后来看看四下无人，忽然右手搂住了我的脖子，只用左手扶着车把继续骑车前行，受到了突然的袭击，没有任何杂技技术训练的我，一下子车把失控，连车带人一起跌进了路边的沟里……爬起来之后，头上起了一个血包，自行车前轱辘变形，那个小子已经自如地骑出了一百多米，还在回头看，周围一个人也没有……我定定神爬起来，把自行车半推半扛送到了马路对面魏公村的一个修车铺，然后，坐公共汽车回到了19楼，走到家门口才发现，我的一串钥匙，包括门钥匙，全都留在了魏公村的修车铺，当时便一屁股坐在楼梯上大哭起来……似乎当时出来好多人，似乎当时我断断续续说了事情的始末，似乎我说是我进不去家，因为钥匙还在魏公村修车铺。记得清楚的是：后来我坐在倪其心先生屋子里喝水，王春茂先生去魏公村修车铺去取我的门钥匙，忘记了当时洪子诚去了哪里。

在19楼的日子，多半是吃食堂，也买了一个烧蜂窝煤的炉子放在门口。那是一个直径也就25厘米左右，身高顶多40厘米的秀气的小炉子，热饭、炒菜，乃至于我坐月子的时候煮汤、烤尿布都是靠着它。记得每天晚上封火的时候，洪子诚都是蹲在炉子跟前，低下头把眼睛凑近炉子下面的炉门，插上那个做炉门的小铁片，让进风口只有半厘米宽的一条小缝，这样可以让一块蜂窝煤正好烧一夜……他后来细心而且经验老到，竟然达到每天用3块蜂窝煤就可以支撑着这个炉子经久不"熄"。

记忆中19楼的生活安宁而平静，平时楼道里几乎听不到什么声响，没有事情也很少互相串门、闲话，如果发生了什么事情，大家都会出力帮忙。唯独到了有运动会或者球赛的时候，放着一台14寸（？）黑白电视机的公用房间就会热闹起来，总有十几乃至二十个左右的教师聚集一室，兴奋地看球、热烈地议论、大声地欢呼，直至深夜赛事结束才会各自散去。

听洪子诚说，19楼不看电视的先生，一个是研究汉语方言的王福堂，一个是裘锡圭——怪不得他们的学问做得那么好。但是也有例外的时候，"文革"时，电视台罕见地转播英国BBC乐团在北京民族宫礼堂的演出，王福堂先生站在最后，一直看到转播结束，当时的曲目有贝多芬的小提琴协奏曲。

70年代之初大学开始复课，按照《全国教育工作会议纪要》的精神招收工农兵学员，学员们身负着"上、管、改"的重任，一边上大学，一边批判旧的教育制度，用毛泽东思想改造大学，"占领上层建筑"。当时的"方向"是"开门办学"（学工、学农、学军），中文系派了一批年轻而且出身过硬的教师（主要是69、70届由"工军宣队"掌权留校的中文系毕业生）出任班主任。"开门办学"的时候班主任就是独当一面的全权统帅了，他们从上课学习、政治活动一直管到吃饭、睡觉、矛盾纠纷。班主任之外，还会配备几名不那么"过硬"的教师，给学员讲课和辅导，洪子诚就是这样的角色。董学文、方锡德、胡敬署他们都做过班主任，当然也都是洪子诚的"领导"。洪子诚参加开门办学去过的地方很多：去河北保定63军"学军"，去东方红炼油厂"学工"，1975年去

在北大附中教书的时候。

门头沟煤矿和1976年地震之后去唐山给我的记忆至深，因为这两个地方他去的时间最长，也最让我担心。

1974年或者1975年，我从隆化县存瑞中学调入北大附中，女儿洪越方才两岁。洪子诚开门办学的时候，我最苦恼的是孩子。白天上班时，孩子送到在校医院北边一个四合院里的北大幼儿园，晚上下班之后，接回孩子开始做饭，吃饭，备课，判作业，她在床上玩，她被训练得在大人做事的时候不哭、不闹也不说话。等到应该睡觉的时候，却常常发现她两腮紫红，惊惶之中一试表，常常已经是42摄氏度开外。我每次都是跑去敲倪其心先生的门，倪先生二话不说，马上就跑过来扛起孩子，我们一前一后一路小跑直奔校医院，女儿在倪先生的肩膀上开始大声哭着叫喊："我不要倪叔叔，我要妈妈……"倪先生一边跑一边喘着气教育洪越："妈妈抱不动，咱们得赶快去医院，你在发烧……"到了医院照例是注射四环素，带回一包抗生素，第二天一早，只能又把孩子送到了幼儿园，我还得去上课呢。

记得倪其心先生曾经去找过中文系的领导，对他们说："你们总把洪子诚派出去，小么的日子怎么过啊？"

大概是1975（或者1976）年，我们结束了筒子楼的生活。从19楼搬出来，房产科分配给我们的第一个"家"就在中关村科学院25楼的一层（中关村科学院的宿舍楼群中，有几幢属于北大），那是一间有16平方米的屋子，与另一家合用窄小的厨房和厕所。25楼的屋子临街（就是现在的北四环），窗外汽车不断（特别是到五道口火车站运货的载重卡车），直至深夜我们两个人都经常是静静地听着小汽车、卡车、公共汽车由远而近，然后由近而远，窗玻璃和挨着铁床的暖气片随着汽车的轰鸣而颤动……汽车掠过窗前的时候，可以看到墙上的钟：一点、两点、三点……终日为了睡不好觉而苦恼，我们想了又想，觉得还是得住到校园里比较安静。

调换房子的事，学校的房产科不管，但是你可以自己寻找调房的对象。我开始到条件不如科学院25楼的集体宿舍去贴条，洪子诚虽然觉得这种做法不高级、不规范，可是他也没有什么好办法。两个月下来没有结果，最后还是多亏了我当时的北大附中同事杨贺松的介绍，我们才与人调换了房子，住到了未名湖边，这次我们又搬回了筒子楼，12平方米，地点在未名湖北岸的健斋304号。

健斋的住房都是在阳面，阴面的楼道算是大家的厨房，房间不大，可是有一面墙的木格玻璃窗，推开窗户就是未名湖，湖边小路上种的银杏树、湖心岛和石舫、对岸的花神庙和水塔（现在恢复了燕京大学时的老名博雅塔）尽收眼底，就像是住进了一个公园里，晚上常常是在蛙鸣和蝉鸣声中进入梦乡……不知不觉中，我们在这里住了六年……

记得从科学院25楼往健斋搬家是借了两辆平板三轮车，董学文先

1978年冬日，和女儿在健斋前面。

生和洪子诚每人蹬着一辆，就拉完了我们的全部家当：学校卖给的一个书架和一个两屉桌，自己买的一个铁架双人床、一个折叠圆桌、两把折叠椅、一个铺盖卷、一个我的纸衣箱、一个洪子诚从老家带到北大的旧皮箱、几捆书、两辆自行车。

健斋的居民多半是年轻教师的一家人——夫妇二人加上一个孩子，也有年龄较大，资历较深的单身老教员，或者家在城里，距离北大路途遥远的老教员，平时住在健斋，星期日才回家。记得曾经为邻的二楼、三楼居民有过：体育教研室的书记李怀玉，体育教员侯文达，法律系教员肖蔚云，政治系教员潘国华、黄宗良、方连庆、肖超然，图书馆副馆长（不记得他的名字），哲学系教员陈启伟，物理系教员杨老师，历史系教员王永兴，东语系教员赵玉兰，图书馆学系教员关懿娴，地球物理系教员王树仁，西语系教员余芷倩……

其中比较特别的人有：资深教员关懿娴，她没有结过婚，当孩子们第一次叫她"关奶奶"的时候，她总是纠正他们，让他们叫她"关大姨"。图书馆副馆长是一个和气的老头，不做饭吃食堂。杨老师已经是副教授，他是老单身，不爱说话，1972年的时候从鲤鱼洲回校以后，曾经和洪子诚一起烧过一个冬天的锅炉，他在健斋时，娶了一个带着孩子的老伴。王永兴老师年事已高，平易近人，孩子们叫他"王爷爷"，后来过了很久才知道他是陈寅恪的学生、中国古代史学家。住在隔壁的肖蔚云应该是家在城里，常常只是中午在这里休息，他走路目不斜视从不跟周围的人打招呼，八九十年代才知道他是法律系的名教授，香港、澳门特区基本法的主要起草人之一。政治系的方连庆先生有一阵很相信"特异功能"，有一次很认真地把健斋的孩子们召集到他家，测验"耳朵听字"，好像是没有什么结果，可他仍然是坚信不疑。

健斋的南边紧挨着体斋（那是一座四方形的大屋顶两层小楼），西边是德斋、才斋、均斋、备斋，北边隔着一条小马路，与全斋相望。这些楼取"德才均备体健全"的意思，原是老燕京的学生宿舍。

那时候，大家对于居住在狭窄而且拥挤的筒子楼里都很习惯。平时，楼道里很安静，少有人聊天和串门，到了做饭的时候，楼道里就会热闹起来：炒菜声、聊天声、孩子跑来跑去的欢呼声响成一片……那时候，大家吃饭都比较简单，可以到镜春园开水房去打开水，主食馒头、花卷、肉卷都是从均斋那边的食堂买，花两毛钱买二两肉末，炒个菜，做个汤，就可以开饭；或者肉末炸酱，煮面条喝面汤，都是大家共同的日常饭谱；来了客人，也就是炸个花生米，剥两个松花蛋，到海淀镇上买点熟肉就算是够"隆重"的了。所以，差不多半个小时以后，楼道就又恢复了安静。

西边平房的小店（就在现在的"赛克勒博物馆"东边）卖猪肉、肉末、鸡蛋、酱油、醋、青菜什么的，那位张经理有时候还会想出办法促销那些鸭蛋。有一次，商店的门上贴了通知，说是"加工松花蛋"：他和了一桶黄泥，里面不知道放了什么化学原料，你买他们的鸭蛋，然后付一点手工费，他就给你一个个包上黄泥，说是两个星期以后就可以做成松花蛋。买菜的人都很高兴，我也兴冲冲地加工了一大袋，回到家里，买了一个瓦罐，把包了泥的鸭蛋封在里面。两个星期以后打开一看，我们真的看见那些鸭蛋变成了松花蛋，鸭蛋蛋清已经变成了透明的棕黑色，里面还镶着像是柏树树叶一样的花纹。记不清是当时购买松花蛋不是很容易，还是松花蛋的价钱比较贵？要不然为什么这件事会深深地留在我的记忆中呢？现在想起来好生后怕：那位张经理的黄泥里面，会不会是放了"工业原料"呢？那时候没有人这样考虑问题。

健斋的水房和厕所都是公用的，二楼西头靠北是公用的自来水水房，水管下面有一个巨大的、像是一个半截水缸大小的水池子，座在水泥台子中间，可以保证洗菜、洗衣的时候，脏水不会泼了一地；二楼的西头靠南是公用的男厕所，东头是女厕所。用不着号召和提醒大家注意公共卫生，没有人胡作非为；每家打扫卫生一个星期，大家轮

健斋的扶梯上,和女儿。

流值日,也没有人偷懒和马虎。那厕所设计得很人性、很卫生,一边是两扇大窗户,一边是门,门边就是通往楼外的楼梯,而楼梯的门是开着的,就是住在厕所旁边的人家都不会感觉异味难闻。

当然,不愉快的事情也偶有发生:有一次,轮到我值日,晚上,我正在厕所里打扫卫生的时候,发现二楼一位姓余的老师,是用脚来拧冲水的螺旋开关,那开关就在身边,大家都是起身之前用手拧开开关,冲完水之后再起身离去,当时,我对年长的她说:"别人都是用手,您用脚,不是把开关踩脏了吗?"她用上海腔不屑地说:"大家都学会用脚,不是很好吗?"我被噎得无话可说,只好告诉我的相知的邻居们:以后不要用手去拧厕所的开关了,太脏了,大家都用脚吧!她还真是让大家学会了一手。

那时候,中文系的陈贻焮先生和校医院的妇产科李庆粤大夫住在全斋西边的镜春园82号(这个号码是我最近去确认的)。那是一个小的简化四合院，北房住着吴组缃先生，"文革"初期让他退出东房，住进了一位后勤姓莱的师傅，之所以记得他的姓，是因为陈贻焮先生后来给莱师傅的小女儿根据"有凤来仪"取名莱仪——一个很雅气的名字。这西晒的位置，是院子里最不好的一面，可是，陈先生和李大夫很有办法，也很有情调，他们的孩子从校园里挖来竹根，种到北窗前，西窗下种着竹竿搭架的爬藤植物，是不是藤萝我记不清了，只记得那西晒的屋子，即便是夏天的下午，也是门窗外竹影摇曳，屋子里绿影婆娑。统共三间房，住着四口人，陈先生夫妇住在北边一间，小宝和小妹住在南边一间，中间居然还留出一间小客厅。

那时候，电视机还是稀罕物，而陈贻焮先生家里就有一个9寸黑白电视机，有时候，我们一家三口，吃过晚饭到陈先生家去看电视，他们总是热情欢迎，在小小的，也就是不到10平方米大小的做"客厅"的房间里，我们三个人坐了最好的位置，女儿坐在中间的一把椅子

陈贻焮、李庆粤先生贺1980年新春赠送的相片。

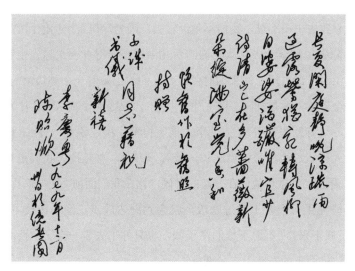

照片后面陈先生题诗云：长夏闲庭静，晚凉疏雨过，露莺犹乱转，风柳自婆娑。酒酽唯宜少，诗清岂在多，蔷薇新朵绽，满室觉香和。

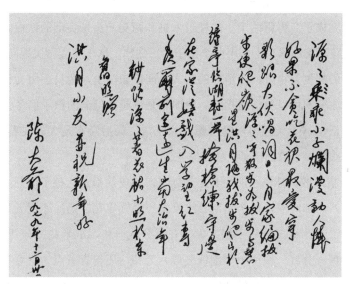

童心童趣的陈贻焮先生送给女儿"洪月（越）小友"的贺年照片。后面题有旧作：源源乖小子，烂漫动人怜，好果不贪吃，花裙最爱穿。歌跟大伙唱，词是自家编。拔步便爬岭，挎枪练守边。在家从嬉戏，入学望红专，羡尔前途远，生当大治年。（"源源"是陈先生邻居小孩。）

上专心致志……不过，我们不是经常去，因为觉得太搅扰他们的生活。

陈先生和李大夫喜欢我们的女儿洪越，记得有一次陈先生和李大夫把洪越带出去玩，回来的时候，女儿的脸上戴着一个孙悟空的面具，手提金箍棒，很是神气。陈先生告状说："已经买了猪八戒，半路上又反悔，只好回去换孙悟空。"李大夫笑得弯了腰，说是："路上让我们两个人排队，她在旁边当队长，喊着一二一，总是批评我们走得不整齐。"看起来洪越和他们在一起的时候，比在我们面前"狂"多了。

陈先生每天晚上吃过晚饭，就会到湖边散步，经常在楼下大叫："洪子诚下来！"不愿下楼的洪子诚，也只好下去聊一会了，两个人坐在湖边柳荫下的石头上东拉西扯。

未名湖的冬天最好，湖面上结了冰，大学生们在冰上上体育课学习滑冰，放了学的孩子们在周围划着小冰车。我和别人一样，也找了一块木板，也就是50厘米长，30厘米宽，下面钉上三角铁，一个冰车就完成了。再用两个小的柱形木桩和两支一头是尖形的铁棍做成撑子，孩子跪在冰车上，用两个撑子向后划冰，冰车就会飞快地向前跑。孩子们都划得很好，在滑冰的大人之间窜来窜去，两只手用力稍有不同，冰车就可以灵活地拐弯。滑冰车是洪越和健斋的孩子们冬天最迷恋的活动，天天弄得傍晚不想回家吃饭，最后经常是大人提着冰车，后面跟着撅着嘴的孩子上楼回家吃饭。

猪八戒、孙悟空的面具，划冰车，跳皮筋都是让孩子们开心的日常游戏。那时候，每个星期我给女儿一毛钱零花，奶油冰棍五分钱一根，红果冰棍三分钱一根，大米花五分钱一包，玉米花三分钱一包，水果糖一分钱一块……一毛钱分成六天花，还得省着点。我看见过女儿放学之后，在北大东门对面的小店里，脑门紧贴着商店的玻璃柜台，大概是还没想好买什么……

想起来世事的变化真也是不可思议，那时候我们两个人的工资是110元（当时的工资是：大学教师56元，中学教师54元），我们俩每

那时冬天未名湖上孩子常玩的自制冰车。

人每月都给家里 10 元，储蓄 5 元，剩下的 85 元是三个人的生活费。当时的孩子们没有游戏机、电脑、激光手枪……可是，他们的健康和快乐也不比现在的孩子们少，可见，"幸福感"与钱的多少，并不是恰成正比。

记得是 1976 或者 1977 年，"四人帮"被打倒不久，也许是生存环境开始比较宽松起来，民间兴起自己打家具的热潮，打沙发、打写字台、打小柜。父亲送给我们一副木料，请人打成了一头沉的写字台，手工十块钱，洪子诚从中文系借了平板三轮车，从交道口拉回健斋。这个写字台用了 20 年，一直到 1996 年方才淘汰。

当时北京家具店很少，购买大立柜、圆桌都是凭票的，要在单位轮到领取"大立柜票""圆桌票"才能够凭票购买。有木工手艺的方锡德就和洪子诚商量着搭伙做家具，好像是方锡德家要打沙发，而我们家想有一个可以装锅碗瓢勺的小柜子。

　　方锡德爱好木工：他那里锤、刨、斧、锯一应俱全。方锡德也很内秀：算得尺寸，出得样子，刨得平，锯得直，干什么像什么。洪子诚一脸真诚、信誓旦旦，决心当好下手和小工，两个人很快就在方锡德当时居住的燕东园平房开工了，他们一到星期六、星期日就聚在一起……

　　有一天，我有事骑车经过燕东园，就想去看看小柜子做得怎么样了。老远就听到方锡德愤怒的声音，似乎是在发火，我紧蹬几下就到

未名湖北岸的健斋。

了方锡德的家,方锡德果然是在发火,发火的对象就是洪子诚。方锡德大吼着:"你有没有脑子啊?这种胶现在没地方买,现在怎么办?"洪子诚一声不吭,手里端着一个搪瓷盆……方锡德看到我,立即停了嘴,洪子诚也说是要去买胶,走了。我问:"是怎么回事?"方锡德笑笑说:"没事,小柜子快要完工了,等粘好了,刷上漆就行了。"我看到小柜子的柜门、柜面已经粘好,很漂亮,后壁、隔板,还摆成一堆一堆,也已经刮得平整、洁净……

回到家里,我才弄清楚了事情的原委:那天方锡德说是要粘接木板,事先就让洪子诚从家里带一个装胶的盆去,洪子诚觉得反正装完胶就扔了,就把家里一个破了一个小洞的搪瓷盆拿去装胶,算是废物利用,临走还把小洞贴上了一块橡皮膏。方锡德化了胶,就倒在搪瓷盆里,为了不让胶凝结,方锡德就烧了一桶开水,把装了胶的搪瓷盆"坐在"开水桶里,并没有看到橡皮膏。木板粘到一半,方锡德发现胶没了,心中疑惑,提起搪瓷盆才发现了那个小洞,搪瓷盆里面的胶已经顺着那个小洞,全都滑到水桶里去了,水桶里还漂着一截橡皮膏,于是就发起火来……的确,洪子诚平时一副"不食人间烟火"的样子,也难怪方锡德骂他"没有脑子"。

多年来,我已经看惯了学生辈的方锡德对老师辈的洪子诚没大没小、口无遮拦。究竟是因为"开门办学"时代他总是洪子诚的"领导"?还是因为"打家具"的时候他是"大工",洪子诚是"小工"?是因为他的性格就是这样?还是因为这是一种亲密无间的特殊表达方式?不知道!只是他们的"交情"清淡而且长远:平时很少往来,说话却可以"不隔心",方锡德生活能力极强,说话具有可操作性,有什么事和他商量,总能想出办法。现在,那个当年仪表堂堂、身体健康的小伙子,已经是血管里放了"支架",床边放着"氧气瓶"的"危险人物"了,可是"带博士""做学问"的方式依旧不允许马虎从事,人的本性真是很难改的。

那个小柜子打好以后，刷上了清漆，立在健斋公共楼道的304门前：小柜子上面放着菜板，里面装着碗、筷、锅、铲和粮食，受到邻居们的夸奖和羡慕。这个小柜子跟随了我们20年，直到1996年我们迁往燕北园为止。

而今，健斋已经油漆粉刷一新，四个门都上了锁。楼前面有石碑，上面写着：

大卫·帕卡德国际访问学者公寓

值此北京大学百年华诞，大卫及鲁西尔·帕卡德基金会董事会仅表祝贺。

为彪炳北京大学巨大发展中这一重要里程碑，并表达大卫·帕卡德先生对北京大学的景仰之心，基金会捐资修缮体斋、健斋，大卫·帕卡德国际访问学者公寓乃成，谨志之。

1998年5月4日

1981年，洪子诚第一次有资格参加分配单元房。我们都很兴奋。先是在房产科门口贴出参加分配的人名单，按照资历先后排好队（资历相同的按照年龄大小排列），再贴出参加分配的房子，然后按照排队的顺序挑选房子。洪子诚因为上学早，所以在同样资历的教员之中年龄最小，轮到他的时候，我们已经没有什么可以选择的了，我们得到了蔚秀园27楼五层313号，那是两间向阳的眼镜房，没有对流，尽管如此，我们还是非常高兴。

那一年，洪子诚得了肝炎，我的研究生学业将要毕业，洪越正在北大附小上三年级。

蔚秀园的房子是住了多年的旧房，那时候也没有什么装修队，房产科发给我们的装修材料是一大块大白粉和一小包土豆粉，好让我们把墙壁刷白。

正在北大分校读书的三妹帮助我，先用铲子铲除厨房地面的油垢，再用菜刀铲除房顶和墙面的旧墙皮，然后从学校的木工厂拉回来两麻袋锯末，铺在水泥地上（那是为了防止刷墙的白浆粘在水泥地上不好收拾），我们预备了两个大澡盆，买了几把排笔一样的刷子，还在屋子里搭上了一个脚手架，请来了赵祖谟先生、我的同学王永宽、北师大的杨聚臣先生，大家都戴着纸叠的船形帽子，在屋子里干了一天，浑身都挂满了大白粉，然后他们就各自回家去吃饭了……

这一幕让我记忆至深，可能不仅仅是因为实际上身为总管却是粉刷外行的赵祖谟先生，把土豆粉熬成了一锅"疙瘩汤"（那土豆粉原本是充当黏合剂的，应该煮成稀稀的像是胶水一样的稀汤，搅在稀释了的大白粉里），也不仅仅是因为那大白粉刷到墙上总是挂不住，最后还是心细而且内秀的王永宽想出了一个先刷一层大白粉，然后再刷一层乳胶的办法，那大白粉才算是挂住了……正是因为在那个时代人与人的单纯而且真诚的关系，那关系由于并不与"金钱"和"利害"太多挂钩而使人长久地怀念。

和吕薇芬在一起的日子

——忆念《古本戏曲丛刊第五集》的编辑和考订

吕薇芬是北大中文系 55 级（60 届）的毕业生（我是 63 级、68 届），从 1981 年一进入文研所开始，我就和她以师兄弟相序了，理由是"洪子诚是 56 级（61 届）毕业生，你们俩差不多"，这样我和她之间可以直呼其名，就像是在北大一样，不用假模假式地称呼她"老师"了，后来，当邓绍基先生让我叫她"吕老师"的时候，她说："我们早就已经是'哥们儿'了。"

她虽然只是早我 8 年大学毕业，可在我历经了在新疆奇台县 8847 部队解放军农场种地、接受解放军的再教育，教中学，上研究生共计 13 年的辗转，1981 年进入文研所的时候，她在文研所已经耕耘了 20 个年头。当时，她刚刚从民间室贾芝手下调到古代室研究元杂剧不久，我们俩就成了同行。她头脑清楚，记忆力不错，沉得住气，有涵养，会说话却从不抢话说……在我的心里，她当得起我的老师。

1982 年，文研所副所长邓先生问我：愿不愿意参加《古本戏曲丛刊第五集》的编辑工作？我想：我刚刚从中国社会科学院研究生院文学系元明清专业毕业留在文研所工作，既没有挑选的理由，也知道编辑《古本戏曲丛刊》是一个戏曲古籍整理的大项目，参加了可以增长见识，能够让我参加也是看得上我，而且，合作者是吕薇芬，应该不错，于是就点头同意了。

参加之后，我从师兄吕薇芬那里慢慢知道了：这个项目是"国务院古籍整理出版规划小组"组长李一氓"直接抓"的"选题项目"，文研所也"很重视"，郑振铎时代成立的"古本戏曲丛刊编委会"委员吴晓铃先生和当时文研所的邓副所长、古代室室主任刘先生，都是这个项目的领导者……

不久，我就明白了：这件事情的实际参加者虽然是五个人，干活的就是我们俩。如同曾经参加前四集工作的人：北京的陈恩惠先生、郑云迴女士、周妙中女士、伊见思先生和上海的丁英桂先生，吴晓铃先生说他们是"默默地辛勤着，不求闻达，未为人知，然而永远也不会被我们忘记"（《古本戏曲丛刊第五集序》）。吕薇芬对我说：李一氓说是要向全国的图书馆打招呼，凡是《古本戏曲丛刊第五集》编辑用书，一概不收钱——显示了这个项目的独特和重要。

听说，《古本戏曲丛刊第五集》的首次编辑是吴晓铃先生在周妙中先生大量访书的基础上完成的，在李一氓的支持下，吴晓铃先生将选定的一百余种顺治、康熙、雍正三朝的传奇刊本和抄本汇齐之后，连同编目一起交给了上海古籍出版社，上海古籍出版社审阅之后把全书送回，要求返工：重新查书，比较版本，选择书品，配补缺页和漫漶不清的印页，同时要为这些刊本、抄本的作者、出版者、出版年代进行考订……在目录上要有标注。

当时，在影印古籍方面，上海古籍是全国数一数二的出版社，他们的编辑中很有一些版本方面的内行（"责编"府宪展就是一个），人家提出的问题头头是道，吴晓铃先生提供的本子距离要求显然是有很大的差距，所以文研所二话没说就找了吕薇芬返工，吕薇芬觉得一个人势单力薄，就提出让我也参加，所以，我就这样成了干活的成员。

《古本戏曲丛刊》是古本戏曲的结集，当时已经刊出的有一、二、三、四和第九集。

建国之初的1952年，时任文化部副部长、北京大学文学研究所（后来的社科院文研所）所长的郑振铎先生就开始筹划《古本戏曲丛刊》的出版事宜。他有一个庞大的计划："初集收《西厢记》及元明两代戏文、传奇100种；二集收明代传奇100种；三集收明、清之际传奇100种，此皆拟目已定。四、五集以下，则收清人传奇，或将更继之以六、七、八集，收元、明、清三代杂剧，并及曲选、曲谱、曲目、曲话等有关著作。若有余力，当更搜集若干重要的地方古剧，编成一、二集印出。期之三四年，当可有1000种以上的古代戏曲，供给我们作为研究之资……"（郑振铎《古本戏曲丛刊初集序》）他还说："这将是古往今来的一部最大的我国传统戏曲作品的结集。"（见吴晓铃《古本戏曲丛刊第五集序》）

郑振铎先生本人就是文学史家和版本学家，深知研究者搜集资料的不易，也深知抢救不断流失的戏曲古本的迫切，他在30年代就曾经以个人之力，谋求印制元、明、清戏曲的珍本，希望这样的本子能够"化身千百"（郑振铎《古本戏曲丛刊初集序》），成为研究者唾手可得的研究资料，可惜的是，在依靠个人的财力自费、举贷影印了《西谛影印元明本散曲》《新编南九宫词》《清人杂剧初集》《清人杂剧二集》《长乐郑氏汇印传奇》之后，已经是难以为继。

新中国的建立，给担任文化部副部长和北京大学文学研究所所长的郑振铎先生带来了希望：他觉得可以依靠单位、国家的力量来完成这个功德无量的事业了，所以他从1952年就开始着意寻找志同道合的戏曲行家和版本学家，着手成立了"古本戏曲丛刊编委会"，成员是：杜颖陶、傅惜华、吴晓铃、赵万里。郑振铎自己挂帅，选择了影印古籍首屈一指的上海商务印书馆，于1953年8月付印《古本戏曲丛刊第一集》，半年后，限量发行的620部影印本就问世了，这620部书每一部都有编号，文研所现存的一部编号是"545"。

由于郑振铎先生本人是一身二任"文化部副部长"和"文学研究所所长"，所以，他成立"古本戏曲丛刊编委会"的时候，自然可以考虑选择顶尖的戏曲版本专家，而不限于文研所（杜颖陶、傅惜华、赵万里就都不是文研所的人）。"古本戏曲丛刊编委会"在当时就成了一个"跨单位"的，似乎又是文化部和文研所双重管辖下的一个很特别的组织——这个组织的成员都另有所属单位，只是在做"古本戏曲丛刊"的时候一起合作。

这个班子效率极高，二、三、四集分别于1955年7月（影印540部）、1957年2月（影印450部）、1958年12月刊出——这样的速度得以实现，主要是因为早有准备的郑振铎先生是在诚心诚意地做这件事，同时也得力于郑振铎本人有文化部副部长的职位，"现管"着这一块儿，而当时图书馆还没有不得了的控制权，也与那时候"学术研究""文化事业"和"保存古籍"也还都是学者们认真对待的事情有关。

《古本戏曲丛刊第四集》原本计划是清人的作品，元杂剧并不在丛刊的收集范围之内，但是在编辑过程中，大家发现元杂剧版本也很复杂，值得做一集，恰恰又赶上1958年世界和平理事会将关汉卿定为"世界文化名人"，为了"配合"纪念活动，《古本戏曲丛刊第四集》就改印了元杂剧。

1958年10月18日，郑振铎率领中国文化代表团出国访问，因为飞机失事而一去不返，他行前为《古本戏曲丛刊第四集》写下了"序言"，却未及见到第四集的出版。

吴晓铃先生记述："西谛先生逝后，何其芳兄（1912—1977）继任文学研究所所长，他建言把《古本戏曲丛刊》的编印工作继续下去并且列为所的规划项目，由于西谛先生和杜颖陶先生已经故世，我们重新组织了编辑委员会，在傅惜华、赵斐云两先生和我以外，又增聘了阿英（钱杏邨）、赵景深（旭初）和周贻白（夷白）三位先生，共六位委员。中央文化部的齐振勋（燕铭）学长（1907—1978）曾经给予我们无量的关怀和无畏的支持……1961年计划把原定在四集出版的清初传奇纳入五集的时候，文学艺术界正在由于几个新编历史剧的出现，展开了从理论到实践的激烈论争，振勋学长也参与了讨论，他建议把计划放在九集出版的清代内廷编演的历史大戏提前印行，为论争和创作供给文献和素材。于是我们又复改易初衷，匆促重定选目，于1962年1月交由中华书局印行，1964年1月出版了包括从敷衍商、周易代的《封神天榜》到宋代水泊英雄聚义的《忠义璇图》等十种历史传说的剧本一百二十四册。"（见吴晓铃先生第九集序言）这也是当时各个行业都遵循的积极"配合"政治运动的态度。

"文革"之中，这"厚古薄今"的《古本戏曲丛刊》让第九集的执行编委吴晓铃先生吃尽苦头，除了"低头认罪"，誓言"永不再犯"之外别无他法……之后的很长一段时间里，《古本戏曲丛刊》都不再有人提起。说这些是为了说明为什么原计划在第四集的清初（顺治、康熙、雍正）传奇，何以变成了第五集，而且延宕至28年后的1986年方才出版——以至于耗得原来的"古本戏曲丛刊编委会"的五位成员和郑振铎之后的文研所所长何其芳时代重组的编委会新增的三位成员已经先后去世了七位，吴晓铃先生成了编委会的仅存硕果，而且他也已经不再年轻。

1982年，国务院古籍整理出版规划小组（组长李一氓）又有计划继续《古本戏曲丛刊》的出版事宜。此时此刻文研所的所长已经轮到了许觉民，副所长为邓绍基，文研所重新拾起《古本戏曲丛刊》，也算是对于第一任所长郑振铎开拓的整理戏曲古籍大业责无旁贷的继承——文研所搭成了一个五个人（吴晓铃、副所长邓先生、古代室主任刘先生、吕薇芬和我）参加的临时组合，除了吴晓铃先生之外，似乎是其他人都没有正式的"名分"。

轮到了我们俩干活很光荣自不必说，我是没有什么负担，吕薇芬比我辛苦得多：我们俩原本都是研究元杂剧的，两个人都需要迅速地"恶补"，进入清初传奇的版本研究，而且她得事先弄清楚我们俩需要做的《古本戏曲丛刊第五集》的编辑和考订都包括些什么内容。

她不仅得领着我干活直到完成任务为止，而且，吴晓铃先生和邓、刘二位先生之间不怎么和谐，所以她得负责两面沟通；重要的和不重要的事情，她都要对于两方面的领导请示和汇报……相比之下我就轻松多了——虽然我的上面有四个领导，可是，直接面对的领导只有吕薇芬一个人，她说怎么干就怎么干就行了。

社科院7楼的文研所分给我们俩一间屋子（759号）做工作室，除了每人一张桌子（抽屉里面放着工作用书、纸笔、资料、调查表）之外，屋里还放着四五只战备箱和一个木制书柜，用以盛放原"古本戏曲丛刊编委会"存放在文研所图书馆的《古本戏曲丛刊》初、二、三、四、九集的样书若干套，那应该是"古本戏曲丛刊编委会"的财产。文研所图书馆移交给我们这批书的时候，邓、刘二位先生让我们俩进行清点和签字，包括吴晓铃先生在内的三位领导都不在场——我们俩显然是以新一届编委会的身份接受和暂时代管了这宗遗产。

我们的工作首先就是到全国各大图书馆去调查版本情况，填写吴晓铃先生制定的《古本戏曲丛刊作品调查表》。

调查表的调查项目非常详细：书名、撰人、时代、藏家、书号、刻家、版面描写（书的长、宽几何、每叶多少行、每行多少字、有无双行）、种数、卷数、出数、叶数（平装书的正反两页是线装书的一叶）、函册、序跋与批注情况、残缺与污损情况等等，都需要查书的人一一填写明白，最后两项"鉴定意见"和"备注"就是吴晓铃先生的事了。

因为这一百余种书的每一种都可能有好几种刊本和抄本散在全国的各大图书馆善本室，都要查到，因为《古本戏曲丛刊》的体例是"求全求备"（见郑振铎《古本戏曲丛刊四集序》），所以查书的工作量就太大了，为此，我的研究生院文学系元明清戏曲专业的同学王永宽被暂时借调过来参加查书工作,他当时已经从中宣部调回老家,在河南省社科院文学所工作了。

王永宽被分配查一部分书,有时候看到他带回来填写好的调查表,说是要交给吴晓铃先生。我和吕薇芬是一个小组,我们俩负责北京市、上海市、南京市、广州市和山东省各大图书馆善本室的查书,填写调查表,去外地图书馆出差也总是一起去。

翻出当年的一沓子笔记来看,笔记中记录着我们去过中山大学图书馆善本室,查阅过他们的《笠翁传奇十种》《墨憨斋新曲十种》《念八翻传奇》《芝龛记》《旗亭记》。去过中山图书馆,查阅了他们的《笠翁传奇十种》《玉燕堂四种曲》《西堂乐府》《芝龛记》《六如亭》……

南京图书馆给我留下的唯一印象是管理员问我们:"你们从哪里知道我们有这本书?"

记忆中还去过上海图书馆善本室,查阅过他们所藏的孔传鋕"三软"中的《软羊脂》和《软邮筒》,吴晓铃先生著录的上图藏本是"抄本",可是,我们在上图却看到了这两种传奇的"稿本",当时的高兴之情真是难以言表!

"三软"之中的第三种《软锟铻》藏在济南山东省图书馆善本室,所以我们从上海坐火车去了山东。

去山东的第一站是曲阜,先找到做宋代研究的刘乃昌先生帮我们住进招待所,然后带我们去曲阜师院图书馆善本室,可是已经忘记了是查阅哪本书。

因为临行的时候,刘先生让我们去孔林拍回一张孔尚任的墓碑照片,所以我们去了孔庙孔府和孔林。我们俩都是第一次到曲阜孔庙,感觉到曲阜的孔庙确是气象恢宏,与众不同,拜谒了至圣先师,参观了孔府之后,就打算去孔林了。

记忆中的孔庙孔府出口处有不少三轮车争抢生意,说是孔林距离孔庙很远,我们花一块钱选了一个十五六岁的男孩拉的三轮车去孔林,觉得会比较安全。这三轮车和北京的不一样，我们俩坐在前面车斗里的木头板凳上，那个男孩在后面蹬车，一路上他很高兴地和我们聊天，说他自己是孔子的旁系七十几代孙，台湾的那个嫡系七十几代孙还得管他叫叔呢！我们俩都笑起来，聊着聊着我们就知道了：因为这样拉客的三轮车竞争激烈，他希望我们俩回程还坐他的车。

孔林比较荒凉，参观孔林的人也很少，时间又已经快要傍晚，拉车的男孩帮着我们好不容易找到了孔尚任的墓碑，赶紧拍了照片，又坐上了他的车。

山东的第二站是泰安，我们俩都没有去过泰山，我们想抽两天去爬泰山，也想在泰山看日出。

早上，我们俩顺着石阶爬一阵歇一阵，身边扛着砂、石和预制板的挑山工（当时，玉皇顶上正在施工）看起来走得很慢，可是他们从不歇息，所以很快就一拨一拨把我们远远地甩在后面了，那时候，吕薇芬的膝盖已经不那么利索了，歇的时候比我多，也显得比我狼狈，我还笑她是"崂山道士"，我们俩没有什么本事，可功夫不亏有心人，下午，我们俩居然爬上了玉皇顶。第一次领略了"会当凌绝顶，一览众山小"的诗意。

晚上我们俩住在玉皇顶的招待所里，那里的管理者把一大排铁架双人床连接在一起，每人发给一床不知已经多少天没有拆洗过的被褥，被子是用朝圣者贡献的帐子做的，上面还能看到毛笔写的"献给玉皇大帝"的字样，晚上，我们俩躺在通铺上，看着脚下的被子上老鼠毫无顾忌地跑来跑去，谁都没有说话。第二天的凌晨，我们俩租赁了两件领子和袖口都油腻腻的军大衣，穿着去看了泰山日出……

俗话说"上山容易下山难"果然不错，好不容易一瘸一拐到了山脚下，我们俩已经是两腿发直，寸步难行，那是今生今世我们唯一的一次登泰山……

山东的第三站是济南，我们得去山东省图书馆善本室查书并复印孔传鋕的《软棍铻》。

我们在善本室的卡片中找到了这个"民国抄本",卡片上面写着:吴晓铃先生断为"海内孤本"。我们两人边看边讨论着:此本虽然抄于民国时代,且是否据孔传鋕稿本过录已经不可考,但此本既经吴先生断为海内孤本,也就十分珍贵了。况且,它的卷首与稿本《软羊脂》一样有"西峰樵人"题诗,它的署名"也是园叟"编词,也与稿本《软邮筒》所署相同,因此,这个民国抄本或许是从稿本系统而来亦未可知。孔传鋕的"三软"没有刊本传世,能够找到两种"稿本"和一种已经是"海内孤本"的"抄本",也可以算得是一件幸事了。

正在高兴的时候,我们被山东省图书馆善本室告知:因为是"海内孤本",所以要想复印此书的话,收费加倍……李一氓"凡是《古本戏曲丛刊第五集》编辑用书,一概不收钱"的话一出北京就不灵光了,这山东省图书馆是我们这一次出差的最后一站,我们俩都已经囊中羞涩,原本计算够用的钱,一旦"收费加倍"就不够了,吕薇芬打扫了所有的公私款项,还差一点,最后,她把我们两人从山东大学招待所租用的图书馆食堂的碗筷换回了押金,才凑齐了复印这部民国抄本《软棍铻》的费用,我们把重金复印到手的海内孤本小心翼翼地锁进箱子,就坐在大明湖边一个卖烤白薯摊子的小板凳上面,一边吃烤白薯充当午饭(我们已经没钱吃饭了),一边商量怎么回北京……

最后的结果是:我去找曾在北大中文系教古汉语的老师吉常宏(他当时因为两地问题长期不能解决,刚调回山东老家,在山东省博物馆工作),向他借了钱,火车票买不到,只好买了两张飞机票,坐上一架只有38位乘客的小飞机,一杯热茶都没有喝完就一路平安地回到了北京,两个星期以后,同一时间(同一航班)的小飞机居然在北京机场出了事故,机体折断,听到这个消息之后,我们俩相视无言了好一阵。

调查版本所有的几百份填写好的调查表在当时都已经上交吴晓铃

先生，以备吴先生根据调查表决定弃取，我们的手中都没有存档。

查阅各种版本的事情结束以后，领导们只要看调查表，一百余种传奇的基本情况就可以了然于心，叶数也都有确切的登记。

此次翻检旧物，居然有李渔的"传奇八种"中的《双锤记》《偷甲记》调查表抄写的内容存留至今。想来是因为我们俩在《古本戏曲丛刊第五集》完成之后，合写了《关于〈通玄记〉和〈传奇八种〉》，吕薇芬执笔前一半，兰茂的《性天风月通玄记》，我执笔后一半《传奇八种》，发表在《文学遗产》1985年第二期上，所以才会抄下"调查表"的内容保存下来，这样的不经意的残留品是抄写在调查表的背面，而今居然让我可以复原当初的旧表，也让我今天可以回忆起当年坐图书馆查书的辛苦，和那年头做事的一丝不苟：

《古本戏曲丛刊》作品调查表

	集　　　号		年　　月　　日
书名	《双锤记》（一名《合欢锤》）《传奇八种》之一（第一、二册）	藏家	北图善本室
撰人	李渔	书号	4151
时代	清初	刻家	
版面描写	栏高19.5cm　宽12cm　半叶8行　行20字 版心单鱼尾　有书名双锤记		
种数 卷数 出数 叶数 函册	一种 二卷二册 上下卷各18出　计36出 83加94　共计177叶　其中目录3叶		
序跋与批注情况			
残缺与污损情况	纸较白　字迹清楚　上卷目录和下卷最后5叶有残损　影响到曲文		
其他情况			
鉴定意见			
备注			

记忆中为了后来收入《古本戏曲丛刊第五集》的"传奇八种",我们俩查阅了北图善本室藏《传奇十一种》《传奇八种》,北大善本室藏《李笠翁十种曲》《传奇八种》《笠翁新乐府》(内封有"笠翁新三种传奇"字样)、《笠翁传奇五种》(函套标题为"范式五种传奇"),一共填写过45张调查表。

对于从康熙、雍正时代起直至近人王国维为止,各家对于"传奇八种"作者的著录都不相同,相继出现了"李渔作""范希哲作""四愿居士作""龚司寇门客作"和"无名氏作"五种说法的情况。我们也做了考订:

根据清初高奕的《新传奇品》、雍正初成书的《传奇汇考标目》的记载差异可以知道,在康、雍之际,传奇八种的作者实际上就已经开始出现异说。

我们根据清初以来成书的《新传奇品》《传奇汇考》《乐府考略》《传奇汇考标目》《笠阁批评旧戏目》《重订曲海总目》《曲海目》《曲目新编》以及《曲海总目提要》《今乐考证》《曲录》等等曲目的著录不同,觉得"李渔作"说、"范希哲作"说和"四愿居士作"说的支持证据都很薄弱,我们倾向于"龚司寇门客作"说,但是也缺少直接的证据,所以,收入《古本戏曲丛刊第五集》的《传奇八种》仍然署佚名作,留待后人的研究。

1986年5月影印出版的《古本戏曲丛刊第五集》之中的第十一函和第十二函中所收,就是我们选定的"佚名作《传奇八种》",内封(扉叶的正面)上写着:"湖上李笠翁先生阅定 绣刻传奇八种 富贵仙 满床笏 小江东 中庸解 雁翎甲 小菜子 合欢锤 双错锦"。印在书根上的戏目分别是:万全记、十醋记、补天记、双瑞记、偷甲记、四元记、双锤记、鱼篮记,每一种在扉叶的反面的书牌子上都有"据北京大学藏清康熙刊本景印"字样。

我们俩开始坐下来撰写第五集的目录,目录内容有:书名、卷数、作者所属朝代、作者姓名、刊刻时代、版本及册数，一百多种书的目录我们俩整整写了两个月。

这两个月我们俩做的是真正的考据和研究，比如：对于"书名"，各种书目会有不同的著录；对于"作者"，各种书目经常也是说法歧异；"作者所属朝代"当然也会有不同的说法；作者姓名、作品的写作和刊刻的年代都会说法不一，这些都需要一一排除辨证。

版本问题最麻烦，如果是刊本，是哪一朝何处的刊本？家刻还是坊刻？如果是抄本的话，是谁的抄本？是稿本？家抄本？旧抄本？传抄本？……都要尽力弄清楚。

为此，文本本身的印章、批点、序文、末识、题诗、题字、所署室名别号、书品、讳字等等，都有可能是依据和线索，而最棘手的是草书序文和印章，有时候，去请教文研所以博学著称的曹道衡、沈玉成、陈毓罴……他们也会一筹莫展。

选择版本的标准是"刊刻（或者抄写）早""书品好"，记忆中在选择版本的时候，碰到过的最有意思的情况是：一个传奇作品的两个半叶都是断版的拼接，开始读起来上下两块断版的文意总是连接不上，我们俩读来读去很多遍，想来想去不得其解，最后吕薇芬突然发现——两叶的断版上下段相互错接在一起了……这是一件即使是在古籍整理的专著上都找不到的奇怪错误啊！找到了这个"答案"的当时，我们俩真是高兴之极，我们的处理只能是注明把它断开重接——"断开重接"四个字看起来并不起眼，可是这四个字背后的甘苦只有我们俩知道。

另一件记忆深刻的事件是：一个传奇作品据"北图藏本"的序言可以断定一个刊刻时间，可是同一个作品的"上图藏本"竟然多出了一个序言，根据这个序言，刊刻的时间竟然可以被提前一个年号，当时，我们俩也是好高兴啊！

在《古本戏曲丛刊第五集》中的一百多种传奇的版本选择和考订

过程中，这类有意思的事情其实不少，可是因为当时出版社催得紧，也没有想到过为了将来写散文应该记录下来，所以事到如今，即使是两个人凑到一起，能够这样回忆起来，还能够想清楚来龙去脉的也就寥寥无几了。

我们俩整理了一份第五集的目录，一百多种本子的书名、卷数、作者所属朝代、作者姓名、刊刻时代、版本、册数都已经标注清楚，这份目录与当初被上海古籍出版社退回来的、吴晓铃先生所拟的目录相比已经是面目全非，三位领导都没有什么异议——毕竟版本是要靠对于多方面的材料的掌握和了解才可以具有发言权的啊。

之后是我们俩第一次坐上了直达上海的软卧车厢，一路顺风地押书到了上海，责任编辑府宪展（这个学者型的编辑现在已经是敦煌学家）把我们直接拉到上海古籍出版社，这一次，我们选择的本子和确定的目录在出版社也顺利通过，因为《古本戏曲丛刊》每一集都是以一万叶左右为限，所以，第五集最后也只收入了顺、康、雍传奇85种。（我们已经考订完毕的有一百多种，未能收入第五集的，应该是还在上海古籍出版社）那是1984年的事情。

现在我们手中的《〈古本戏曲丛刊第五集〉未收之目录》竟有53种之多。

后来上海古籍出版社发给2000块钱的编辑费，我们俩每人得到了300块钱（领导说是：五个参加者每人300元，剩下的500块钱，留在刘先生那里以后使用）

《古本戏曲丛刊第五集》于1986年出版，12函120册，蓝色的封套，很古雅。参加者每个人得到了一套样书，因为听邓、刘二位先生说吴先生不太同意发样书给我们仨，所以，接到领取样书通知的时候，王永宽特地从河南赶到北京，我们仨都赶快把样书运回家不敢拖延，生怕无端地生出变故而领不到我们的那一份。

吕薇芬和我共同写的第二篇文章名为《曲海探珠》，收入《中国古代戏曲论集》（中国展望出版社，1986年4月）。

因为不怎么愉快的种种原因，吕薇芬和我都决心不再做第六集。

文研所从北师大调来了新人侯光复，准备编辑《古本戏曲丛刊第六集》。我们俩交出了759号工作室，交出了所有的工作用书、表格、资料、文具、钥匙，还有作为样本寄到了文研所的一大堆第五集的初刻初刷本——除了吴先生，没有人迷恋这个珍贵的初刻初刷本，还有那批装在战备箱里的、属于"古本戏曲丛刊编辑委员会"的样书。

后来，《古本戏曲丛刊第五集》1988年获得"1978－1987全国古籍优秀图书一等奖"，听说那是文研所唯一的"国家奖"，听说还有奖金……

也听说吴晓铃先生曾经提出要索回"古本戏曲丛刊编委会"存放在文研所图书馆的初、二、三、四、九集所有的样书，可是，没有要走。

1995年，吴晓铃先生去世了，他的"双楢书屋"中的一生珍藏，被换了两个还是三个单元的楼房，他的藏书最后归了首都图书馆。传说吴先生有遗言：他的藏书给谁都行，就是不给文研所——看来，吴先生和文研所还有一直没有解开的心结。

听说吴先生去世以后，他的家人曾经想要把吴先生的藏书交给文研所，但是希望得到两个（三个？）单元的房子，文研所没有答应给房子。后来，吴先生的藏书有一部分由女儿吴华存留，剩下的给了首都图书馆，换了两个还是三个单元房。

2003年，文学研究所为建所五十周年进行纪念，吕薇芬有纪念吴晓铃先生的文章《川水虽逝却留痕》发表在《文学遗产》2003年第2期上。

2004年，由于听到了一些闲言碎语，内容与我们俩完成的《古本戏曲丛刊第五集》相关，吕薇芬觉得有必要写一份1982至1984年我们俩参加这个项目的全过程交给科研处，算是"立此存照"，我当然没有异议，于是，就有了"关于《古本戏曲丛刊》项目的一些情况的回顾"，全文如下：

原文化部长、文学研究所所长郑振铎于1952年，考虑到研究戏曲的学者搜寻资料十分困难，剧本散见于各地图书馆，常为借阅而奔波，因此有编辑《古本戏曲丛刊》的动议。这一设想得到有志于戏曲研究的同仁们的欢迎。同年，组成编委会，并确定编辑方案与出版方法。编委会由五人组成：郑振铎、杜颖陶、傅惜华、赵万里、吴晓铃（当时在语言所工作）。于1954年2月出版初集，1955年7月出版二集，1957年二月出版三集，以上三集是明代戏曲作品。原来的计划不出元代作品，因元代资料比较容易得到。但1958年世界和平理事会将关汉卿定为"世界文化名人"，国内掀起关汉卿研究热，故而将四集定为元明杂剧（四集原是清代顺、康、雍三朝戏曲）。当时具体工作的人员是：陈恩惠、周妙中（文学所）、伊见思、丁英柱、郑三回。负责人是郑振铎的秘书。

1958年郑所长去世，何其芳先生由副所长升任正所长，他建言将《古本戏曲丛刊》列为所的规划项目，重新组织编委会，成员是：傅惜华、赵万里、吴晓铃（当时已调入文学所工作）、赵景琛、周贻白、阿英。文化部副部长齐燕铭对此给予支持。原来应出五集，即清代顺、康、雍三朝戏曲作品，据吴晓铃先生说，因为当时正热烈讨论新编历史剧问题，为配合这场学术讨论，所以决定先出九集，即清代宫廷历史题材的大戏。1962年交稿，1964年出版。这以后因"文化大革命"，工作停顿。

1982年，文学所将《古本戏曲丛刊》列为所重点科研项目，同时纳入国务院古籍整理出版规划小组的选题项目。当时曾开过一次会，据吕薇芬回忆，参加者有许觉民（当时所长）、吴晓铃、邓绍基（副所长）、刘世德（古代室主任）、汪蔚林（图书室主任）、栾贵明、吕薇芬。是否还有别的人，就不记得了。国务院古籍整理小组负责人李一氓同志带着秘书也来参加会议，他答应向全国各图书馆打招呼，凡《古本戏曲丛刊》编辑用书，一概不收钱。他还很动感情地说，他要对得起老朋友——郑振铎先生。这是不是就是"编委会"，至今我们都不清楚。记得曾问过，也许太笨，还是没弄清楚。会后，栾贵明向吕表示，他不参加，也劝吕不要参加。理由好像很充分，所以吕也向领导表示不参加。

五集首次编辑是由吴晓铃完成的，编目连书全交给出版者——上海古籍出版社。过了不久，出版社有意见，把书全送回，要求返工。这时，邓副所长找到吕，说：你不参加不行了，不然怕人家要退稿。当时五集共搜集一百零几种剧作，要考订其作者、出版者、出版年代等等，还要去查书补缺，比较版本，选择好本子。显然，吕一个人难以完成这项工作，所以她提出让么书仪也参加进来。邓同意，不但调来么，还让王永宽也帮助工作。因王在河南社科院工作，来往不便，不久退出此项目。后来这一项目就由吕、么二人承担，除做了上述考订工作外，还去过北京图书馆、山东图书馆、曲阜师院图书馆、上海图书馆、南京图书馆等地查书。

五集于1983年编辑完工。原计划是一百种剧作，因数量太大，最后出版的，是85种，但我们的工作已做完一百多种。1984年，由上海古籍出版社出版，发行工作文学所也参加了。

出版社付编辑费两千元，分配方式：吴晓铃、邓绍基、刘世德、么书仪、吕薇芬各三百，还剩五百，说是留作六集作启动费。后来如何处理不得而知。样书据说是二十套，吕、么、王永宽各一套，其余如何分配，留下几套，存放在哪里，皆不得而知，当时主编是吴晓铃，课题组长却是刘世德，稿费、样书等事由刘经管。

编辑五集时，所长分配给我们一间写作间——759号，供工作及存放五集工作用书、表格、资料、文具等。在此期间，当时的图书馆长朱静霞、王林凤找到我们，说原《古本戏曲丛刊》编委会存放在本所图书馆有《古本戏曲丛刊》样书初、二、三、四、九集若干套，希望我们领回。当时，刘（世德）是五集课题组长，又是古代室主任，但因他是朱静霞丈夫，移交时有所不便，所以由吕与么二人清点接受，并在移交手续上签字。从图书馆领回时，还留了一套给图书馆。领回后放在759号，将初、二、三、四集分装在从图书馆拿来的战备箱内，九集因为部头大，数量多，放在一个书柜里。书柜中还收有五集的初刻初印本（未装订），是出版社作为样稿寄给我们的，初刻初印本在版本学上是很有意义的，当然是在若干年以后。战备箱与书柜都有钥匙，因我们搞五集不需要这些书，加之钥匙大大小小好几把，每把都挂有一个小标牌，很难携带，而我们编五集又不用这些书，所以自书一领来，钥匙就锁在一个书桌的抽屉里，抽屉钥匙又放在另一个抽屉里。

1984年，吕薇芬自古代室调《文学遗产》工作，因此退出此项目，同时么书仪也宣布退出。那年，古代室调来北京师范大学李修生的硕士侯光复，专职负责《古本戏曲丛刊》六集的工作。

既然我们退出此项目，自然要将一切资料、书籍、文具等移交。当时，包括我们在内的一些人都曾在"战备箱"中借过书，因为要移交，所以我们把借出的书索还，整理好，依然锁好。战备箱和书柜的钥匙，以及交接书的清单、调查表格、复印来的资料、文具等,全部放在书桌抽屉和书柜里,以前怎么放的,交接时仍然这么放。写作间的钥匙交给管此事的侯光复。后来听王林凤说,又发现一批《古本戏曲丛刊》,由侯光复领走。再以后听说吴晓铃要索回以前存放在文学所图书馆《古本戏曲丛刊》的所有存书,却没有要走。《古本戏曲丛刊》五集的项目,曾两次获国家出版局优秀奖,听说还有奖金,究竟如何,我们并不知道。

侯光复离开文学所时,将钥匙又交给谁?我们不知。但759号写作间经常有古代室的人出入,"战备箱"中的书也常有人去借,可见一直有人管理。

《古本戏曲丛刊》的编辑工作,有一个漫长曲折的过程,吴晓铃在"五集"的"序"中,有详细的回忆。我们所知的情况,也就是这些了。

吕薇芬　么书仪
2004.3

这份回顾,我们签字之后,交给科研处处长严平一份,我们俩各自保存一份。

2006年,《学境——二十世纪学术大家名家研究》由上海古籍出版社出版,吕薇芬纪念吴晓铃先生的文章《川水虽逝却留痕》被选入再一次发表。

2006年,《吴晓铃集》五册由河北教育出版社出版。

2007年3月21日,《文学遗产》编辑部和文研所古代室联合举行了"吴晓铃先生纪念座谈会",为这位有392篇厚积薄发的文章作为证明的"大家名家"画上了句号。

我从网上购买了《吴晓铃集》,70块钱,文章分类成册,文章当初发表的年代和刊物不详是一个很大的缺憾,翻看一篇篇小文章都很有意思，比如，吴先生在他的《双楉书屋和其他》中曾经说到"双楉"和"双楉书屋"的故事：

> （楉）读音同"昏"，树名，它属双子叶植物纲的豆科，旧名合欢。因为它的叶子在夜间像含羞草似的合拢起来，便又叫作昏和夜合。因为它的粉红色的花儿很像马的脖套子和笼头上装饰的红缨子，便又叫作马樱花……
>
> 从前，在北京城里有串胡同卖树秧子的人……家里人当作香椿树买了两棵，谁知越长越不像，原来是绒花树……也好，树长大了，枝叶遮住半边院子，像个天棚，特别是自入农历五月以来，绯英满树，清香扑鼻，倒也饱含诗情画意。可叹我琴棋诗画概不当行，诗词歌赋全不通顺，但是为了对得起这两棵树，也想附庸风雅，便起了个斋名"双楉书屋"
>
> 李苦禅画伯在1983年6月11日为我题了"双楉书屋"榜，不想第二天便逝去了，这榜成了他的绝笔……

听说2009年，文研所所在的社科院第七层大装修的时候，759室被打开，在那里存放的、曾经属于两届"古本戏曲丛刊编委会"的《古本戏曲丛刊》第一、二、四、九集不止一套的样书被七手八脚地"抢救"过，存放在所长办公室旁边的储藏室中的《古本戏曲丛刊第五集》11套样书（20套样书，参加工作的6个人和所长许觉民各一套，副所长带到日本两套）也不知所终……

在那之后，对于这批书去向的传说已经出现了诸多的版本……

不过，这些陈年往事都已经不再会引起我们的关心。

2014年2月10日

博学多闻的王学泰

前些天，我知道王学泰的《监狱琐记》在生活·读书·新知三联书店出版了，就连忙打电话向他要，很快，《监狱琐记》和《一蓑烟雨任平生》就速递到家了，打开看看有点失望——没有签名，和买一本没有什么差别，其实，我现在送人书也不签名，为的是方便对方做减法（卖旧书），否则，如果在网上看到你的"签名本"会很别扭。

在1981年我进入文学所的时候，王学泰就是《文学遗产》的编辑了，他是1980年直接考进《文学遗产》编辑部的，我虽然是在1978年，早他两年就考进了中国社会科学院研究生院文学系，可等到三年之后毕业进入文学所，就比他进所还晚了一年。因为《文学遗产》和古代文学同在一个领域，编辑部和古代室又都在社科院大楼七层的紧东头，所以，星期二上班的时候，古代室的人就经常去编辑部办事和聊天。

那时候文学遗产编辑部的编辑都是学者型，记忆比较深的是，80年代后期的主编徐公恃、副主编吕薇芬都是从古代室调过去的，分管魏晋的王毅、分管唐宋的王学泰……在学术上也都是各有所长。

我经常去找的是李伊白。李伊白是首师大中文系毕业，也是调到《文学遗产》做编辑的，她记忆力好，识字多，碰到不会写的北京话里的俗字去问她，一般都难不住。因为她在编辑部分管戏曲审稿，什么地方开戏曲会的时候，我们俩也常常是同时收到请柬，有时候我们也结伴同行，久而久之就很熟。她是当时的副院长李慎之的女公子，眼界很高，虽然很愿意结交朋友，可骨子里总带着那么一点高干子女俯视凡人的劲头儿，她对我和吕薇芬都不错，可是不一样，她对吕薇芬偏于敬重，不光因为吕薇芬年长而且是副主编，可能更多的还是因为吕薇芬处理事情和人际关系的方式方法，她对我可能是因为年龄相仿谈得来，可那也挡不住李小姐对我说翻就翻，好在她并不记仇。

因为王学泰分管唐宋诗文，我和他业务上没有来往，可是他为人随和幽默，而且经常语出惊人，所以，在编辑部听到他和大家聊天的时候，我也喜欢凑上去听，除此以外，我们就没有更多的接触了。

80年代末，他从编辑部调到古代室改行做研究，我们就成了古代室的同事，他记忆力超好，遇到生僻的典故或者历史上的人和事去问他，他经常张口就来，很少碰到他"不知道"的时候，当然，问过他你还是得去查证一下，他也不是电脑——也有说得不完全对的时候。

在古代室，他人缘好，和大家都很聊得来。90年代，他结识了一个留过学的年轻的针灸博士，他觉得不错，就介绍给我，当时，我也是正为腰疾和神经衰弱所苦，所以，我们俩就约好一起去东直门中医医院针灸，两个人经常是趴在对面的床上，后背扎上针，停针的时候、起针以后休息的时候，就有了很多聊天的机会，他喜欢聊天，我也喜欢听他聊天，一来二去，我才知道了很多他的监狱生活，以前，虽然也听说他坐过监狱，可是，看着他总是乐呵呵心广体胖的样子、弥勒佛般的表情、待人处事的宽和大度，一点都不"苦难"，听说他的爱人管小敏还是干部出身……这些也怎么都和"蹲监狱"连不上。

我以前就听说过，监狱里都有黑社会，不给监匪狱霸做小伏低，就有吃不完的苦头，甚至悄悄地丢了性命，可是，王学泰不像是会"做小伏低"的人，他在监狱里好像也没有受过欺负，狱友很尊敬他，可见他在监狱里也是好人缘，然而这次，真的听他讲到自己为什么成了"反动学生"，为什么成了"现行反革命"，怎么就变成了"有期徒刑13年"，3年之后，又怎么就"无罪释放"了……就真的经常让我瞠目结舌了。

那时候，我就知道了，我和王学泰虽然都是解放后上的学，他只长我四岁，而且，我上的是北大中文系，他上的是师范学院中文系，可我们俩其实在人的质地上不属于一个档次：他是"什么书都爱读"，我是"老师让看什么书就看什么书"；他是"什么事都会想想对不对，容易质疑"，我是"老师说什么、家长说什么、报纸说什么、国家说什么、党说什么，我就信什么"；他喜欢"聊大天，而且经常是主聊者"，我喜欢"听别人聊天，大庭广众之下，常常羞于开口"……相对来说，他是比较"特别"的人，而我属于懦弱的"芸芸众生"，这也是为什么他终于"蹲了监狱"，而我可以"平安"地度过了那些年代的原因。

听了他的讲述，我其实挺佩服他的，比如，我们俩都经历过1958年的"大跃进"，那时候我上初中，他上高中，对于当时国家和报纸天天都在说的"亩产万斤粮"，我从来都没有怀疑过那是真是假，可王学泰不然，他在1958年就因为"好思考""好质疑"而惹了麻烦。一起去东直门针灸的某一天，他告诉我他的第一次麻烦，内容就是《监狱琐记》中的开篇叙述：

> 第一次是1958年10月，我读高中，下乡劳动，深翻土地，种小麦高产田，来年要亩产120万斤。当时我说，一麻袋最多能装200市斤小麦，120万斤可装6000袋。一袋平放在地上占地6平方尺，一亩地可以平放1000袋小麦，6000袋要码6层，相当一房多高，我问什么样的麦秆能把这6000袋小麦挺起来呢？
>
> 那时是组织军事化，这话是我在"连队生活会"上提出

的疑问。连队汇报到团指挥部,带队劳动的是一位留校学生,刚被提拔为教导主任,颇带点"少共"意味,有决断,多激情。他听了之后勃然大怒,认为这不是与党唱对台戏吗!竟敢怀疑"大跃进",不相信党报上宣传的"人有多大胆,地有多大产"!这是政治错误,必须严厉批评,肃清流毒。于是召开我校下乡劳动的全体同学开辩论大会(当时风行"社会主义大辩论",动不动就要"辩论",实际上就是批判),"辩论"我的"反动言论"。许多同学慷慨激昂,上场发言。大会收尾时,那位新提拔的教导主任(当时称作"团政委")当场宣布,把我开除回校,不许我在这里给"大跃进"泼凉水。这是我在众多人面前的第一次"亮相"。我低着头,有时也偷偷看一眼下面的同学真正的或故作气愤的面孔,感到很意外。待回到城里地处骑河楼的学校,留校的师生正在做大炼钢铁的准备,我怕被同学问起,就没有回学校,(又怕被家长问起)每天跑"北图"看书,以消磨时日,下乡同学回校后又在班上开了一次批判会,这时又加上一条新罪行,就是逃课、逃避"大跃进"。那年我十六岁,正是充满了奇思异想的季节,这是生活给我上的第一课。

记忆中,我第一次听王学泰讲述这件往事的时候,给我的感觉和这次读《监狱琐记》里的记录很不一样,那次要生动许多——王学泰的叙述虽然语气平和,但是,我能感觉到他在回忆自己年轻时代发生的性命交关的大事时候,内心的思绪并不平静;那次也让我非常震惊——王学泰作为一个高中的学生,居然会有这样的思考能力和质疑能力?我没碰见过这样的人。而且,一个中学的教导主任不是去解决学生的疑问,而是以这样"整人"的方式处理一个高中学生的疑问?可经历过那个时代的人都明白,这正是那个"阶级斗争""宁左勿右"

时代的特产，可是，现在的人就会不明所以——历史是很容易被遗忘、被涂改、被消解的啊！

王学泰1958年高中时代"怀疑大跃进""逃课""逃避大跃进"的行为自然是已经记录在案，好思考、好质疑、好聊天、爱说风凉话的本性也很难改，所以他在大学毕业时候的1964年，就第二次遇到了更大的麻烦——90年代王学泰对我所说过的经历，也在《监狱琐记》中记录着：

> 从1962年秋天，强调"阶级斗争要天天讲"以来，形势一天紧似一天。从学校领导、教师到学生都学会用阶级斗争的眼光看待一切，扫描一切，关注周围同学的一言一行。我所在的班，因为1962年秋选举班干部时，没有完全服从系总支的安排，在一些人的策划下，选了一两个违背领导意志的班干部，这就成为近似"反革命事件"的"选举事件"。1963年北京市委大学工作部研究高校的阶级斗争时，把这种"选举事件"视为资产阶级向党进攻的信号……面临毕业时，我们这个班一些"选举事件"中的"积极分子"都有些紧张，预感到要被整……由于上面抓得紧，下面的运动自然也就搞得轰轰烈烈。自觉有问题的学生在老师和同学的帮助下一个个痛哭流涕，做检查，痛骂自己的过去，以求过关。在我看来有些像滑稽戏。然而奇怪的是我无论怎么检查，自觉得已经很深刻了，但也没有人理，也不说过关了，也不说不让过，有点晾起来的意思……

王学泰高中时代就有"怀疑大跃进"的前科，大学时候和"选举事件"也有瓜葛，这一次倒霉的关键还是他和张闻天的儿子张虹生同宿舍，床头相对：

从他那里得知，遵义会议后，原来张闻天是党的第一把手，毛泽东仅仅是协助周恩来处理军事问题的第三、四把手。他谈过对于"三面红旗""反修斗争"等重大问题上党内高层是有不同意见的。像后来尽人皆知的"三分天灾，七分人祸""人相食，是要上史书的"和在庐山会议上对彭老总不公正的批判，当时我就知道了。这些信息在正常社会中人民是有权知道的，可是在当年这些都属于高层机密。

另外，我有几位校外的朋友，到了假期经常凑在一起聊天，无话不谈。从张虹生那里获得的信息自然也就扩散到这几位了……

1964年毕业之际，王学泰赶上了毕业之前的"清理思想运动"，所以，无论是被人揭发也好，还是碰到了一个急于制造业绩的政治辅导员也好，反正最后的结果是"这一年全校毕业生总共一千余人，公开被定为'反动学生'的只有我一个（听说仅中文系每班还有'内定''反动学生'两名，全系共8人）……被清理出来的学生，不算合格毕业生，不能毕业，分四等处理：1. 劳动教养三年；2. 劳动教养二年；3. 劳动考察三年；4. 劳动考察二年。我是劳动考察三年，由北京市高教局组织到农场劳动。因为'文革'，拖到1969年初才又回到学校，1971年分配到房山（河北公社口儿中学）。"

这回实际上是王学泰和张虹生两个人"聊大天"出了格，不仅涉及对于老百姓保密的高层机密，而且王学泰还和自己的朋友们"分享"了党内高层机密，所以他就成了不折不扣的"传谣者"，也就难辞其咎地成了"反动学生"，可王学泰没有揭发张虹生，所以"造谣者"张虹生反而没事（当时，凡私下谈论"国家机密"的都叫作"造谣"和"传谣"）。

王学泰1957年于北京师大附中初中毕业，1960年于北京65中高中毕业，1960至1964年上的是北京师范学院中文系，本来应该是1964年参加工作的，结果拖到1971年才被分配——当时的青年人一旦成了"反动学生"，他的人生轨迹就从此改变了，无论怎么说，反正他已经沦落到政治运动中"被整者"的行列。

王学泰的另一本书《采菊东篱下》里面，专门有一篇"说运动"，总结了毛泽东时代以"1942年的整风"为"范本"，创造的"政治运动"（也叫"群众运动"，实际上就是"运动群众"）的方式方法和程序，我把王学泰的叙述总结之后简化如下：

1. 建立一个富有"正义性"和"号召力"的运动名称。

2. 党的基层领导，也是运动的领导者，对外宣传造势、发动群众、组织阶级队伍。

3. 领导者内部开会策划，把手下的群众"分类排队"，按照"出身"和"平时的思想表现"把群众划分为左派（依靠对象）、中间派（团结对象）和"右派"（打击对象）。

4. 运动开始：依靠对象和团结对象面对面揭发批判打击对象，打击对象自我检查，争取"坦白从宽"，同时，打击对象背靠背互相揭发批判，争取"立功受奖"。

5. 按照比例（百分之一、二、三）定案、处理"一小撮"打击对象。

……

王学泰在《采菊东篱下》的〈说运动〉中谈到"政治运动"对于所有的人（包括"整人者"和"被整者"）的伤害的时候所言极是：

> 实际上领导也不是什么"用特殊材料制成的人"，大家都是平常人。领导也有自己的喜怒哀乐、爱恨情仇，他们也有三个亲的两个厚的，与普通人完全一样。一个普通人长期掌握着对他人的合法合理的伤害权，而且几乎不受限制、不受制约……伤害人者永远在一个十分顺畅、没有任何阻力

（甚至还受到奖励）的情况下摧残他人，长此以往，对于伤害者的健康人性也是一种戕害……

更可悲的是，"被排队"的人们不知道自己"被排队"了，不知道自己是处在怎样的政治位置上……领导秘密调查他……又不对他说明真正的原因，使他不能为自己解释……被伤害者因为处在一个固定的单位中，逆来顺受只能是唯一的选择……许多人只是得罪了本单位的领导，就有可能倒霉终身……

互相揭发有"背靠背"的揭发和"面对面"的揭发两类。背靠背的揭发按说是比较容易，向领导打小报告，或更简单些给领导写个条子就可以了，神不知，鬼不觉，似乎没有什么，然而它对传统知识分子的品格是个挑战，这种告密行为历来为正人君子所不齿……让受传统教育很深的老知识分子背离这种传统，当着人面说长道短，这在20世纪50年代之初是很困难的……到了"文革"期间，人们经历了数十次大小运动的锻炼，以前做人的传统、心理障碍一扫而光。此时大家都已经习惯互相揭发了，而且敢为天下先，争做积极分子者大有人在。

事实上，作为基层的党的领导，在运动中实施整人的行为是党交给他的"光荣任务"和"责任"，如果他质疑或者不执行这种"光荣任务"和"责任"，他就有可能沦落成为被整者，所以，没有人愿意这样。而且被整者经常是因为出身不好（地富反坏右）或者是有历史问题的人，党的基层领导大多都会认为整他们理所应当，王学泰因为思想被整是个特例。

被整者，比如地富反坏右，大多是当然的"运动员"，并不都是没有思想准备，他们也并不都是"不知道自己被排队了"，只是没有办法罢了,"逆来顺受"也只是一种被逼无奈,并不是什么"选择"——因为如果真的选择了"反抗",根本就是"找死"。王学泰的因为言论成为被整者也是一个特例。

党的政策一贯是"坦白从宽""抗拒从严""立功受奖"(这也是屡试不爽的"攻心政策"),而"从宽"和"从严"每次都有范例,"看你的表现"永远是领导手中秘而不宣的权力,"立功受奖"就是让大家互相揭发,不到最后宣布结果,被整者谁都不知道自己的"表现"在领导心里是好是坏,自己被人揭发了没有,所以大家都争着"表现"自己,争着坦白。

领导每次都事先号召大家在运动中"批评与自我批评"——"揭发自己"叫作"自我批评",是要求进步的具体表现;"当面揭发别人"属于"批评帮助犯错误的人",也是革命的表现;"背靠背揭发别人"是"立功"的表现,"立大功受奖"是说"表现好"可以得到"从宽处理"——谁都怕被别人"背靠背"揭发了,自己还没坦白,成为"表现不好"的一类,最后落到"罪加一等从严处理"的下场,那可就惨了!所以人人都不敢不"自我揭发"和"揭发别人"……

所以,"互相揭发"也不完全像王学泰所说是"到了'文革'期间,人们经历了数十次大小运动的锻炼,以前做人的传统、心理障碍一扫而光。此时大家都已经习惯互相揭发了",其实普通的老百姓在"文革"之前,在经历了一次又一次的政治运动之后,大家早就习惯于"自我揭发"和"互相揭发"了,大多数"被整者"面对面或者背靠背的互相揭发都有"切身的"现实考量,不得已而为之,早就顾不得"做人的传统"了!

时下有人非常怀念改革开放之前的时代,拿今天的短处和当年的长处相比,说是那时候"没有失业""单位分房""公费医疗"……看来,刚刚经过了短短的半个世纪,时光已经把那个时代的"精华"过滤掉了。

想起我经历过的那个时代,政治运动一个接着一个,运动一来就是全民的,全民运动就是让大家互相整,每次运动之始,党都有具体的政策,把人分为"整人的"和"被整的"两大类,你要是沦落为"被整的"那一类,就必须自我揭发、自我检讨、被人揭发、被人批评、不能过关……没完没了。

我的兄长在高中、大学时代,没有很用心地在政审表上给自己填了一个"出身"资本家,实际上就等于自己站到了"被整的"队伍里,他也是和王学泰一样"管不住嘴",喜欢和同学聊天和对时事政治说三道四,同时还看不起功课不好的贫下中农同学和调干生同学,所以1955年他19岁在北京工业学院上大二的时候,就在"肃反运动"中,被基层领导整成了"反革命分子",从而经历了大会小会被人揭发批判,自我检讨、夜里在被子里悄悄地哭……最后因为表现的"认罪态度较好",受到"记录在案""不戴帽"的"宽大处理"(很久以后他才知道,他的档案中对他的定位是"控制使用")。在人生的第一课之后,兄长学会了对于政事一言不发。

王学泰没有"出身"的问题,他只是因为"管不住嘴"而沦落成了"被整者",《监狱琐记》中记录了他在毕业之前"清理思想"运动中成为"反动学生"的苦难历程:

> 现在的大学生们很难想象那是一个多么痛苦与艰难的过程,无休无止的大会小会,学生们,特别是那些自我感觉不太好的同学拼命地要表现好一些。我记得有位女同学被树为样板,在全系大会上讲自己清理出的思想问题,边哭边讲,诉说自己人生观受资产阶级毒害之深,其根子就在《外国名歌二百首》和外国小说……她真诚的忏悔感动了领导,可以既往不咎了(可能她根本就不是被确定的重点)……我在小组清理思想时整整讲了四个小时(当然也是想要学习那位被

树为"样板"的女同学,希望自己也能顺利过关),讲自己所受老庄思想的影响,讲自己消极的人生选择,政治辅导员连听都不要听……我们这些早已被内定的"重点"只有静静地等待命运的安排……

同学们一个个地过关,一些次"重点"也在反复的"清理"之后勉强过了关。只有几个人"挂"了起来,大约我是"挂"得最高的,因为那些"挂"起来的同学还有系或院的领导在找他们,做他们的工作,而我则是最"清闲"的,没有人管,爱干什么就干什么。这仿佛是暴风雨来临之前的平静,我惴惴不安,第一次感到等待苦难比苦难本身更残酷。

最后,在全系大会上,系总支书记宣布"清理思想"运动已经结束,现在进入了"对敌斗争"的新阶段,于是,王学泰就被当作唯一的"反动学生"公之于众了……

我虽然没有被整过,可是我知道兄长19岁上大二时被整,初中和高中时代看见过班上出身国民党军官的同学入团的时候,都是痛哭流涕痛骂父母,表示坚决和他们划清界限——这是当时一个通行而有效的,受到鼓励和肯定的做法。

那个时代的单位基层领导有团支部、党支部,甚至于街道积极分子,他们生活在你的身边,会时时刻刻注意你的一言一行汇报上去。运动来了,基层领导就会把手下的群众按照出身成分、政治表现排队并划分为左中右,确定依靠对象、团结对象和打击重点。基层领导和积极分子们立场坚定,整起人来决不手软,人人都要以"整人"来表现自己"阶级立场最坚定"……

所以,你如果不是"整人者",就千万不能让自己成为那个时代的"被整者",这也就是为什么在兄长被整之后,我把自己和妹妹们的"出身"永远改填了"小商",以免成为"被整者",而甘愿被人瞧不起。

谨言慎行，不发牢骚、不发异议、不质疑大好形势、不得罪领导……也就成为芸芸众生的行为准则。

最后把王学泰送进监狱的是开始于 1975 年的"《推背图》事件"，这个最大的麻烦让王学泰以"现行反革命"罪，被判"有期徒刑 13 年"。

王学泰爱读奇书，他看到预言书《推背图》中第四十二象乙巳上画的宫装妇女怀抱琵琶的图像，文字说明是：

> 一歌女手持琵琶，地上左有一张弓，右有一只兔。谶曰：美人自西来，天朝中日渐安。长弓在地，危而不危。颂曰：西方女子琵琶仙，皎皎衣裳色更鲜。此时混迹居朝市，闹乱君臣百万般。

王学泰顺着"预言书"的思路开始浮想联翩：

> 当时我突发奇想：这不是江青吗？"西方女子"写其来自延安；"琵琶仙"写其演艺出身；"皎皎衣裳"写其重视服饰，推广江氏"布拉吉"；"混迹朝市"写她先卖艺，后发达；"闹乱君臣百万般"不言自明……

这本《推背图》是一位中学教师汪先生的，王学泰借来消遣，还把自己的浮想联翩传播给大学同学章同学，章同学借看了这本《推背图》，又转借给朝阳区文化馆的姓顾的朋友，顾朋友把书复印了，因为骂江青而被人揭发，顾朋友被整，扯出了《推背图》，追来追去就追到了王学泰和汪先生，结果是：《推背图》成为"攻击无产阶级司令部"的证据，被公安局没收、汪先生受到公安局的调查、王学泰则由此遭遇了牢狱之灾，他还是因为"话痨，管不住自己的嘴"，这件事就惹大发了。

他先是被房山县文教局隔离审查，然后因为"态度恶劣"交给房山县公安局传讯（关押在房山县公安分局收容站），十多天后把他转送到北京市公安局半步桥预审处和看守所，预审员主要是对于章同学交代的、由《推背图》事件引发的"反动言论"进行核实，王学泰对于"私下议论了江青"以及和章同学的谈话内容都供认不讳，最后在交代上签字画押。

1976年7月26日，王学泰在北京市中级人民法院被宣判，因为"1972到1973年伙同反革命分子章某'互相散布反动言论，恶毒攻击无产阶级司令部，污蔑无产阶级文化大革命和批林批孔运动''罪行严重，性质恶劣'以'现行反革命罪，判处有期徒刑十三年'。"

如果从1975年3月4日王学泰被房山县公安分局正式传讯开始算起，到1978年10月20日，王学泰被北京市中级人民法院撤销原判无罪释放为止，王学泰蹲监狱一共三年半……

我一直不能想象，"有期徒刑十三年"的判决，曾经对于他有过怎样的伤害，更不能想象，那一千多个日日夜夜，王学泰是怎么度过来的……王学泰确有特别的过人之处。

今天，看着《监狱琐记》中的娓娓道来，你会慢慢地了解监狱的形制、监狱的管理、进监狱和出监狱的程序、监狱中的形形色色众生相……王学泰更像是一个旁观者，而不是一个亲历者。在"附录五 号子里的战争"中王学泰说道：

> 没有接触过监狱和犯人的人们对于监狱生活抱有一种神秘感，以为关在其中的都是一伙青面獠牙的人物。其实，号子里的人与当时社会上的人没多大差别，除了占百分之几的极少数的极坏与极好的人之外，绝大多数也就是社会上的芸芸众生。社会人的物质与精神上的种种需求、平常人的喜怒哀乐、愉快、信任、感激、庆幸这些正面感情和痛苦、鄙

视、仇恨、嫉妒等负面情绪，以及在利害是非面前的自私自利的谋划或正义的冲动，号子里的人也一样都不少，而且比社会上的人表现得更激烈、更狂爆，所引发的后果更严重，因而更具有震撼性。因为监狱是浓缩了的社会。

……

王学泰在古代室很早就进入了文化研究，他研究饮食文化、游民文学，他的《华夏饮食文化》《中国流民》《游民文化与中国社会》我都有，那时候，他还会在书的扉页上写着"书仪兄哂政"，我很珍惜这份情谊，可实际上我对于他书中说的"游民社会"云云懂得不深，这次看《监狱琐记》才隐隐约约觉得，王学泰在监狱能够以经历者和旁观者的双重身份过日子，没有受到更大的伤害，很大程度上是得力于他对游民社会的深刻认知，和由此产生的独特的做人、和适应监狱生活的方式方法。

王学泰进入"法律程序"之后，先是"认账"，承认自己"不应该私下议论江青"，认账之后就是判刑和服刑了。王学泰的"认账"态度，也是因为经历过、看到过、听说过，"不认账"之后会有没完没了的麻烦，也会有"依法"升级和"抗拒从严"的严重后果。

比如：与王学泰同狱的、钱学森的同学、清华大学的教授徐璋本、河北省监狱的北京外国语学院教师吴纪仁都是因言贾祸的政治犯，可都被判为"现行反革命分子"，他们都曾经"保持自己正直的人格""坚持不肯认罪"，当时通行的说法是"不认罪本身就是罪上加罪"。之后，他们就在没完没了的"认罪服法活动"中，"受到他那个年纪的老人不应该受到的侮辱"，最后，"吴纪仁被枪毙前已经疯癫"；徐璋本被宣布为"反改造分子"的时候，已经是"站在那里，双目无神，嘴角下垂，令人陡然感到这是一个饱经沧桑的垂垂老者，他深受精神的折磨和人格的屈辱，已经无法继续承受下去了……"

王学泰怀疑的："一个人的人格力量能够支撑多久？"并非虚言，进了监狱还要"坚持人格"的人，很可能活不到出狱——这就是"现实"。

与王学泰同狱的一个密云第八机床厂的电工，在毛主席逝世之后，因为厂里转播天安门广场追悼大会时，电器出了毛病，这个有点历史问题的电工紧张得接不上线，被县领导断定是"阶级敌人"，马上被抓，之后就被速判"十八年有期徒刑"，这个电工觉得冤枉，想要给自己辩护，求助于王学泰，王学泰对他说：

> 尽管这件事与你无关，但谁让你赶上了，而且历史上又有点瑕疵呢？……这么简单的事，谁不清楚？他们了解事实，还要判你，你就是替罪羊。

王学泰的认识没错："那会儿出了问题先拿阶级敌人（或者有各种各样历史问题的）开刀是天然合理、顺理成章的，谁也不能反对，因为这样做大方向没有错。这就是那个时代的逻辑"，王学泰给他出主意："与其花力气为自己辩护，还不如找关系，写申诉往高层递送。"

后来，这个电工听了王学泰的话，通过关系把申诉交给了时任工厂总务科长的叶剑英的女儿，结果不久，监狱就让他收拾行李走了，再也没有回来。

王学泰觉得，现实是"视法律如儿戏"，判的虽然荒诞，可是如果你赶上了就只能自认倒霉，不能明说，也不能硬顶。现实还是"权大于法"，通过"认识的人"，找到了并非正常的法律程序的渠道，有可能解决问题。

王学泰自己后来也是走的这条路，他把自己的申诉材料在单独接见的时候交给家人，然后由同案人章同学的家属也是通过关系拐着弯儿送到邓小平家，卓琳把这份材料转到北京市高法——由此才开始启动了王学泰"现行反革命案"的平反。

王学泰在监狱中想明白了很多问题：生活的现实是"老百姓不能有疑问""没有不表态的自由""要处理惩罚一个人，不是因为他犯了什么罪，而是由于政治形势的需要"。监狱的现实是"这个地方没有任何人买你的账、尊重你，除了靠自己的定力重新积累人望，但那也需要低调和谦卑……"

王学泰把这些认识化作了自己应对监狱生活的处世哲学：以"认账"避开了严酷的"认罪服法活动"；以他的博学多闻建立了自己的威信，同狱的犯人都叫他"王老师"（可见当时即使是在监狱里，知识也还是受到尊重）；以他的与人为善获得狱中的好人缘，犯人和看守都对他不错，以至于在他生重病（化脓性脑膜炎）的时候，得到及时的抢救和治疗……

王学泰蹲监狱的整个过程都很荒诞，他有四张措辞迥然不同的判决书：

1976年7月26日，由北京市中级人民法院出示宣布（76）中刑反字第46号《北京市中级人民法院刑事判决书》，其中说王学泰："恶毒攻击无产阶级司令部，污蔑无产阶级文化大革命运动和批林批孔运动……罪行严重，性质恶劣……现行反革命罪，判处有期徒刑十三年"。（没有罪行内容，也没有证据）

1978年10月19日，同样是北京市中级人民法院出示宣布（78）中刑监字第549号《北京市中级人民法院刑事再审判决书》，其中说王学泰："经再审查明……主要是针对'四人帮'的，其中虽有有损毛主席光辉形象的错误言论，但属于思想认识问题，因此，定反革命罪不妥，应予纠正。据此，判决如下：一、撤销本院（76）中刑反字第46号判决书。二、申诉人王学泰无罪，予以释放。"

王学泰签了字"收到判决书一份，但不同意"其中的说法。出狱之后，王学泰写了"上诉书"，到"北京高等法院接待站"上访，一定要弄清楚是非曲直，怕的是这一纸公文给自己留下无穷的后患。幸运的是,王学泰上访遇到一位"不袒护本单位错误"的、难得的政法干部。

1979年初,王学泰收到了第二份《北京市中级人民法院刑事再审判决书》,删去了"其中虽有有损毛主席光辉形象的错误言论,但属于思想认识问题"这句话,最后仍署"1978年10月19日"。

1980年夏天,王学泰收到第三份"北京市中级人民法院刑事再审判决书",把"主要是针对'四人帮'的"改为"都是针对'四人帮'的";把原"定反革命罪不妥"改为"原判以反革命定罪判刑是错误的"。最后也是仍署"1978年10月19日"。

因为王学泰蹲监狱是起因于"反动学生"事件,所以,王学泰出狱后也找到北京师范学院,师范学院倒是没有犹豫再三,1979年3月10日就给出《改正决定》,说是:"王学泰同志是我院64届毕业生,在64年清理思想运动中被定为反动学生。经复查,属于错案,由党总支讨论通过,党委批准,予以改正。"

至此,王学泰才算是找回了自己的政治清白,这些出现在不同政治形势下的对他的"判决书",恰恰可以证明他所说的"要处理惩罚一个人,不是因为他犯了什么罪,而是由于政治形势的需要"。至于蹲监狱和曾经经受的苦难,看看他的《多梦楼随笔》序中的叙述:"直到今天我写到此事时,心头仍然有一种'紧缩'和'冷'的感觉","时至今日,有时还会梦到自己似乎仍在狱中度日",就会知道三年半的监狱噩梦,伴随了他的一生……

资质独特的王学泰,冷静地把那些噩梦转换成了一种"独特的经历和财富"。

重新看看王学泰90年代送给我的《华夏饮食文化》《游民文化与中国社会》,就会想起我们俩在东直门中医医院一起扎针灸的日子,有趣的和难忘的事让我心存感念。

记忆中有一次,他请我去崇文门吃"马克西姆餐厅"的西餐,餐厅里空空荡荡只有我们俩,旁边还有两个服务员专门给我们"服务",

我没有见过这样的阵仗,吃得很别扭,记不得那次花了多少钱,只记得最后算账,王学泰我们俩兜儿里的钱加起来也凑不齐那一餐饭钱,好在王学泰的家就住在马克西姆餐厅对面的崇文门社科院宿舍,我被押在那里,他回家取钱……

王学泰有一种独特的、很现实的考虑问题的方式,后来,我就很愿意遇到了问题和他商量。有一次,扎完针灸回家的路上,我和王学泰说起:几年前,母亲在医院治疗结肠癌,第二次开刀之后情况不好,母亲开始呼吸困难时,正赶上我值班,最后给母亲上呼吸机是我签的字,母亲嘴里插着呼吸机管子就不再能说话了,母亲去世以后,一想起母亲在重症监护室里,愤怒而绝望的目光,我就反反复复总在想:我是不是做错了决定?不应该签字给母亲上呼吸机?王学泰静静地听完了我的边哭边诉,最后说:"其实,你的母亲活到77岁,已经算是高寿,她到了癌症晚期,又开了两次刀,你们实际上已经没有什么选择,怎么选择结果都是一样的……这件事谁也帮不了你,你得自己过去……"听了他的话以后,我思索良久,最后终于放下了这件事。

重新看到王学泰的《多梦楼随笔》也会想起90年代,学苑出版社请他主编"学苑丛谈"一套书的时候,我的一本叫作《两意集》,内容是写1991至1993年跟随洪子诚在东京大学客座时候,在日本的见闻和经历,出版之后,我才知道出版社曾经觉得我的一本像是"游记",不合丛书"学术散文"的体例,主张取消,全靠了主编王学泰的坚持,《两意集》才得以面世。

看过了《监狱琐记》《采菊东篱下》《一蓑烟雨任平生》《重读江湖》,一个多经历、多思考、多见解的王学泰就会站在你的面前——学问上,他既是专家,也是杂家,和吴晓铃先生有一拼。经历上,特别是对于解放后政治运动的分析和看法,见解独特而又实际。

王学泰说:"一个国家在正常发展过程中,没有外战与内战,却要发动群众搞不创造价值的政治运动,弄得老百姓像陀螺一样不停地旋转,恐怕世界上没有第二个,而我们建国后的三十年里就是这样。"

"近几十年来,不间断的运动给不同的中国人带来太不相同的感受。有的人心怀眷眷,有的人痛心疾首"……的确是这样。

特别是王学泰在《监狱琐记》和《采菊东篱下》说到的,能够活到今天的我们这一代人的悲剧:

> 我总觉得我们这一代人都有活得很不光彩的一面,包括我们这些从未整过别人而只是被人家整的人。因为我们面对着邪恶和冤屈,面对着真理被践踏而无动于衷……
>
> 我的青春年华与大多数同龄人一样是在努力做"奋发有为的驯服工具"的告诫中度过的。平常与人交流都要戴上"政治正确"的假面,我也很习惯说些大话、空话、假话,尽管晚上躺在床上的时候羞于把白天说过的那些无用的正确话再过过脑子……
>
> 这几十年,把多少本来十分简单、单纯的人改造成为政治运动的老运动员……

看着这些引起我的同感的文字,思想起我们年轻的时候,在"残忍野蛮"的政治运动中,都曾经言不由衷、都说过一些假话、大话和空话,都曾经痛骂"剥削阶级",表示要"与家庭划清界限",都在政治运动中为了自保跟着举拳头、呼口号……都只是为了不要沦落成为"被整者"啊。

如果像钱钟书先生说过的那样,"《六记》中记这记那,而最应该记的是'运动记愧'"我们这些并非是"整人者"的人,虽然不曾出卖良心,揭发打击"被整者",但是如果清夜扪心自问,我们都有过"没有骨气"应该感到愧疚的时候……

如同韦君宜在《思痛录》中所言:"真正使我感到痛苦的,是一生中所经历的历次运动给我们的党、国家造成的难以挽回的灾难。同时，在左的思想的影响下，我既是受害者，也成了害人者，这是我尤其追悔莫及的。"

也正如那位高法接待站接待王学泰的政法干部说的："大家都是从那个时代过来的，谁敢说自己没有说过错话呢！"

当然，更多的芸芸众生并不愿意对于这段历史和自己曾经的所作所为进行"反思"，大家都更愿意选择"遗忘"，这也是一直以来"对'文革'不讨论"政策的群众基础。

王学泰也说到过："读一些年轻人和海外批评中国大陆知识分子的文字，动辄说大陆知识人缺少操守……"

我想，其根本原因是这些"年轻人"和"海外人"都不曾生活在那个时代，所以那些没有在大陆改革开放之前生活过的人，的确不要随便说话，因为人人都是活在"现实"当中。

记得90年代，第一次听到王学泰的故事的时候，我就说："王学泰，你应该把这些都写下来，出一本书，告诉后人：我们曾经有过一个怎样荒诞的时代。"王学泰说："现在还不行。"至于为什么"现在不行"他没说，我也没问。

这些天我看到王学泰2009年出版的《采菊东篱下》的封面顶端写着："我四十年前说的话现在才能说，我现在想的话要以后才能说"——活到这把年纪，王学泰已经不再是当年的王学泰，经历已经让"管不住嘴的话痨"学会了审时度势。

补记：

这篇文章写于2014年，记忆中还曾经发给王学泰过目，订正了一些时间和细节，王学泰还在电邮中对我说："我虽然喜欢听别人夸我，可是真看到落在文字上，还是觉得不好意思。"2015年2月28日这篇文章修改完成，王学泰帮我推荐给一个叫作《悦读》的刊物，发表在8月份的第42卷上。

2016年4月或者5月，我到文学所为了争取去台湾的事情向文学所各位领导陈情，在文学所的楼道里遇到王学泰，王学泰对我说："给你发文章的《悦读》的主编褚钰泉今年1月死了，你说这人说没就没了，褚钰泉人特别好，原来是《文汇报读书周报》的主编，在《文汇报》当过编辑，《书城》的编委，是一特别好的编辑，心脏病死的。"我们俩唏嘘了一番就各自去找人了，退休之后，凡是到所里去都是有事要办的，想不到这匆匆一面竟是今生今世最后的一面……

2018年1月12日王学泰去世了，我生命中的朋友又走了一个。

2018年2月16日

我所认识的吴晓铃先生

1981年,我从中国社会科学院研究生院毕业进入文研所古代室,研究方向是元杂剧。

进所之后,很快就知道了吴晓铃先生是研究戏曲的老一辈的专家,吴先生1937年毕业于北大中文系,毕业后留校为助教,1938年底受邀于昆明西南联大罗常培先生,到中国语言文学系任教。算起来我们还是校友呢。

在元杂剧研究方面,吴先生的代表作是《西厢记校注本》和《关汉卿戏曲集》。

早在50年代,他和中山大学王季思先生一南一北就都有《西厢记校注本》出版。文研所的同事们说:吴晓铃先生的《西厢记校注本》的校注方法比较传统。

1958年,为了配合纪念"世界和平理事会"宣布关汉卿为该年度的"世界文化名人"之一的活动,由吴晓铃先生牵头和语言研究所的刘坚先生、李国炎先生、单耀海先生合作,"编校"了"全部结集"的《关汉卿戏曲集》。"此书共用元刊本、明抄本、臧本等九种版本……曲文断句根据宫谱定格,宾白根据元代语法规律及语言习惯断句。因吴先生兼通戏曲曲律和语言学,刘坚等人都是语言学研究者,因此其断句很准确。此外,他们尽量保持底本原貌,不妄改,尽量出校,只将别体字、破体字、不规范的简体字改正。"(见吕薇芬《川水虽逝却留痕》),这个按照传统的校勘原则校勘的《关汉卿戏曲集》,至今也是无可替代——因为你拥有了《关汉卿戏曲集》,就等于拥有了关汉卿作品的所有的重要版本。

如果你翻看一下《关汉卿戏曲集》郑振铎写的"代序"和吴晓铃先生写的"编后校记",就可以想见当年,这些参加者付出了怎样的劳动。

文研所因为都是个体劳动,每个人研究方向和研究内容都不相同,所以从不坐班,中年以下的研究人员星期二到所开会,室主任通知所里和室里的有关事宜、借书还书、会计室报销、医务室拿药都在这天办,上了年纪的研究员就不上班了,所以,我进所之后,像俞平伯先生、余冠英先生、吴世昌先生、吴晓铃先生……都很少见到。

听说,"文革"之前文研所就是这样,他们的工资会有人送到家里或者保姆到所领取,只有开全所大会的时候,这些老先生们才会前来参加。

这些老先生们都是有名的学问家,他们的趣闻也不少,传说"文革"之中在干校的时候,钱钟书、吴世昌、吴晓铃三个人负责烧锅炉,经常为了锅炉里面的水是否烧开了争论不休。

1982年,我参加了《古本戏曲丛刊第五集》的编辑和考订工作,吴晓铃作为文学研究所所长郑振铎首创的、何其芳接续领导的、"古本戏曲丛刊编委会"曾经有过的八名正式成员中唯一的存在,主持了《古本戏曲丛刊第五集》的编辑工作,为编辑考订把关,干活的就是吕薇芬和我两个人。

记忆中我曾经跟着吕薇芬一起去吴晓铃先生家请教一些在编辑过程中出现的问题,进入校场口头条吴先生的家时,看到院子里灰砖墁地的小院中长着两棵绒花树，一座两层小楼，门上有匾，匾上写着"双楛书屋"。

第一次见识文研所大学者的家——老式家具，不见奢华，窗明几净的屋子里都是书，吕薇芬把问题问完之后，我就问了一点关于《西厢记》的批评本的问题，因为吴先生是研究《西厢记》的前辈专家，也因为我当时正在关注明人批评《西厢记》。

吴先生对于《西厢记》显然还有没有熄灭的热情，见我问到《西厢记》，就很高兴地上楼，取出他的几页从前的手稿给我看。那是他对于《西厢记》研究的一些设想，其中有"关于王德信《西厢记》杂剧的几个问题"（细目是：故事的祖祢、董西厢的有关问题、王西厢杂剧的有关问题、说《崔氏春秋》、西厢故事探源，等等），那应该是当初设想的一本书的提纲框架。

在我抄写吴先生的《西厢记》研究提纲的时候，吴先生和吕薇芬继续谈论着《古本戏曲丛刊第五集》的一些问题。记得吴先生还曾经兴奋地从楼上提下了一个大皮箱，打开一看，一排排印页整齐地码在一起，吴先生说："这是《古本戏曲丛刊初集》的初刻初刷本，在版本学上很珍贵，初、二、三、四、九集的初刻初刷本都在楼上。"我们俩面面相觑，不可思议地感觉到一个版本学家对于版本深深的迷恋。

在查阅版本，编辑考订《古本戏曲丛刊第五集》的两年中，特别是撰写第五集的目录：确定书名、卷数、作者所属朝代、作者姓名、刊刻时代、版本及册数的时候，我们能够迅速地学习和掌握运用有关的文献、版本、考订等知识，做完《古本戏曲丛刊第五集》的编辑和目录，应该感谢吴先生的辅导和把关。

1984年《古本戏曲丛刊第五集》完成以后，我就再也没有见过吴先生。

1995年，吴先生去世，听说他的藏书最后归了首都图书馆，也算是"书得其所"吧。

吴晓铃先生去世以后,《古本戏曲丛刊第六集》在文研所一直没有提上日程,不是没有人惦记着,除了缺钱和不再有当年"访书查书"的方便,也没有愿意干这种苦活的人之外,在版本方面没有能够替代吴先生担当得起"把关"职责的人,应该也是重要的原因之一。

2003 年,文学研究所为建所五十周年进行纪念,吕薇芬的文章《川水虽逝却留痕》发表在《文学遗产》2003 年第 2 期上,为的是纪念吴晓铃先生。看了吕薇芬的文章之后,我才感觉到对于吴晓铃先生这个真正的"大学问家"实在是知之甚少。

2006 年,《吴晓铃集》五卷由河北教育出版社出版。从网上买了《吴晓铃集》五卷,浏览之下马上感觉到:这 392 篇文章读起来还真是需要有点知识准备。

就像吕薇芬说的那样:"他研究戏曲的成果,以考据为主,可分为两类:戏剧作家生平考、古剧杂考。前者如《杜仁杰生卒新考》《胡祗遹生卒新考》《关汉卿里居考》《钟嗣成生卒新考》《〈青楼集〉撰人姓名考辨》《云南曲家考略》(之一、之二)等等;后者如《说"俳优非侏儒"》《说丁仙现》《说黄公》《说三十六髻》《说旦》(上、下)、《〈今乐考证〉与〈今乐府选〉撰集年代考》等。""文章虽不长,却常有一得之见,对人颇有启迪。"(见《川水虽逝却留痕》)

按理说,考据是文学研究的基础,也是研究者的基本功,诸多的作家、作品、名词、概念问题的考据,其实都是在为真正的"文学史""戏曲史"烧砖烧瓦,只要是解决了某一个文学研究上的悬案或异说,其意义并不小于所谓的"宏观研究""重大课题"。

现在是很少有人愿意写考据文章了——经济效益太差——为了解决一个"悬案"或者辨明一个"异说",你得看很多书,深入前人的考证、地方志、旧文献……最后写出的考据文章却常常只有千八百字,在文研所年终上报填表的时候,你就惨了,人家随便的赏析几句,发挥几句,宏观几句就比你字数多,评职称没人看你的文章解决了什么问题。是"考据"？还是"赏析"？记忆中曾经有传说：学术委员中只有樊骏会看重"这篇文章解决了什么什么问题。"……

吴先生处在生产"大家"的年头，可以按照自己的所爱所专发挥特长，不必为了"评职称"和"项目费"而攒书攒文，最终修成藏书家、考据家和版本学家，让后人景仰……何其幸也！

吴先生在《我的第一位梵文老师——李华德博士》中说：

> 我在1935年从燕京大学的医学预科转读到北京大学中国语言文学系三年级。那时，突然发现在西语系教德文的德籍犹太教授李华德博士开了一门古印度"梵文"课。据了解内情的同学说：中国语言文学系的罗常培教授为了培养专攻汉魏唐宋古声韵和梵汉比较语言学的后进者，哲学系的佛教哲学和历史权威汤用彤主任为了哺育专治印度哲学和宗教的接班人，联合开设了这门课程。很多同学选了，我也由于好奇鹜新的心理支配选了。
>
> 不料才过一个星期，班上的四十多个同学纷纷退课，只剩下哲学系四年级的韩镜清、王森两位学长和我坚持下去，还有一位在中央研究院历史语言研究所工作的丁声树学长旁听。等到第二学年，我竟成为孤家寡人，班上只余师徒二众。说也奇怪，那时北京大学的课程有一个学生选修便照开不误！
>
> 李华德博士精谙古汉语，但是不会讲普通话。于是，一位德国教授用英语讲，教一个中国学生，课本是美国人帕利编的《梵文初阶》，参考书是日本人荻原云来写的《解说梵语学》。今天听来，简直成了"天方夜谭"。这样，我学了两年，每年都是"双百"，直到1937年毕业。

也就是说，老北大毕业的吴晓铃先生有三门外语（英语、日语、梵语），这样的"装备"和他的聪明好学、博闻强记铸就了他日后的经历丰富多彩，从《吴晓铃集》整理了一下吴先生的简历：

1931至1933年，在北京汇文中学上高中时，第二外国语修习的是日语。

1933至1935年，进入燕京大学读了两年医学预科。

1935至1937年，在北京大学中国语言文学系读书时，从师德籍犹太人李华德博士修习梵文。

1937年6月毕业于北京大学中国语言文学系，留校为助教，三个月后，日本人进占北大红楼。

1938年9月受邀于北平燕京大学郭绍虞先生，到国文系做助教，三个月后，受邀于西南联大罗常培先生，到中国语言文学系任助教。

1938年底至1942年6月一直在昆明西南联大文学院中国语言文学系任教。

1942年8月到印度国际大学任教。

1946年底回北平。

1947年起在法国巴黎大学任教。

1948年受邀于朱自清先生，到清华大学中国语文学系任教。

1949年10月后，在北京大学中国语言文学系任教

1950年因事愤而拂袖离职。后任职于中国科学院哲学社会科学部语言研究所研究员。

1957年转入文学研究所，任研究员。

80年代受聘于加拿大多伦多大学。

1985年10月至1986年9月，受聘于美国加州大学柏

克莱分校。

……

无论是就任印度泰戈尔创办的"国际大学中国学院教授""法国巴黎大学北京汉学中心通检组主任""加拿大多伦多大学客座教授""美国加州大学柏克莱分校东亚语言学系客座教授",还是北京大学教授、清华大学教授、辅仁大学教授、中央戏剧学院教授、中国科学院哲学社会科学部(现在的中国社会科学院)语言研究所研究员、文学研究所研究员……他都可以胜任得游刃有余,诚如张中行在《吴晓铃集》"总序"所言:吴先生"所能太多,而且造诣都远远超过一般……俗文学,包括戏曲、小说、曲艺等,他都不是浅尝,而是深入旧文献,或考证,或发微,著为专论……俗文学的研究和聚书,都成为超级大户"。

张中行所言确实不假,吴先生的戏曲研究,特别是版本研究确实造诣不凡。在做《古本戏曲丛刊第五集》的时候,每当我和吕薇芬在作家、作品、年代,特别是版本上遇到拿不准的问题的时候,吕薇芬就会说:"记下来,把问题攒在一块儿,去问吴先生。"而每一次也都是吴先生一锤定音。

吴先生之外,文研所这样的"戏曲版本专家"还真没有,大家都知道,修成这样的"专家"可不是一天两天的事儿,也不是可以冒充的,那是真本事。所以,文研所有人敢很幼稚地说"某某研究舍我其谁?""我是某某研究第一人""我是开拓者""某某研究没人做过"……可就是没人敢说自己是"版本专家"。

《吴晓铃集》第二卷《读曲日记》中说:

中央研究院历史语言研究所在龙泉镇。1939年暑间我在村中租了一间房子住,天天到他们的图书馆里去翻阅所藏的戏曲小说类的书籍。因为有时城里有事必须回去,所以在乡中断续地只住了四次,共二十天。在这短短的时期中,我每天早晨六点钟随着晨鸡的报晓、农夫的叱牛便起床,整日价在观音堂弥陀殿里的书架下在翻,在检,在诠次,在著录。

晚间,差不多七点钟就跟着下山的太阳钻进那所湫隘污秽的小屋里,蹲在地上,面对着一只摇晃欲灭的残烛,整理白天所获得的材料,一方面又要与蚊蚤相斗争。这样,我记下了二百四十种罕见的书籍,分做杂剧、传奇、清内府承应戏、散曲、曲谱、曲话六类,写成一篇《国立中央研究院历史语言研究所善本戏曲目录》,刊在《图书季刊》新三卷第三期中(可惜因为邮递不便,现在我还没有见到排印本)。

今年初冬,我又到龙泉来住,可是史语所早已迁去,藏书也都捆载入川;听说舟行江中为风浪所覆,善本书籍颇有损失,不知那些我所酷爱的戏曲书籍的命运如何,心中十分系念……

抗日战争时期的1939年吴先生25岁,正在昆明西南联大文学院中国语言文学系任职,典守为避日机轰炸而隐蔽的善本图书,住在宝应山上的北京大学文科研究所里,趁着暑期有时间,趁着中央研究院历史语言研究所的善本书撤往西南,暂住昆明东南郊龙泉镇的响应寺,吴先生住到龙泉镇,在艰难困苦中做戏曲版本的著录和研究,写成了《国立中央研究院历史语言研究所善本戏曲目录》。

翻看收入《吴晓铃集》第二卷的《国立中央研究院历史语言研究所善本戏曲目录》,其中"传奇之属"中著录的《归元镜》《后一捧雪》,都出现在1982年发给我和吕薇芬的"吴晓铃拟"的《〈古本戏曲丛刊〉第五集目录初稿》中,是为第108种和第109种……也就是说,吴晓铃先生1939年开始做的功课,43年之后方才有用!也可以反过来说,如果没有多年的功课积累,也就没有资本(资格)拟出这个目录。

吴先生在《我研究戏曲的方法》(见《吴晓铃集》第五卷)中说到,自己是遵循胡适之先生首倡的"历史的眼光"和"科学的方法"来研究戏曲的,而这二者落实到戏曲研究上,他觉得必须这样做:

> 最初,你要十分仔细地通读那部戏曲,连序跋、注释都不遗漏;于是,你发现里面有破绽的或不合理的地方了,那就是问题,把他提了出来,搜求证据先破坏原有的不合理的说法,然后再求证正确的结论……
>
> 你必须多读书,懂得版本、校勘、目录、声韵、训诂之学,熟知历史、掌故,然后才能够见到问题有办法想。
>
> 研究戏曲的基本工作有三种,第一种是编目录……第二种是写提要……第三种是辑曲论……这三种烧砖瓦的工作全部完成,我们就拥有最完备的戏曲目录、戏曲内容说明和戏曲批评的材料了,任何人来利用它,都可以建筑成一幢巍峨的屋宇;写出一部像样的中国戏曲史……在写批评的时候便不会犯时下一般文学史家净说些不着边际的空话之毛病了。

如果我们出以公心地看看目前的"戏曲史""文学史"……就可以知道:吴晓铃先生此言甚是!不过,想要达到吴先生的标准也不容易,需要"真正的"学术带头人和几代人的坚持不懈和一丝不苟……这就太难了,虽然吴先生说是:"只要诸位对于戏曲有兴趣研究,并且辛勤一点儿,一定觉得很容易的。"

吴先生以为"版本目录学是研究国学的最根本最基础的学问",以《吴晓铃集》中显示的对《归元镜》和《后一捧雪》的著录、研究、收藏和考据为例,可以看到吴先生自己"对于戏曲有兴趣研究"和"辛勤一点儿"是怎么回事。

《危城访书得失记》记录了吴先生1937年6月北大毕业之后留校在中国语言文学系任职助教时的北平生活,包括收藏84出乾嘉抄本《增广归元镜》的惊艳经历:

> 一天晚间,一个小书店的"书友"给我送来两部《归元镜》传奇,当时,我很不高兴,觉得他把这样普通的货色拿了来简直是污辱我买书的身份。他婉辞谢绝了我叫他带回去的话而请我将那两个本子比较一下。我捺着性子翻了一遍,立刻就发觉了那部抄本的确了不起……
>
> 我快乐地把妈妈拉来讲给她这桩奇迹。我费了一个星期的工夫写了一篇长的考证详论这书,说这书完成于康熙年间(幺注:见下文,应该是乾嘉时代),作者也是僧人,可惜的是我们已经查不出来这位大德的法名了。(见《吴晓铃集》第二卷)

吴先生说的那篇考证文《〈异方便净土传灯归元镜三祖实录〉及其异本》(见《吴晓铃集》第五卷)中说:

> 此书封面题"增广归元镜"。精抄,白纸,阔大。四卷,卷一册,全书计二百十一叶(幺注:线装书一叶是平装书的二页);卷首五十五叶,卷二五十七叶,卷三四十九叶,卷四五十叶。半叶十行,每行曲白皆二十五字,无图,无序。不著撰者姓名,但是依照字体墨色及行款的样式,可以推知是乾隆时代的抄本……
>
> 智达所撰者《归元镜》外,又有清代乾嘉时无名氏所撰的异本,叫作《增广归元镜》。
>
> ……

原来，这个四卷84出的《增广归元镜》抄本比一般的释智达写的42分（出）《归元镜》在篇幅上多出一倍，竟是一个不见著录的稀见"异本"。

在这篇文章里，吴先生不仅考出《归元镜》作者释智达"是明代人，明亡入清……《归元镜》的纂就当在清代顺治七年之前"，推翻了谭正璧和青木正儿的说法，而且，证实了《增广归元镜》是一个出现在乾嘉时代的异本，作者大约也是僧人。

这个抄本《增广归元镜》，后来就收入了《古本戏曲丛刊第五集》第十函，是为第68种，上下册。书牌子写着"据绥中吴氏藏清乾隆抄本景印，原书叶心高二〇三毫米宽一五二毫米"。这本书应该是吴先生1937年的所得。

1939年发表在《图书季刊》第三卷第三期的《国立中央研究院历史语言研究所善本剧曲目录》中，有34出伶工旧抄本《归元镜》的著录（见《吴晓铃集》第二卷）：

> 《归元镜》传奇二卷三十四出、明智达撰、旧抄本。半叶九行，行二十六字至三十字不等。卷一册，上卷一至十九出，下卷二十至三十四出。
>
> 　　按：此曲原名《异方净土传灯归元镜三祖实录》，计四十二出，盖本《华严》四十二章经之意；伶工抄本多有删节，故仅存三十四出。智达乃明释，诸家均属之清代，余尝有文辨之甚悉。

也就是说，吴先生起码见过三种《归元镜》：一是《〈古本戏曲丛刊〉第五集目录初稿》中的第108种，释智达撰写的42出《归元镜》，乾隆四十九年重刊本，上图藏本；二是《国立中央研究院历史语言研究所善本剧曲目录》中著录的，34出伶工旧抄本《归元镜》，中央研院藏本；三是 1937 年在北平意外所得的无名氏撰 84 出清代乾隆抄本《增广归元镜》，绥中吴氏藏本……吴先生在版本方面的爱好和勤奋是持续不断的。

1939 年吴先生所写《国立中央研究院历史语言研究所善本剧曲目录》中的"传奇之属"中著录有：

> 《后一捧雪》传奇二卷二十八出。清胡士瞻撰。雍正十三年抄本。半叶八行，行三十字，一册。
>
> 按：此曲卷末注云："岁次乙卯秋七月下浣澄江叟花甲初转怡庵录，圆明园东墅。"旁镌"赵时私印"，或即录者姓氏也。抄本序跋具全，所据似是胡氏原稿。其书有天枢阁刊本传世，北平图书馆入善本乙库。

1984 年《〈古本戏曲丛刊第五集〉未收之目录》的第 33 种，著录是：

> 《后一捧雪》传奇二卷。胡云壑。康熙间天枢阁刊本。北图、上图。

这两个《后一捧雪》一个抄本、一个刊本，作者和年代都不一样，《古本戏曲丛刊第六集》如果收入的话，也还有需要做的功课。

那么，吴先生是怎样修成了版本学家的呢？

2012 年，程毅中先生有文章《我印象中的吴晓铃先生》发表在《中国社会科学报》的"名家印象"专栏中，其中说到他在大学的师从经历：

> 吴晓铃（1914—1995），原籍辽宁绥中，自幼随父亲居住北京。早年就读于燕京大学，得郑振铎先生小说戏曲文献、

版本目录学方面之真传,后转入北京大学师从胡适之、罗常培、魏建功诸先生,在音韵、训诂、校雠、考据之学等方面打下坚实基础,成为我国著名的古典戏曲和小说研究专家。

吴先生自己在《从厂甸买书说到北平的旧书业》中则说到他怎样向厂甸旧书肆卖旧书的学习版本知识:

> 最好是一面翻检书籍,一面和书肆主人倾谈,不必忌讳——当然更不必摆架子了。更无须限制题目,天南海北,苍蝇宇宙,东拉西扯,无所不谈。那么,有意无意,间接直接,你一定会听到不少新闻,获得很多益处。至于多见好书,增长见识,是更不必说的了。对于书籍的内容虽然他们不一定完全明了,可是关于版本的真伪新陈、校勘的精致粗略却知之最详,这是我们读书人所不及的。记得有一天晚间和一个旧书肆的掌柜谈了起来,谈到北大的教授钱宾四(穆)先生,他说钱先生怎样从小学教员一直变作驰名全国的专门学者,又忽然拿起笔来写了一张钱先生的住址很诚恳地劝我去访问,他愿意做介绍人。那天当我和这位掌柜的告辞的时候已是十一点多钟了,市场里的摊贩都早已上板,出口只剩北门一处还半开着一扇,我心中满怀忻悦"踏月归去"……
>
> 胡适之先生曾对北大的同学这样讲过:"这儿距离隆福寺街很近,你们应当常常去跑跑,那里书店的老掌柜的并不见得比大学生懂得少呢!"此言虽似幽默,却大有道理。(《吴晓铃集》第二卷)

吴先生最先有名师指点,其次是以"能者为师";一是从学校中学，二是从社会中学增长见识，并不拘于职位和门第。根本问题还是吴先生自己说的"对于戏曲有兴趣研究，并且辛勤一点儿。"

张中行说得对："广交游，多助人，是吴先生性格的一种表现。性格的基础是天资，转为说他的天资，是多才与艺兼外向……三教九流，各行各业，高高下下，亲则相知，疏则谈得来……"

吴先生成为版本学家其实不那么容易复制。

2014 年 3 月 18 日

吴晓铃先生的伴侣石素真

80年代我和吕薇芬在吴先生的指导下编辑考订《古本戏曲丛刊第五集》的时候，大概是1982年，为了请教一些在编辑考订中出现的问题，我和吕薇芬一起去过校场口头条吴先生的家，进门后曾经远远地见过石先生一面，印象是：瘦瘦的，戴眼镜，发型像个女学生，吕薇芬悄悄地对我说："那就是吴先生的夫人石素真，在外文所工作。"

查"百度百科"中介绍说：

石素真，生于1918年，笔名石真。祖籍河南偃师，2009年去世。

1936年毕业于北平大学女子文理学院国文系。1941年后历任昆明西南联合大学附中教师，印度国际大学中国学院孟加拉语学员，泰戈尔文学院研究生，北京大学东语系讲师，外交部印度科科员，中国社科院外文所东方组副研究员。中国翻译工作者协会理事，印度文学研究会副会长。

石素真早年以精于孟加拉文闻名学界，并成为最早翻译泰戈尔原著的中国学者。与季羡林、金克木同为北京大学东方语言文学系教员，后在中国社会科学院外国文学研究所东方组从事研究。她特别着眼于泰戈尔及其作品的翻译研究，为译著泰戈尔作品原文第一人。1958年加入中国作家协会。

石素真是著名东方文学翻译家。译作有：

《嫁不出去的女儿》（[印度]萨拉特·钱达·查特吉著）；

《泰戈尔诗选》（与冰心、郑振铎合译）、《采果集·爱者之贻·渡口》、《摩克多塔拉》（均为[印度]泰戈尔著）；

《玛尼克短篇小说选》；

《毒树》（[印度]般吉姆著）并著有以上译作的后记、前言。

石素真的先生吴晓玲（1914—1995）以精于藏书、长于俗文学研究为学界尊崇。"绥中吴氏藏书"以精、巧和傅惜华"碧蕖馆藏书"的广、博相映成趣，他对于戏曲、曲艺俗曲和小说的热爱和研究更为业内外推崇。吴晓玲解放后长期定居在北京宣武门外，1958年在院中栽植两株梻树（俗名绒花树，一名合欢树），并为书房命名"双梻书屋"。

吴晓玲、石素真夫妇行事低调，深居简行。

除了这些从网上可以找到的介绍以外，从《吴晓铃集》中吴先生的文章里，也可以了解到吴先生和石先生的年轻时代。比如：

《吴晓铃集》第四卷《"回向"周泳先兄》中说：

> 我得识周泳先兄是在30年代之末，屈指算来，光阴易老，已是半个世纪了。当时，罗莘田（常培）师给我介绍了个女友，即厮守了四十五年的"不是冤家不聚头"的老伴儿石真。当时，邓恭三（广铭）学长对我说："罗文直公给你'作伐'，我为你'作荐'吧！"他荐的就是泳先兄。

《吴晓铃集》第四卷中的《怀念滞在台湾的方师铎兄》中说:

> 方师铎兄长我两岁,1933年和我同时考入燕京大学的医学预科,他读了一年便转到北京大学中国语言文学系,比我领先一年……石真和我一见钟情便在他家,他是我俩真正的媒妁。

也就是说,吴晓铃先生和石先生的介绍人是系主任罗常培和学长方师铎,而且,二人是一见钟情,从此开始了恋爱。

吴先生1937年毕业于北平的北大中文系,却是和石先生相识于30年代末的昆明,那是因为抗日战争时期的1938年底,吴晓铃先生受邀于昆明西南联大罗常培先生,到中国语言文学系任助教的缘故。

吴先生在西南联大任职期间,典守为避日机轰炸而隐蔽的善本图书,住在宝应山上的北京大学文科研究所里,1939年他趁着暑期有时间,趁着中央研究院历史语言研究所的善本书撤往西南,暂住昆明东南郊龙泉镇的响应寺,便租屋住到龙泉镇,一个月中,除去有三次回到昆明办事之外,断断续续在龙泉镇做戏曲版本的著录和研究共计二十天。

《吴晓铃集》第二卷中的《读曲日记》就是1939年9月至10月在龙泉镇一个月中二十天的日记,日记中除记录了二十天在响应寺观音堂弥陀殿里翻阅、检校、诠次、著录善本戏曲书籍收获颇丰之外,也记载了当年25岁的吴先生和21岁的石先生(吴先生叫她"小真")亲密的往来和含蓄的情感——那时应该是吴先生和石先生相识不久。

《读曲日记》中说是:9月5日吴先生前往龙泉镇看善本书,小真代为准备笔墨纸张;5号分离,7号吴先生就有"作函致小真",可见吴先生的"殷惓之意殊可感也";13日晚,吴先生又有"致小真函",并寄去《播海令谱》,吴先生所填词"残泪疏,愁眉促,多情总被无情误，这衷肠何由吐。风吹散楚岫云，雾罩定蓝桥路。翠湖堤畔伤心暮，猛回头月上黄昏树。"应该是属于婉约的情词一类吧！

15日，吴先生在响应寺门外看见紫色大蝴蝶，一时忘情，脱衣扑蝶，蝴蝶没有扑到，登山时却发现丢失了小真所赠的钢笔，而且主要是钢笔上还刻着小真的名字呢！吴先生"下山觅寻，渺无踪迹"，懊恼之中写信报告小真，表示"愿赔愿罚"，小真回函说是"失笔，要赔，也要罚"……日记中对于二人的往来信件虽然着墨不多，但文字背后其情可见；17日，小真函告梦见了父亲，吴先生本来"近来无梦，亦不做乡思"，可小真有梦，吴先生便也有梦，不意没有梦见父母和小真，却阴差阳错梦见了友人之妻，吴先生自责"未免该打耳"。

19日午吴先生又有"致小真函"，付邮后便去登山；21日吴先生梦见家人为自己张罗婚事，吴先生在梦中"坚拒之"，那应该是因为自己已经有了意中人吧，醒后，因梦而感空虚，弄得一天都精神不振，懒进书篇，无心录曲……可见，恋爱和婚姻对于当时的吴先生来说，真是一件左右心情的大事呢。

10月7日是吴先生录曲竣工的日子，吴先生说是：录曲既竣，衷心欣愉，终计十余日来计记二百余种，达三厚册余，把卷重读，顿忘劳倦。

10月10日（星期二）的日记写道：

> 晨七时起床，八时去顺德巷访小真，约之同游龙泉。余于史语所得识石彰如君，君与小真同里，详谈始知二人是族兄妹，且两家往还还极密，而今同客异域，兄妹竟不相知，真是奇绝。故小真今日例假来拜哥哥也……入村，遥见彰如兄立寺门外，邀之来，为其兄妹介。兄妹不相知已是奇绝，今又由他人作介始得晤，是真可入传奇矣。伊兄妹一见便熟，哥哥为妹子煮面志喜，余仍随所中诸友啖带糠米饭。午

> 后与石氏兄妹携访董彦堂（作宾）先生……三时，与小真返省。四探龙泉，于是功德圆满。

这一天是吴先生收获的日子，一是完成了史语所所藏善本戏曲的研究著录，二是他在龙泉镇看书的时候，为小真找到了一个"同客异域，兄妹竟不相知"的族兄，兄妹的相见竟然是由吴先生从中通传、联络，小真当然会很高兴，这也可以说是那个战乱时代的传奇故事了。

《吴晓铃集》第四卷《话说那年……》中说"1942年8月，和妻子石真告别云南，飞越驼峰，去了西天。一晃儿地客居了四年又半，直到1946年底才循海路返回北平"。

《吴晓铃集》第四卷有《悼念印度佛学大师月顶老人》，其中介绍了月顶老人是"加尔各答大学研究院的梵文学部主任"，石先生后来的成为"精于孟加拉文闻名学界，并成为最早翻译泰戈尔原著的中国学者"起因于月顶老人，是他"主张石真学现代孟加拉语，读泰戈尔的作品，后来石真果然走了这条路。"而且，在关键的时候，月顶老人曾经给远在他乡的吴先生和石先生决定性的帮助。那是因为石先生原本是在料理家务之余自学孟加拉语，由于国际大学报酬很低，所以吴先生和石先生二人的经济情况很坏，石先生正在准备放弃自学孟加拉语找工作挣钱贴补家用的时候，月顶老人得知了这个状况，他当时是以国际大学中国学院名誉院长的身份兼任研究部主任，他立即决定，把石真留在泰戈尔学院做正式的研究生，这样，石先生既有了工作，也可以正式的学习孟加拉语。

吴晓铃先生为孟加拉邦小说家乔笃黎的作品《四个朋友的故事》中译本所写的《前言》收入《吴晓铃集》第二卷，吴先生说：

> ……她的孟加拉语言和文学的教师有好几位，都是著名的作家和学者，其中我们最相过从密切的是她的开蒙教师音

> 妙月先生……音先生建议我（把《四个朋友的故事》）根据英语原稿转译为汉语；然后他帮助石真读孟加拉语原作，校订我的汉语译稿。我们在1943年8月把汉语译稿校订完毕，音先生专为汉语译稿写了一篇序言。这是我们师徒三众合作完成的第一项工作，也是石真和我介绍印度文学作品的开端。

这个中译本是吴先生和石先生两个人，再加上音妙月先生，动用了三种语言，英语、汉语和孟加拉语，方才完成的翻译，由此可见译者的辛苦，也可见吴先生对于还不能直接从孟加拉语进行翻译的石先生的帮扶。

这之后，石先生就走上了翻译研究泰戈尔的诗作，向中国介绍印度文学的工作，并终生以此为业。

实际上，人生的两件大事——婚姻和事业，吴先生和石先生都是在云之南和印度决定和完成的：

1938年底，吴先生到达昆明的西南联大中文系任助教。

1939年，吴先生和石先生相识、恋爱。

1942年，吴先生和石先生完婚后前往印度，吴先生在孟加拉邦的国际大学中国学院教授中国语言和文学，同时进修梵文和研究印度古典戏剧。石先生开始在泰戈尔学院工作，从事中世纪到当代孟加拉文学的研究，特别着眼于泰戈尔及其作品的翻译研究。

1946年末，吴先生和石先生一起回到北平。

建国之后，吴先生和石先生先后进入了"而立"之年，两位学者都有各自热爱的专业方向，一个在文研所，一个在外文所，他们的业务越来越少重合，除去《吴晓铃集》第四卷《〈新西游记〉小引》中记录了"1982年的2月，是石真和我应印度文化交流协会之邀重访离别了三十六年之久的旧游之地"，他们更多的时候可能就是各忙各的了，两个学者组成的家庭,多半是各自忙学问的时候多,照顾家庭和彼此的时候少……

　　1995年,吴先生早走一步,整理保存出版吴先生一生的业绩,就变成石先生的责无旁贷,正如张中行《总序》所言:"吴先生的夫人石素真女士身体不好,还难免有些杂事,又因为遗著多而杂,有的散见各处,整理颇为费力……"

　　1995年的石先生也已是77岁的高龄,搜寻、整理吴先生这位既是专家也是杂家的学者发表在海内外各种刊物上的将近400篇论文,写出一份"十六开纸近三十页,密行小字……戏曲、小说、散文、书,大类之中分小类,或再分为小小类,最后是琳琅满目的文题……"也真不是一件容易的事情呢。

2014年4月19日完稿

求扇面的故事

父亲活着的时候,墙上挂着一个玻璃镜框,里面镶着石慧宝的两幅扇面。

一幅扇面是书法,写的是:

岳峻基厚,流清源洁,动静无滞,方圆有折,举直平心,连从掉舌,独悲魏禅,终存汉节,骏发克昌,申甫贞祥,作镇忱国,隼集鹰扬,迁都尊主,蛇辅龙骧,诞厥令胤,传兹义方,堤封绝际,波澜莫涘,天经至极,人伦终始。

落款是:"壬午夏五月　霭光仁兄雅正　石慧宝"。

这段话是《苏孝慈墓志铭》(全称《大隋使持节大将军工兵二部尚书司农太府卿太子左右卫率右庶子洪吉江虔饶袁抚七州诸军事洪州总管安平安公故苏使君之墓志铭》)铭文中的一段。《苏孝慈墓志铭》刻于隋代,由于书法结字谨严,用笔劲利,神采飞动,是隋代书法的代表作,也是唐代欧阳询一派楷法的先驱。

另一幅扇面画着兰花,题名"却俗",下署"壬午夏五月　霭光仁兄正　智农又写于古都"。(霭光是父亲的名字,智农是石慧宝的字。)

字和画的首尾都有朱文、白文的图章和闲章很规矩地钤在妥当的地方，扇面是绢质，一方还能够看清楚的闲章上写着"智农画兰"，很雅气。

石慧宝出身梨园世家，是京剧名演员"同光十三绝"之一时小福的儿子，唱老生，而且多才多艺，昆乱并进，还可以在台上自拉自唱，场上挥毫。

记忆中父亲曾经对兄长说过："那时候，演戏的追求文化修养，不少人修习字画，石慧宝是临魏碑出身，他的书法在伶人中首屈一指，字写得好，画也画得好，而且好与文人往来。我年轻的时候，不少人向他求字求画，润笔也很高。"我在一旁有一搭没一搭地听着，心里想：这裱成两幅扇面的是不是其实就是一个扇面的正反两面呢？

"壬午"是民国三十一年（1942），请名伶写扇面是当时的时尚，那一年父亲二十四岁，正是"追星"劲头十足的年龄。

一　社科院文学所赵丽雅

而我真正对于扇面发生兴趣是起因于文研所的同事赵丽雅。

记忆中大概是在90年代后期，星期二返所古代室例会时，悄悄地进来一个新人，不太记得室主任对她有过怎样的介绍，只记得她是一个新同事。因为我的桌子靠门最近，她进门就坐在我的桌子旁边，在她没有领到桌椅的时候，我们俩就成了"同桌"。

她送给我的第一本书是《脂麻通鉴》（辽宁教育出版社，1995年版），我也以《元代文人心态》回赠。

回到家仔细看这本书，才觉得处处都显示着学问。

扉页上写着：书仪兄一粲，署名：扬之水（并不像我似的，千篇一律的简体横排写着"某某某先生指正"），竖写的上下款，全是硬笔繁体很有书法味道的小字,"扬之水"出于《诗经·国风·郑风》中的篇名,自然就是赵丽雅的笔名了。

赵丽雅在"题记"中自言"脂麻通鉴"出典于明人王锜的《寓圃杂记》,书的第一页便是王世襄题签的"脂麻通鉴"四个字,我知道王世襄是研究文物的大家。

然后是署名"脉望"的"总策划"写的《书趣文丛序》,其中自称"我们几个编书匠""请了一些读书的大行家来现身说法","把他们'读书成趣'的成品展示出来",这当然是述说编辑这套丛书的初衷。

封底折回页上写着的"书趣文丛"第一辑十册书的书名和作者中,我能够知道的施蛰存、金克木、董乐山、金耀基、朱维铮,都不是等闲之辈;扬之水的《脂麻通鉴》是第十册,这《脂麻通鉴》能够和这些做学问的大家排在一起,当然也是自有道理。

陈四益所写《脂麻通鉴序》中说:"《脂麻通鉴》的作者,有人称之为'才女',我不敢","她给我的印象是爱书成癖……她只是谈着各色的书以及与书有关的种种,就是那几篇悠悠水、淡淡春的散文,也还是离不开书。"

文研所古代室本来有一个小我几岁的韦姓"才女",听说1978年,在中国社会科学院研究生院招考第一届研究生的时候,她"外语"考试没有作答,却在考卷上写满了陶渊明的诗,文研所两位有名望的先生听说之后,特地上书社会科学院的领导,说明了"外语"考试零分对于古代文学研究人员来说并不重要,而能够默写那么多陶渊明的诗,说明她的古典文学根底深厚,这样的人才应该破格录取。当时正当呼吁人才的时候,韦才女当然被录取,毕业以后留所,在研究生院留所的同学中,她是唯一的"文革"前的老高三、插队知青。那么,赵丽雅应该是文学所古代室的第二位"才女"了。

《脂麻通鉴》中有三部分,"脂麻通鉴"是读史札记;"不贤识小"是读书札记;"独自旅行"是旅游杂记,写得很有特点,文字也很清雅耐看。

不久，我就收到了她的《元代文人心态》的读后感，四百字的稿纸一页半，还是工整端丽的硬笔书法，写得诚心诚意。

书仪贤友：

感谢你送了我这样一本书，本来只想挑几个章节读一读，但一读之下却不能罢手，直到今天晚上，一气把它读完，元好问、谢枋得、刘因、赵孟頫、危素几章，写得尤其好，实在说，每一章都有精彩之笔，沿着历史的脉络，贴着文人的心迹，观其波澜，抉其微隐，夹叙夹议——叙则详略有当，议则平实公允，不作惊人之语，不作泛泛之论，既有洞察人心之清醒，又有评述得失之通达，虽然涉及的各种"事件"头绪纷繁，但笔墨却非常节制，而对事件的性质，又把握得很准确，文笔则流畅、干净、不俗，总之，我非常喜欢。元代虽然是一个有点儿特殊的历史时期，"文人心态"在这一历史时期也比较集中地表现出了某种戏剧性，但物理人情，从来如此，此后亦然，故从这一个案分析中，其实很能够表现出普遍的"文人心态"，几年前，我也曾反复思考这类问题，却未能做一些深入的研究，写了几则读史札记，勉强可归入杂文一类，实在是很肤浅的，眼下转而去搞考据，好像离这样的题目很远了，但读了你的书，又不能不引起许多思索，真佩服你能把这一题目做得如此到位。

送上我的习作，是幼儿园水平的，"匪报也，永以为好也"——我们算是"同桌"了，对吗？

扬之水

12.4 风窗下

她是同事和朋友中第一个这样仔细郑重地评论《元代文人心态》的人，所以，这封信我看了又看，对于她为人的真诚也很感念。

赵丽雅送给我的第二本书是《终朝采蓝》（生活·读书·新知三联书店，2008年版），一个精美的书签空白上写着："书仪兄指教　扬之水　戊子岁杪"。这本书的副标题是"古名物寻微"，她果然是在搞考据了。

记忆中大概是2000年的一天，返所的时候，赵丽雅很平常地递给我一个开着口的小信封，里面装着一个写好硬笔书法的洒金扇面，因为星期二返所总是有很多事情需要处理，所以说了"谢谢"就收起来忙东忙西。

回到家打开扇面仔细观看，工整的蝇头小楷写的是《诗经·小雅·车辖》中的繁体诗句：

　　间关车之舝兮，思娈季女逝兮。匪饥匪渴，德音来括。虽无好友？式燕且喜。依彼平林，有集维鷮。辰彼硕女，令德来教。式燕且誉，好尔无射。陟彼高冈，析其柞薪。其叶湑兮。鲜我觏尔，我心写兮。高山仰止，景行行止。四牡騑騑，六辔如琴。觏尔新婚，以慰我心。

下款是："书仪君正腕　扬之水书　庚辰五月下澣"。

赵丽雅的毛笔小楷写得不错，在洒金扇面上写，就更加显得典雅，和《诗经·车辖》对一对，中间却缺少了"虽无旨酒？式饮庶几。虽无嘉肴？式食庶几。虽无德与女？式歌且舞？"和"析其柞薪"七句，不知道是有意的省略，还是无意的丢失。

这个扇面很久都让我爱不释手。

几年之后的一天，我忽然茅塞顿开地想：既然是这么喜欢朋友写给我的扇面，为什么不请我的师友之中擅长书法的人给我写扇面呢？

如果是师友专门为我所写，扇面上有我的名字，我可以时不时地拿出来看看，该是多么的赏心悦目！

于是我就跑到和平门外琉璃厂的荣宝斋，买了不少扇面回来，2006年我开始求扇面。

二　南京师大王星琦

首先，我想到了南京师范大学中文系的王星琦。

王星琦毕业于中山大学中文系，任职于南京师范大学中文系，是开戏曲研究会议时候认识的同道，几次会后逐渐熟悉起来，不仅在戏曲研究会上多有一致的见解，会下大家还曾经一起结伴游玩过张家界，也可以算是朋友了。他在送给我的书上写的字，间架结构不是一般的工整，而是漂亮，我想他一定会写毛笔字，我就写信给他，说是想要向他求扇面。他很快回信说是"可以"，我就高兴地寄出了荣宝斋的扇面。

不久，他就把写好的扇面寄回给我，我寄去了两个扇面，一个白的，一个洒金的，想的是他可以挑选，也可以写废一个，却不想王星琦是这样诚信的人，寄回的两个扇面都写了漂亮的字，还在回信里说是，曾经有人请他写大的毛笔字，一百块钱一个字呢！

打开扇面看，白扇面上写着：

　　青山横北郭，白水绕东城。此地一为别，孤蓬万里征，
　　浮云游子意，落日故人情。挥手自兹去，萧萧班马鸣。

落款："李太白小诗一首　书仪先生属并祈正之　丙戌长夏日　星琦于金陵"。

另一幅洒金扇面上写的是：

千家山郭静朝晖，日日江楼坐翠微。信宿渔人还泛泛，清秋燕子故飞飞。

匡衡抗疏功名薄，刘向传经心事违。同学少年多不贱，五陵衣马自轻肥。

落款："老杜秋兴八首之三　丙戌长夏日　应书仪先生之属　星琦于古南都"。

用熟练的、繁简掺杂字体写就的这两首诗，给了我一挥而就的感觉，很可能这两个扇面的写成用不了二十分钟，一定是他熟练于胸，信手拈来的结果，而用草书写扇面对他来说可能完全是小菜一碟。然而，两首诗的惜别伤离和客中之感、故国之情，多多少少透露了王星琦对于"羁怀""落寞"的独特的欣赏。

两个扇面钤了朱文、白文印章七枚："一日僧""长乐""星琦信玺""名花斋""并寿""星琦私印"。

三　人民文学出版社弥松颐

我求得的第三个扇面是人民文学出版社资深编辑弥松颐先生于2006年秋天所赠，扇面上写的是宋人高翥（字九万）的诗《谢人惠籍》：

曾向书编策重磨，群书分送张吾军。标题济楚令心赏，字画清明慰眼昏。

插架有时防鼠啮，藏家无力买香薰。不如随处堆床几，检阅时时似对君。

落款："右录宋人高九万谢人惠书籍诗　呈　书仪女史大人惠

存　丙戌孟秋上浣　松颐"。

后写："七夕前数日种麦于小瓦器为牵牛星之神谓五生盆　见燕石集时人多闻乞巧但少知牵牛神也　于扇后留白处更书之。"

印章三枚：松颐、厚德、厚德堂弥。

这厚德堂是弥先生的堂名。孟秋上浣是农历七月上旬，弥先生给我写扇面正当七夕前后，所以写下了"五生盆""牵牛神"种种，弥先生说是元人宋褧《燕石集》中有记。

我知道弥先生毛笔字写得好是因为我曾经收到过弥先生2004赠给我的一个宣纸彩印信笺，上写着："莫道山翁无伴侣，猕猴长在古松枝。"诗句中镶嵌着弥先生的大名。诗句前写着时间"甲申新正"，落款是："书仪女史赐存　松颐"，下面钤盖了名章"松颐"，引首章是堂名"厚德"。正因为两年前弥先生先有所赐，2006年才敢向弥先生求扇面。

弥松颐先生出身汉八旗，博学而有情趣，1999年他送给我一本书《京味儿夜话》，那是他前些年在《北京晚报》开的专栏"京字儿夜话"的结集出版，这本对于北京土话寻根问底、旁征博引的书很耐看，真可以算是"小题大做"了。这些年来，每当我在书中碰到了纯粹的北京土话却又不明所以的时候就去翻这本书，经常可以在《京味儿夜话》里找到答案。

弥先生知道我喜欢看毛笔字，2012壬辰年寄给我华宝斋彩印花笺，上写：

龙游凤舞，岁乐民喜　易林

题款："壬辰新正　纳吉　松颐叩拜"。

印章：引首朱文章"厚德"，姓名朱文章"松颐"。

2015乙未年寄给我朱丝栏洒金宣纸信笺，上写：

照夜明珠且莫取，金羊灯火玉炉烟。

题款："乙未新正　光风卷腊　暖角吹春　敬呈书仪先生　纳吉　松颐拜上"。

印章：引首朱文章"厚德"，姓名朱文章"松颐"。

铅笔小注："贯彻八条，不印贺卡，毋庸回复。"

四　福建省社科院刘登翰

这一年的夏天，我去了厦门，见到了洪子诚的老同学刘登翰，他是洪子诚的大学同班同学，出生在厦门鼓浪屿的一个华侨家庭，是一个热爱生活、多才多艺、很浪漫的人。

1961年大学毕业之后，因为有海外关系，被分配到福建闽西北山区三明工作了十九年，教中专，编辑小报，当公社干部、下放干部、基层文化干部……什么都干过。"文革"之后的1980年，在历史转折的时候才有幸重新回到学术岗位，调到福建省社会科学院文学研究所工作。他一如既往地努力，做过福建文研所所长，兼任福建师大文学院教授、福建省作协副主席等等。1993年他和洪子诚合写出版过《中国当代新诗史》。

依我看来，两个人的友谊淡淡如水而能够天长地久的原因，主要应该归功于刘登翰的重情谊。我是通过洪子诚认识了他，后来竟也成了朋友。

我们见面，大多是他出差到北京的我家，这一次去福州的他家是第一次，他陪我去逛了福州的"三坊七巷"（明清的古街区）、林则徐纪念馆，五代后梁开平二年始建，人称"闽刹之冠"的涌泉寺……路上，我向他提出了求扇面，他马上说："好啊！我们现在就去买扇面。"

我非常高兴当天就得到了刘登翰写的扇面。

我们俩共同挑选了杜牧的七言绝句，我就如愿以偿地站在一边看他写字。刘登翰的扇面写得很特别，"霜红"两个大字居于扇面右侧的主要部分，居左比较小的七绝二十八个字"远上寒山石径斜，白云生处有人家。停车坐爱枫林晚，霜叶红于二月花"排成五行半书写，竟如同是对"霜红"二字的解释，两边的字虽然大小不一，可是看起来却很对称。

落款："杜牧绝句　书奉书仪清赏　登翰　丙戌仲夏"。

朱文印"登翰"二字，钤在末尾。而闲章"淡淡人生"则钤在霜字的右上角。

那时候，我和洪子诚都知道刘登翰酷爱书法，而且还是自创新法。他的条幅也是大字和小字互相搭配在一起，大字是核心，小字是"注释"。而且他好像是用水墨画的画法写字，可以让字迹的墨晕深浅有致，看着他写字，感觉如同是在看绘画——这个扇面非常耐看。

几年前的有一天，他带着一轴裱好的字到北京，是送给洪子诚的，打开画轴一看，大字是"拜石"，小字是：

吾之所爱，丑石也。偶拾于山间，相惜于案几。数月不见，亦不牵念；偶然晤对，如逢故旧。石不能语，却涵化万千；彼不告人，吾亦不问。彼有一梦，吾亦有一梦；虽不相通，却相敬重。吾待之若客，彼视吾如友。彼之粗扑，如吾之碌碌。微末之交，最是恒久。

落款是："子诚两正　登翰并识"。

印章："登翰墨象　我爱　淡淡人生"。

至于"拜石"二字，也有出处：米芾（1051－1107），宋襄阳人，字元章，号海岳外史，又号鹿门居士，世称米襄阳。倜傥不羁，世又称"米颠"。为文奇险,妙于翰墨,画山水人物,亦自成一家。米颠嗜石成癖,据《宋史·米芾传》记载:宋徽宗大观年间,"无为州治有巨石,状奇丑,芾见大喜曰:'此足以当吾拜',具衣冠拜之,呼之为兄。"这就是著名的"米芾拜石"的典故。刘登翰爱书法,也爱丑石,也是自比米芾的意思吧!

看着刘登翰的大小字相互搭配、如字如画的写法,印章显示着一个经历过酸甜苦辣咸人生过程的富家子弟的感悟,我们都又惊又喜,女儿尤其喜欢,强索带去了美国。

一直到了2012年,看到《福建日报》报道说:"福建书法家刘登翰的水墨书法展在台北举行,展出刘登翰的水墨书法作品近百幅",我们才知道,他独特的书法方式被称为"水墨书法"。可是他从来没有对我们说过。

2016年,刘登翰来电话,平淡地说7月初请我们俩,还有一些老同学到福州聚一聚,不用写论文,机票和住宿都有人出,来吧,年纪大了,聚会也很难得。北京的人还有谢冕夫妇、张炯夫妇、杨匡汉夫妇,当时,我们俩都很高兴地答应了。

不久,邀请函寄来了,题目是"跨域与越界——刘登翰教授学术志业六十年研讨会",主办单位有"福建社会科学院""中国世界华文文学学会""福建省文学艺术联合会""福建省闽南文化发展基金会"四家。附件一是"刘登翰学术简历",附件二是"刘登翰主要著作书目"。邀请函上说:

> 刘登翰教授从事学术研究已届六十年,是其所研究领域中有重要影响的学者。他从境内到域外,从新诗研究到台港澳文学与世界华文文学研究,从文学研究到艺术批评,从两岸文化研究到闽南文化研究,学术之余还兼及文学创作和书法……勾画出了一条"跨域与越界"的学术轨迹,凸显出闽

派学术的多元视野和探索精神。2016年7月,福建社会科学院、福建省闽南文化发展基金会、中国世界华文文学学会等单位将联合举办学术研讨会,共同探讨刘登翰教授的学术志业及其在华语学界的意义。""分议题"有:"台港澳暨海外华文文学研究""闽台区域文化与闽南文化研究""艺术批评与文学创作""〖综合讨论〗跨域与越界:学术空间的拓展和交会"。研讨会同时,举办"刘登翰书法展"。

7月份,由于我的心脏出了点问题,洪子诚一个人带着他的论文"《跨域与越界》:刘登翰的新诗研究"去了福州。

洪子诚回来以后告诉我:刘登翰的会议规模很大,由于他的研究涉及文学、诗歌批评、台湾诗歌、两岸文化研究、诗歌创作、书法等方方面面,到会的研究者,再加上他的老同学、同事、学生、学生的学生……开会的竟然有上百人,很热闹,可是看到刘登翰和洪子诚、谢冕他们的合影时,刘登翰还是一副淡淡的模样。

北大中文系1955、56级出现了一大批有名的研究者,刘登翰就是其中的佼佼者。

五 北大老师谢冕

记忆中最愉快的就是2008年秋天向谢冕老师求扇面。

记得那天我在电话中提出了求扇面,谢老师说:"我不会写毛笔字,更不会写扇面。"我说:"您会写毛笔字!我在陈顺馨(洪子诚的硕士生,谢老师的博士生)那里看见过您给她写的毛笔字'青春无悔'。"谢老师无可奈何地说:"那好吧好吧,你别着急,我得去买毛笔、买扇面。"我说:"扇面我寄给您,毛笔您自行解决。"几天之后,谢老师来电话说是："扇面收到了，毛笔也解决了，我用陈素琰（谢老师的老伴）淘汰的旧毛笔就行了，你等着啊，写完了我给你打电话。"

谢老师是北大中文系55级的学生，高洪子诚一级，由于在1958年"大跃进"的浪潮中，中文系曾经由55级和56级爱好新诗的六个学生（谢冕、孙绍振、孙玉石、殷晋培、刘登翰、洪子诚）利用不到一个月的寒假时间，编写了具有新诗简史性质的《新诗发展概况》，从此他们之间就结下了一生的友谊。

这件事虽然是出于《诗刊》社和徐迟先生的建议，却是由谢冕牵头，找人。

谢冕出生于1932年，1949年8月中学时代的他在17岁时决定投笔从戎加入革命军队，1955年他23岁复员以后又决定弃武从文投考了北大中文系。毕业留校以后，他和洪子诚就成了同事。他是同学中的年长者，又有参加革命的经历，又是共产党员，而且还有天赋的领导潜质和创造力，所以，洪子诚在他面前似乎永远是被领导者。

"文革"之后，北大中文系的张钟和谢冕筹建了当代文学教研室，洪子诚自愿加入到谢冕的麾下，由于张钟比谢冕毕业早，年龄大，又是中文系的干部，就担当了教研室主任，谢老师只好屈居副主任，好在谢老师对于正副也不太在意。多年之后，在谢老师已经成为当代文学的代名词、一面旗帜，有一次在饭桌上大家说起当代文学教研室筹建事宜的时候，谢老师还故作幽怨地说："我在中文系最高的职务就是教研室副主任，'副'主任啊！人家洪子诚还当过正主任呢！"惹得全体哄堂大笑。

谢老师没有架子，我觉得和他挺投缘，尤其是我和谢老师的老伴陈素琰还是文研所的同事，星期二一起上班的时候，常常听到陈素琰控诉谢冕的独断专行，我还给她出主意怎样战胜谢老师……不知道从什么时候开始，我和谢老师说话就变成了没大没小。有一次，我骑着自行车刚出蔚秀园向东拐，就看到谢老师脸朝后坐在一辆货车上超过了我,对我喊着:"小么,慢点骑!"之后的一天我们又碰到了,谢老师还不忘很郑重地教训我说:"小么,你骑车不能太快,太快了容易撞车的。"这件事留给我深刻的印象。

不久的一天,谢老师来电话说是:"小么,扇面写好了,我在北大邮局取钱,你到邮局来找我吧。"我急忙骑车从蓝旗营出发,进了北大东门到邮局,找到了刚刚取完钱的谢老师,谢老师递给我扇面说:"我从来不写扇面,你这个扇面就是孤本了。"我说:"嘻嘻,谢谢!"谢老师说:"你怎么谢我?"我愣了一下马上说:"那您就请我吃饭吧!"谢老师说:"好吧,我请你去北大食堂吃刀削面。"当时我还真不知道北大哪个食堂卖刀削面,谢老师领着我一路向西,走到原来的第三饭厅,那里隔出的一间专卖面条,谢老师熟练地排到一个队伍的后面对我说:"你要吃大碗还是小碗?"我说:"小碗。"谢老师说:"我要吃大碗,你也可以改变主意吃大腕。"当时,刀削面大碗五块,小碗四块钱,那刀削面和浇料果然好吃,我们俩边吃边聊很高兴。

打开扇面一看,谢老师写的是:

小楼一夜听春雨,深巷明朝卖杏花 此放翁临安春雨初霁中句也 识者谓有唐人遗韵

题款:"录应 书仪清赏 戊子仲夏 谢冕书"。
谢老师的姓名章白文印"谢冕"二字钤在下面。

谢老师的字不属于任何一体,真草隶篆都不是,那字的"横竖撇捺"都写得任情任性,全然没有显示出基本训练,可是他的字却很耐看,间架结构自是一家,排列得自由散漫而别具一格。记得当时谢老师还问我:"是'深巷明朝'还是'明朝深巷'?"我说:"和'小楼一夜'对仗,应该是'深巷明朝'吧?",回到家查看钱钟书的《宋诗选注》果然是"深巷明朝",谢老师还是很有古典文学修养的。

我钦佩谢老师，不仅仅因为他是洪子诚的同事和朋友，还因为谢老师是心怀宽阔、有担当的人，洪子诚2008年在《"知情人"说谢冕》文章中写到过他"坚忍"和"节制"的品质。

我敬重谢老师，很珍惜能够认识谢老师这样的人，特别是他还愿意赐给我"孤本"扇面，之后还请我吃了北大食堂好吃的刀削面。

六　北大老师孙玉石

谁都知道北大中文系55级出才子，孙玉石老师和他的老伴张菊玲也是中文系55级的学生。

我和孙老师原本不熟，只知道他不仅学问做得好，而且有能力出任系主任。从2005年开始，毕业于北大中文系的工农兵学员、房地产商、诗人黄怒波老板开始资助中文系成立了"新诗研究所"，意在支持新诗的研究和出版。他请已经退休的谢老师当所长，孙老师和洪子诚担任副所长。当时，黄怒波正在兴头上，还请"新诗研究所"的全体成员去过一次日本，所长、副所长还可以带上老伴，所以我和孙玉石老师夫妇也慢慢熟悉起来。

张菊玲先生是民族学院的老师，她对于民国初年的旗籍作家穆儒丐很有研究，穆儒丐是民国之初的报纸编辑，又是剧评家和作家。他写过的《伶史》和纪传体小说《梅兰芳》都是和我的研究相关，因此，我和张先生也有共同的话题。

偶尔到孙玉石老师和张先生家里拜访，相比之下就觉得自家真是清寒和没有学问。他家的布置很有特点：深色的家具、书柜都显得很厚重，名人所赠的字画显示着高雅，摆放的一些小物件原本看起来不起眼，来历和故事却都很精彩，他们家的日本式半截布门帘也很有日本风格，孙玉石老师80年代初就已经与诸多的东京大学教授往来频繁,这可能与其时北京大学中文系每年向东京大学派出教师讲课的时候,正当孙玉石老师出任系主任有关。《北京大学当代学者墨迹选》中有孙玉石老师的两幅墨宝,内容都是和日本相关:

谢君偕我到横滨,龙舞爆竹忆乡音。最是三溪幽篁处,声声泉曲奏心琴。

题款:"再戏题七绝一首呈平山久雄先生雅正　癸亥四月十九日玉石书于东京"。

园中小院满庭芳,碧水幽篁百代长。硬骨铮铮埋异地,犹闻画卷墨痕香。

题款:"于日本金泽兼六园读朱舜水题汉名将画像赞有感　作此记之　时为一九八三年七月　写于东京　一九九零年录于畅春园　玉石"。

这两幅字都是孙老师1983年在日本写的绝句,一幅是赠送给东京大学文学部中国文学科平山久雄先生,一幅是读朱舜水诗有感,七年后抄送《北京大学当代学者墨迹选》。

孙老师是学问做得好又有文人气质的学者,能够得到孙老师的俯允给我写扇面,让我很高兴,我送上扇面和西泠印社的印盒和印泥之后就一直期望着。不久,我送上的白扇面和洒金扇面孙老师就都写好了,我到孙老师家去取的时候,孙老师念给我听,它们分别是:

春雨初晴后,郊原望远峰。山高犹见雪,风定不闻钟。
竹里禅房静,门前溪水溶。同来大欢喜,月色满青松。

题款:"录太清西林春诗　己丑暮春雨后同霞仙七妹游万寿寺

作 己丑寒露玉石书于京郊蓝旗营 么书仪存念"。("玉石"二字朱文姓名章钤在下面）

  梁日东阳守，为楼望越中。绿窗明月在，青史古人空。
  江静闻山狄，川长数塞鸿。登临白云晚，流恨此遗风。

  题款："唐崔颢题沈隐侯八咏楼诗 红楼八十九回写黛玉新书小对'绿窗明月在，青史古人空'悼红轩护花主评曰'好对句' 钱钟书先生考证此句为崔颢诗句：'史悟岗《西青散记》卷四记玉钩词客吴震生亡室程飞仙唱扬升庵二十一史弹词 绿窗（红烛）之下辄按拍歌之，自收名句为窗联（颈联？）云："绿窗明月在，青史古人空"'黛玉袭其语尔 事见钱钟书'小说识小' 文载一九四五年十二月二日《新语》第五期 么书仪女史存念 己丑寒露 玉石谨书"。（下面钤盖着"孙玉石"朱文印）

  洪子诚总是说孙老师的研究在重材料上无人能比，这一回我可是尝到了苦头，拿到了两个扇面以后，我开始查书：查顾太清，查西林春诗，查崔颢，查沈隐侯八咏楼诗，查《红楼梦》八十九回，查史振林，查《西青散记》，查玉钩词客，查钱钟书的《小说识小》……好一通的查找，才算是理清了孙老师"题款"的意思，也让自己不至于断错句。

  这是一个大学问家写的扇面，我很珍惜它。

七　北大附中章熊

  1968年大学毕业之后到1978年去读研究生，我有十年的时间是在种地（在新疆奇台解放军农场），教中学（在八钢中学、隆化县存瑞中学、北大附中）中度过的，章熊就是1974至1978年我在北大附中教书时的同事和朋友。

章熊毕业于清华大学中文系，他是语文组组长，办公桌却在教务处，可能他还担任着教务处的职务吧。记忆中他总是在研究如何着眼于中学生语文能力的提高，讲课经常是超越教材天马行空，他说自己主张"天才教育"。他常常被找去出中学生考大学"统考"的考题，这在中学教员中应该是绝无仅有。

他在北大附中的地位很特别，谁都知道他博学多闻远远超过了一般的中学教员，做个大学教员也是绰绰有余，可不知道他为什么到了北大附中还安之若素，因为当时的北大附中有不少教员是从北大精简下来的老师（比如被划为"右派"分子的人），也就不以为怪。

记忆中恢复高考之前有一年，他把我调去帮他搞一个"什么什么计划"，学生可以自愿报名参加，这个课外班教学生写大字、朗诵、刻钢板什么的，让学生们毕业以后到农村插队的时候，具有一技之长。我知道章熊是为了解脱我当不好班主任的困惑（为此，我已经神经衰弱多时），让我能够歇一年，所以我做这件事很卖力气。

记忆中，我还跑到新闻电影制片厂和"人艺"请了擅长广播和朗诵的专家来讲座，他们是佟玉珍、窦文涛（"文革"期间新北大公社广播台的广播员，分配时被新闻电影制片厂看中要走了）和李唐（当时是人艺的台词教师，朗诵很有名，后来老朋友张帆告诉我，他是老革命，做过北京艺术学院附中的老师），他们答应了我的邀请之后，都是早上坐着公共汽车来，讲完了坐着公共汽车回家吃饭，不仅没有报酬，连工作餐也没有，还得自己掏钱买车票，今天想起来有点不可思议，可那年头都这样。

在1978年研究生招考恢复之后，我考上了研究生，记得校长孟广平还为江兰生和我开了一个欢送会，欢送我们俩离开北大附中。

多年之后的一天，我在蓝旗营住处的院子里，遇到了推着自行车的孟广平，多年不见，他却没有什么变化，说是来蓝旗营看一个老朋友，我们聊了一会儿就分了手。第二年我听说孟广平去世了，我们见面的时候，他已经是癌症晚期——他是那种对于生死都想得明白的人。

世事无常让我心惊，老朋友、老同事说没就没了。我开始寻找一直记挂着的老朋友，希望活着的时候看看他们，不要留下遗憾。

我找到北大附中教务处的韩维纯，隔一段时间就去看看她。这个燕京大学校长陆志韦的儿媳，因为丈夫陆卓明（经济系教授）不长于为自己计算和争取，一直还住在科学院25号楼三层的一个破旧的单元里。前两年，我还帮她清理过老伴陆志韦的遗著，因为经济系要给他出版。2014年，我知道她得了癌症住院治疗，8月份我去台湾之前到校医院看她，她已经瘦骨嶙峋，却并不悲伤，她对于自己的前景心知肚明，临行时她送我到电梯门口摆摆手，我们都知道，那是我们的最后一面。

我找到章熊，到中关园他的住处看他，章熊没怎么变——年轻时候不见年轻，老了也不见老。他一仍其旧地高谈阔论，送给我他的书法作品《章熊书三美曲》，一边签名："老友书仪惠存　章熊　二〇一〇、十二"，一边很高兴地告诉我，这是北大附中几个年轻的教员出资为他印刷出版的，他们说只是为了让他高兴。

记忆中章熊出身于书香世家，又是清华大学中文系的高才生，文章满腹而且毛笔字写得很有功夫。回到家翻看《章熊书三美曲》是"曹子建洛神赋　并序""白乐天长恨歌"和"吴梅村圆圆曲"。落款写着：

庚辰夏章熊书时年七十矣　诗必寄情　诗以言志　洛神赋兼以自况　长恨歌兼以申喻　圆圆曲兼以抒悲　此三者皆绝唱也　无以总名　姑名之曰三美曲　附记

后面钤盖着姓名章："耳山"和闲章："但愿有花看有酒饮有书可读"。

章熊的毛笔小楷自不必说，我是外行，只是看着每个字都很舒服，每个字都没得挑。他的《自序》是硬笔楷书，内容中最好的部分是他的

书法师承和变化,全文抄录如下:

人生在世,想做的事大致做完了,一乐;有点兴趣,至老不渝,二乐;身为教师,几十年后学生还牵挂我,三乐。中国人喜欢"三"这个数字,"三乐"和"三美"倒也匹配。

我学书有比较复杂的渊源,祖父章钰,字式之,曾任清史馆编修,是清末民初的校勘学家,在书法方面也有影响。早年日本出的《书道大成》里有他的作品,近年四川出版社的《民国时期书法》里也有他的踪迹。在家庭的熏陶下,我15岁获得了"'天'字科学墨水书法大赛"中学组第三名。年轻人是需要鼓励的,兴趣得到了激发。16岁考入中央大学中文系,有幸遇到了胡小石先生。胡先生的书法神采夺人,把我领进了一个新的天地。于是,矛盾发生了。

祖父是从学苏入手,然后突破格局。他行笔甚缓,笔笔中锋,韵律内含,在匀净中流动;按照阮元的说法,属于"南派"。胡小石先生脱胎于流沙坠简,苍劲奇崛;按阮元的说法,属于"北派"。我心仪胡先生,刻意追随(游寿先生也在一旁点拨),终于有点形似了。然而,只要中断一些时候,或者不是专心致志地模仿,早年习惯就好像一股无形的缰绳又把我拉回原来的轨道上去。朋友们说我的字"多变",有时甚至不像是一个人写的,我也觉得自己似乎是"双重人格",很苦恼。

"文革"后期,有点清醒了,于是依赖家庭的社会关系师事恽宝惠先生,又求教于启功先生(他不许我师事于他,因为是"三代世交",平辈,但我至今不知道是怎样的"三代世交")。我练过隶书,花过不少时间写魏碑(比较喜欢的是《张猛龙》和《马君起浮屠造像记》),也没有忘情于唐楷。唐人中,我爱欧阳询的峭拔,《不空法师》也给我启发,但更投合的是李邕。李北海的"学我者死"让我似乎有点领悟。

也许算是一种阿Q精神吧,"文革"中我受冲击,然而怨气不久就消失了,因为正是"文革"才让我找回了我自己。我就是我!从此,在教学中我一意孤行,书法方面也率性而为。我特地请浙江许白凤先生治了一方"章熊四十始学书"的印章。不过寻求自己也是一条漫长的路,直到六十以后我的字才开始逐渐成形。

静心一想,这里蕴涵的道理并不限于书法。

谦虚不是我的美德,坦率是我的本色。我知道自己无法望祖父和胡先生的项背。大字方面,功底和气势尚嫌不足,但小字方面还是颇为自信的。顾廷龙先生说我"小楷精绝,为近世罕见";启功先生说:"评字,别人是从一篇之中找写得好的;你的呢,要从一篇之中挑写得不好的。"当然,我明白他们夸我是鼓励我,因为他们看见我的时候我还是一个什么都不懂的小孩儿,可是听了这样的话还是沾沾自喜。衰老逼人,目疾加重,小字已经与我绝缘。尽管不断提醒自己要豁达,失落感是难免的。这时候,几个学生站在我脸前,要集资为我刊印《三美曲》,并且深情地说:"老师,希望您高兴。"一股暖意流过我的心窝,也流过我的眼睛。她们是(按年龄排序)沈琨、蔡明、涂春、胡蕾。让我欣慰的还有,她们和我一样,也是语文老师,都是北大附中的语文老师,而且都是挺不错的语文老师。巧的是为印刷操劳的易珠丽也是北大附中的学生。薄薄的册页上溶进了更多的情意。

我来过,我努力过,我迷惘过,我伤心过,我快乐过。我不后悔。

2006年2月

毛笔小楷写的《三美曲》、硬笔书法《自序》加上章熊的印章，印成有书脊的薄薄的一册，却让我翻来覆去看了又看。

看了他的朱文、白文闲章十几枚："章熊""耳山笔墨""但愿有花看有酒饮有书可读""耳山写""章熊印信""墨戏""贵在经意不经意之间""百花深处楮墨香""寄情楮墨""章熊耳山玺""海内存知己""书生耳""一生何求""老阿熊""吴门章姓""书不尽言""耳山笔墨""生于辛未""老于斯""吾吴人""章熊四十始学书""雕龙""袭故""耳山长乐""耳山自娱""学书""寄兴""楮墨香""贻笑大方""石破天惊""龙蛇走""鬼神惊""一轮新月在花枝"……他的籍贯、姓氏、名字、生年、爱好、学书所悟、书生意气，他的骄傲和坦率俱在其中。

我问过他："你的名和字有什么关系？"他告诉我：章熊是母亲为他取的名字，为的是取一个动物做名字，孩子好养活（就像是农民给孩子取名"狗蛋"一样吧？），可是祖父觉得不雅，想到河南有一个"熊耳山"，就给孙儿取字"耳山"，以雅带俗，一下子使得"章熊"二字也变成了独一无二、很有味道的名字。章熊字耳山，果然颇有来历。

2010年我向他求扇面，他一口答应，当时他的视力已经不是太好，我送去三四个扇面供他写废，不久，他来电话让我去取扇面，看到他在洒金扇面上写了"墨趣"两个大字，引首章是"一轮新月在花枝"，落款："书仪老友　庚寅　章熊"。姓名章"字曰耳山"。他的"墨趣"二字写得浓墨重彩已入化境。

他说他已经很久不写字了，手生了，以后眼睛好的时候再给我写一个条幅，很可能是因为我去他家的时候，非常喜欢他自家挂在墙上的横幅吧？记忆中那上面写的是：

温不增华寒不改叶　诸葛亮　论交

这应该是章熊欣赏和遵守的理念吧!

2013年,章熊的条幅写好了,写的大唐王维的《送元二使安西》七言绝句:

> 渭城朝雨浥轻尘,客舍青青柳色新。
> 劝君更尽一杯酒,西出阳关无故人。

落款是:"书仪老友 章熊 癸巳"。

引首章:"吟秋馆",姓名章:"章熊耳山玺",闲章:"寄情楮墨"。

2014年8月,我去台湾之前,看望章熊,他告诉我要去做一个手术,很乐观。

2015年,我回到北京,夏天打电话给章熊,问他可不可以去看他,他说:眼睛已经看不见了,不想你来看我,也不想再说不想说的话。

这真是很无奈的事情:一个书生,一个把读书和写字视为整个生命的书法大家,却患了无可救药的目疾,以至于对面不见人,人的生命会以怎样的方式走向结束,每个人都不一样,这大概就是上苍的安排吧。

我想,我得赶快把章熊的字裱好,他以后再也写不了字了,一个书法大家的字我要送给女儿,女儿也是北大附中毕业的学生呢。

八 北大老师洪子诚

2012年,我想起距离最近的洪子诚,洪子诚当年毛笔字写得不错,记忆中70年代我们俩结婚不久,我的父母还在北流村务农,当时过年前,全村的对联都是请父亲写,洪子诚去了,就会帮着父亲写对联。这一次我想留下一个他写的扇面,他本来不大情愿,但又无法推辞,写的是:

十六年前，在家庭照相册上，曾抄录当代诗人句子。去年九月结婚四十周年，再次抄录志念。我们还将像一对蚂蚁，出入生活中，出入梦里，一条小路蜿蜒到灯前，伸展进儿女的记忆。

  书仪瞩书　壬辰正月廿四日洪子诚于海淀蓝旗营寓所

可惜的是，他久已荒废的毛笔字已经大不如前，唉！这真是无法弥补的事情。他所说的"家庭相册"是 1996 年 9 月 2 日（结婚 25 周年纪念日）开始的，我们每个人都为相册写了一段话：

鲤鱼洲开阔而荒凉的草滩、田地似乎已很遥远，但又好像与现在只相隔一天。25 年来，我们的烦恼是渺小的烦恼，我们的快乐是自己的快乐。九千多日子所织成的记忆和生命，却是任什么也不能替换的。而且，我们还将如一个诗人所说的那样珍惜未来的路程：我们还将像一对蚂蚁，出入生活中，出入梦里，一条小路蜿蜒到灯前，伸展进儿女的记忆。

96 年 9 月 2 日　一家之主

当有一天，你开始计算和珍重今后的时日时，生命该是已过太半。别去细想二十五年何以会忽忽如瞬，只要记住：比起"我搀着走不动路的你，你扶着看不清天的我"来，今天真还是有声有色的黄金岁月，愿每年的九月二日都有真实的快乐！

老妻

越看越爱这个家，越来越爱你们——我的爸爸和妈妈，从你们那里，我看到：幸福并非遥不可及，也不是永远位于生活前方的目标。当你付出劳动，当你去主动理解生活，建设生活的时候，幸福就存在于这种不断前行的感觉中。

祝愿爸爸妈妈　越来越好。恐龙儿子　越来越。

洪子诚说的诗人，是他尊敬的邵燕祥。转述自邵先生的那种浪漫诗意（他本人好像不怎么浪漫），我的现实思维，女儿对于我们的观察和感觉，都在这三段话中表现得淋漓尽致，在这之后的每一年，都有我们的照片贴上去，翻翻看看，我们在慢慢地变老。

九　台湾朋友黄其伟

2013年2月2号（壬辰年年末腊月二十二日），洪子诚受聘于台湾的"交通大学"社会与文化研究所，客座半年，我陪同前往。因为"交通大学"招待所不能够自己开火做饭，租房半年又很难，彭明伟先生就把他的新家让我们先住。我们拉着行李走到门前，一副对联马上引起了我的注意："玉盘献岁椒花颂　醴酒延龄柏叶樽"。横批："万里春光溥"。

在北京，"文革"时候起，大家都不再贴春联，那被说成是"四旧"，改革开放以来，贴春联的人家越来越多，内容却都是"一帆风顺财源广　万事如意家业兴　横批：五福临门"，"门迎四季平安福　家进八方鸿运财　横批：恭喜发财"之类——因为中国人的信仰只剩下"钱"了。在台湾碰到了这样文采好，书法也好的对联，我还真是眼前一亮。彭明伟告诉我，因为快过年了，那是朋友黄其伟送来的对联。

过年之后，彭明伟看到我把对联小心地揭下来，准备带回北京，就说："我请其伟给您重新写一副就好了。"

很快通过彭明伟我们就认识了黄其伟，瘦瘦的高个子，穿着朴素，不善言辞，谈吐实在，我觉得和他说话很容易，没有距离感。

慢慢地了解到,他学历不高却很有天分,他钟情于书画,高中时代就得到过绘画奖,擅长于油画、水彩画,书法也是别具一格,公认的可以写书的封面,施淑的学生们给七十五岁的施淑先生祝寿的时候出书《前卫的理想主义者》,这本书封面的书名就是黄其伟的字。

2014年8月,我们俩又一次到台湾,洪子诚受聘于台湾的"清华大学"中国文学系,因为和黄其伟已经是老朋友,他还特意跑到新竹来看我们俩,我向他求扇面,向他求字求画,他很高兴地答应了,我就急忙给他寄去了空白扇面。后来,我在台湾的亚东医院做手术(置换二尖瓣心脏瓣膜),他还两次跑到医院看望我,我很感动。

2015年年初,我们俩临行之前,朋友们为我们俩饯行,黄其伟坐大巴到新竹,给我带去写好画好的两个扇面和两副对联,我很高兴。

打开扇面,看到他的书法和绘画都很用心,白扇面上写的是王维的诗《晚春严少尹与诸公见过》:

松菊荒三径,图书共五车。烹葵邀上客,看竹到贫家。
鹊乳先春草,莺啼过落花。自怜黄发暮,一倍惜年华。

题款:"录摩诘诗 癸巳年初夏 其伟"。(下钤朱文姓名章:其伟)

洒金扇面上的水墨画,画着山坡树木,山下系着一只木舟,左边是苏轼的《书李世南所画秋景》:

野水参差落涨痕,疏林欹倒出霜根。
扁舟一棹归何处,家在江南黄叶村。

题款:"东坡诗 其伟"。(下钤白文姓名章:黄其伟印)

黄其伟是把苏东坡的诗意形之于画?亦或许是对于"李世南所画秋景"画意的揣摩和臆想?斯二者盖皆有之?两副对联写的是:

玉盘献岁椒花颂，醴酒延龄柏叶樽。（横批：春暖岁华浓）
窗涵暖日琴书静，庭散春风草木柔。（横批：翰墨伴清闲）

在中国农业社会古老的传统中，十二个节令与农业生产息息相关，因而也是生活中的节日。后来，月令渐渐与习俗、对联结合，以当令花事或当月习俗为内容，成为一种特殊的月令对联。

北京诚轩拍卖有限公司2008年秋季拍卖会拍卖的溥儒（心畬）1942年以恭楷书写的十二月令对联，对仗工整而意境清丽，引经据典而若不经意，是为楹联中的珍品。

我第一次看到的黄其伟书所写的对联，就是溥儒的十二月令对联中的第一副，只是溥儒原文是："玉盘献岁椒花颂　醴酒延龄柏叶尊"。没有横批。而且不知道黄其伟改"尊"为"樽"有何用意？

黄其伟送给我的第二副对联："窗涵暖日琴书静　庭散春风草木柔"，查不到语出何处。横批"翰墨伴清闲"，网上倒是有出处，语出宋王铚《秋日》诗。这首诗在选本上不多见，是一首少见的杂体诗，全诗七句："半落庭前叶，始知秋意新。风严柳疏细，霜薄水清匀。句里存佳景，诗成题未有，翰墨伴清闲。"最末两句的悠闲与清雅，它似乎能够把人带入一种空灵和悠然的境界。

我们且不理会这副对联的出处，如果说"翰墨伴清闲"是黄其伟的追求，或者是他的生活状态，那还是有点道理的。

2015年的深秋，台湾师范大学的胡衍南老师，为了我能够在置换瓣膜心脏手术时满一年的时候到亚东医院回诊，邀请我们俩参加他企划的一个学术会议，在台湾停留的两周中，我又见到了黄其伟，临行时。他送我一张竖的条幅，上面写着：

结屋深山里，择仁自得邻，风来尘不到，秋老树犹春。

落款:"书仪老师雅正 其伟"。(下钤白文姓名章:黄其伟印。朱文落款章:翼诒楼)

黄其伟说:"条幅的诗出自刘延涛先生,他是于右任的秘书,也是书画家,能写一手右老的标准草书,却带点帖派的笔意,不同于右老的霸气雄强。落款章是秀慧侄儿徐圣勋所刻,阳文'翼诒楼'出自我父亲在梅县茶山老家的名号,现为梅州重点保护客家村落。"

在我认识的台湾人中间,他是一个很有个性的人,生活理念很特别,他没有几乎是所有"正常人"都在追求的"正式的职业",只是和朋友合作,在画室以教授绘画的束脩维持生活。他对于物质生活的要求很简单,而精神上的追求却极高,他和彰化师大的徐秀慧先生、"交通大学"社文所的彭明伟先生都是好朋友。因为我喜欢他的字,我们熟悉起来就很容易,到台北的时候,我去过他的家,写字台、沙发、凳子……陈设简单而实用,他找出自己写的字摊在地面上给我看,讲解书法给我听,我半懂不懂地连连点头。

彭明伟说他是"今之古人",熟悉他的台湾朋友们说他是"老文青",虽然观察各有侧面,也都并非虚言。朋友们观察说是:他也有资格可以办画展、书法展,提高自己的知名度,可是他不愿意也不屑于那样做,他的内心为自己的才能自负,也为没有受到应有的栽培和赏识而感慨。我问彭明伟"今之古人"是什么意思?他说是:

说到其伟是"今之古人",也是半开玩笑的,说他在进入网络时代还不用计算机,不用智能型手机,平时与他联系还是得打电话,好处是可听到彼此的声音,想见电话两端的笑容。您提到那些古人的风范,其伟都有,他真是安贫乐道,有五柳先生遗风。安贫是确实的,他大可努力开课、积极卖画,换点银两改善生活,但他不。至于乐道,还说不清他信什么道,他景仰好多文人画家,常听他谈起溥心畬、于右任，生活最大的享受大概是看看画展，偶尔和朋友小酌聊天。以前他常到大陆自助旅行，这些年他尊翁日渐年老多病，他得分担照顾的责任。

而黄其伟自己来信给我的解释说是：

  童年在农村乡野的生活经验对我影响极大。至今不惯城里的拥挤喧嚣，也不善酬对，不耐流俗。或者世人看我亦极不合时宜。

  美感的养成，也多来自大地山川四季晨昏变化的熏习。儿时常与玩伴涉小溪越丘陵至金山海隅，盘踞危岩直面大海，耽溺万顷汪洋多变的姿态及永不重复的拍岸涛声。至暮色低垂隐约听见母亲呼寻，才仓皇惊起往回家路上且跑且走，终不免一顿好打，可我还是乐此不疲。

  我的父亲与母亲是颇为奇特的组合。四九年内战方殷，父亲从任职的空军总司令部，奉派来台湾处理要公，旋即解甲转任公职。母亲长于宜兰滨海的农村，因家中食指浩繁（据母亲说十一位兄姐弟妹，她排行第九）所以她和最小的妹妹就过继给邻村的亲戚当养女。一个没落世家子弟避难台岛如何结缘不识几个大字的农妇，至今仍无标准答案。因两造说法兜不拢，每年一变。概括几套说词，大约是滞留台岛的族叔介绍认识。父亲被母亲同化了，能操一口流利北部腔调"台语"，这也对他日后的公职服务起了正面的帮助。（六、七零年代多数人仍不谙普通话，通行的是"台语"）

  父亲微薄的薪俸要养一家，常显困窘。母亲虽辛苦持家，但不善理财入不敷出时有借贷。六口人蜗居十余坪的宿舍，家徒四壁，但有一壁图书和两柜藏书，那是嗜读的父亲来台后积累的珍宝。酷爱京剧的他也写一手好字。惯看他据案摊纸悬腕写公告，或应村人之请写喜幛、帖子等。年关来索春联者更是户限为穿。也将书法的种子悄悄埋进我的灵府。一壁闲书就算我最捧场了，他也不搭理，放任我随取随看，不明白的才提点一翻。大概从父亲身上看到了传统文人的一种典型，手不释卷，能写一手好字，下笔万言。但落难公子耿介不善攀缘，五十余岁才被拔擢至台北市政府国宅处任专员，六十五岁自综计股长退休。满腹经纶却不得志的文人。生活极简约，但精神矍铄文化活动极富饶多样。

书画于我是从小养成的嗜好，并无雄图壮志，只是由嗜好而成癖，渐入堂奥益觉其深邃难测。自知驽钝，而创造是非有极高天分才情者莫办。石涛上人云"书与画天生自有职掌之人"。在艺专几年益觉技巧可学而创作却不能学也无法学，学之则无异复制自甘代工也。艺术一行如修行之道，端看自己下了多少功夫，长路漫漫，个中甘苦只能独享。若欲藉此大发利市则已沦为末流了。张大千云"钱是雅根"极是！但若无雅志高情，徒然附庸风雅，何异丑妇严妆。

信中的"食指"旧指人口，"要公"旧指紧要的公事，"钱是雅根"，张大千说是：有眼、有胆、有钱三者俱备才能当收藏家，没有根人就雅不起来。

看到他的信，可以明白黄其伟的家世和他的文人性格形成的大概轨迹。他的学养、爱好与看重金钱的社会不能相融合，他选择了前者，能够在台湾这样成长和生活，可以不必随波逐流，我觉得其实也很好。

在这个世界上，真的这样对待金钱和名利的人并不多，我很钦佩也很羡慕他。

十　金门杂家吴鼎仁

2013年7月，洪子诚在"交通大学"社文所客座的时候，应我们的要求，宋玉雯和陈筱茵带着我们俩去了一趟金门，我们都想看看那个在1958至1979年间，中国人民政治生活中的话题和大事里的金门——那个地域归属于台湾，距离厦门却只有1.5海里，可以"炮击"到的金门，那个网上说"首次炮战持续了85分钟，解放军发射炮弹3万余发"的金门……

恰好刘登翰也在金门，为的是给他的台湾朋友、画家李锡奇写传，那李锡奇好生了得，是台湾著名的抽象派画家（他画的巨型画幅以几何图形组合而成，绘图材质经常是油漆之类，完全看不懂是什么意思），而且，他不仅在台湾首屈一指，更名扬海内外。记得我和洪子诚2006年去闽南参加刘登翰邀请的会议，会后参观三明泰宁县世界地质公园丹霞地貌的时候，台湾的诗人洛夫及其太太、画家李锡奇和他的太太（诗人古月）也受到邀请，他们和刘登翰已经是老朋友，和我们就只能是初次见面的点头之交了，古月先生客气而且随和，洛夫太太凡人不理、自我高贵的样子就显得很奇怪，给我留下了很深的印象。

到金门的第一天晚饭，就是李锡奇请客，为了见到刘登翰，我们俩和玉雯、筱茵就要去参加，到达饭店时，一个大圆桌已经坐满了人，李锡奇正在点菜，好在大家互不相识，洪子诚就和刘登翰坐在一起叙旧。一会儿，我身边的空座上突然跑来一个人，花白胡须，一副不修边幅艺术家的样子，手提着一摞书，分发给大家，我也得到了一本，书名是《醉里挑灯》，作者叫作吴鼎仁——我请他签名，他很高兴地和我闲聊起来。

翻翻书目：绘画、见闻、游记……杂七杂八。记忆很深的是：这是他的第18本书，前面的17本书的封面都一一罗列着，有一本书名为《吴鼎仁金石篆刻集》（1998年版）引起了我的注意，我问他：可不可以把《吴鼎仁金石篆刻集》送我一本，他说："不知道还有没有，需得回家找一找，如果有一定奉送。"

因为原本也是金门人的李锡奇已经住在台北，金门就是吴鼎仁的地盘了，隔了一天，很可能是吴鼎仁要略尽地主之谊，就领着李锡奇、刘登翰和我们一行去他熟悉的小店吃蚵仔煎、炒蛤蜊、鱼丸汤、牛肉丸汤和空心菜……店面虽小，可是实惠而且味美，我们都饱餐一顿，之后就到了吴鼎仁的家喝十几年前的普洱茶，我当然照样是乱喝一通之后连连称好。

吴鼎仁屋子里外到处都是字画和各种收藏品：五彩木雕门扇、竹刻对联、硬木太师椅、木榻、古琴、紫砂壶、功夫茶具、各种风狮爷……这是个兴趣多样、多才多艺的人。

吴鼎仁果然记得送给我一本《吴鼎仁金石篆刻集》，扉页上写着："么教授书仪女士教之"，下署："吴鼎仁2013年7月3日于金门"。我很高兴地翻看这本书。

书中的作者介绍说是：吴鼎仁字端彝，号鼎轩，别号肖龙生，生于1952年12月5日，毕业于台湾师范大学美术系，于金门金沙"国中"任职美术教师，潜身金门岛默默创作水墨书法达十八年，隶法私淑金门先贤书法家清西村、吕世宜及晴川洪作舟，自称"西村、晴川门下走狗"，在台湾以及厦门多次举办水墨书法和水墨画创作展览——这是一个被台湾自由的生活空间允许、鼓励的书法、绘画、篆刻兼善的艺术家。

回到旅馆方才仔细地欣赏：一百多页的书中，收录印存五百五十颗之谱，是先生大半生心力所系，朱文印居多，显示了治印人的欣赏和偏爱。

首先是从1975乙卯年开始，到1998戊寅年《吴鼎仁金石篆刻集》出版为止，二十四枚纪年印排列有序，之后是每年的治印由纪年印排列顺序。别人请刻的图章居多，自己的姓名章和闲章也不少，最好看的朱文印"吴鼎仁金石篆刻集"为封面，朱文闲章"裙拖六幅潇湘水鬓挽巫山一段云","江湖满地一渔翁"多笔划繁体字刻得笔笔到位,显示了刻印者的功力。二十四年刻印五百五十枚的金石专家,也真是值得出一本篆刻集了。

我喜欢吴鼎仁的篆刻风格,虽然我更喜欢白文印。对于我来说,《吴鼎仁金石篆刻集》和沙孟海的《兰沙馆印式》(上海书画出版社,1983年)、顿立夫的《顿立夫治印》(荣宝斋,1985年)、《西泠四家印谱》(西泠印社,1998年)都是我的所爱。它们都比1997年版的《印典精华》好看。

2014年下半年,洪子诚到台湾"清华大学"客座半年,我带去了北京荣宝斋的三个洒金扇面,准备向吴鼎仁先生求扇面,长途电话中,吴鼎仁先生慨然应允,我就把扇面寄过去了,不久,三个扇面寄来了,都是一面绘画,一面书法、印章齐全。一封短信写着:"么女士:迁延多日才把扇面完成,画得不好请见谅!吴鼎仁 2014,11,2。"

三幅画一为"荷香":水墨荷花荷叶,绿色水草,红色花蕊;一为"有余":两条大鱼一黑一红,四条小鱼由墨色深浅似有远近之分;一为"虾族":五条虾游玩戏水,墨色深浅形态各异。

题款分别是:"甲午之秋 金门吴鼎仁画;岁甲午之秋 金门吴鼎仁;甲午之秋学虾不成鼎轩"。姓名章:"鼎轩"。引首章和压角章有:"延陵衍派""浯江""唯吾知足""壮游神州""端彝""吴浯""江湖满地一渔翁"。

三幅扇面题诗,"荷香"背面是行书:

空山新雨后,天气晚来秋。明月松间照,清泉石上流。
竹喧归浣女,莲动下渔舟。随意春芳歇,王孙自可留。

千里黄云白日曛,北风吹雁雪纷纷。
莫愁前路无知己,天下谁人不识君。

下马饮君酒,问君何所之?君言不得意,归卧南山陲。
但去莫复问,白云无尽时。

题款:"王维诗三首　甲午秋金门吴鼎仁"。

此三首诗中,第一和第三首是王维诗《山居秋暝》和《送别》,第二首是高适所作诗《别董大》,盖吴先生记忆有误。"有余"背面是篆书:

图画天地　品类群生　杂物奇怪　山神海灵　写载其状　托之丹青　千变万化

题款:"王文考赋画　甲午之秋金门吴鼎仁篆"。

文出东汉辞赋家王延寿(字文考)所作《鲁灵光殿赋》中四字句中的七句二十八个字。"虾族"背面是隶书:

曳杖来追柳外凉,画桥南畔倚胡床。
月明船笛参差起,风定池莲自在香。

题款:"放翁诗　甲午秋　金门吴鼎仁隶"。

三幅字的姓名章为:"吴鼎仁　鼎轩"。引首章和压角章有:"唯吾知足""鼎鼎""浯江""吉羊"。

与扇面一同寄来的还有一张彩笺,竹纸上面是一尊观音坐像,朱笔写着:"观自在菩萨和唵嘛呢叭咪吽"。款识为"岁次甲子之秋浯岛佳气有佛　吴鼎仁"。闲章"勤习戒定慧,息灭贪嗔痴"。台湾人中不少人从小逢年过节跟着父母家人一起,到寺庙拜拜已经成为生活的一部分,慢慢地就变成了一种约束思想和行为的力量,也可以叫作"信仰",看来吴鼎仁也不例外。

闲章"延陵衍派"和"闽浯江吴鼎仁"应该都是吴鼎仁对于自己宗

族的追溯：吴姓的起源悠久古老，本姓姬，是由黄帝族系繁荣发展后分衍而成的支裔。周太王子泰伯封于吴，子孙则以国为姓，延陵是后世吴王季子季扎的封地，季扎以贤王被称许，那么，以"延陵衍派"而荣的吴鼎仁，当是黄帝、季扎的族裔了。

福建是吴姓较集中的地区，也是历史上吴姓较早到达的省份。吴姓入闽渠道很多，闽北一带有延陵衍派，而闽南地区大都为"延陵传芳"，自明清以来，闽南吴氏族人以开拓精神，远播海外……闽南漳州漳浦县旧镇浯江村或许是吴鼎仁的祖籍？亦未可知。

十一　新加坡陈英才

应该是十几年前，洪子诚的同事赵祖谟忽然来电话，说是他认识一个新加坡养猪出身的华人叫作陈英才，陈英才是早年的新加坡华侨，一生中勤奋努力，如今已是家财万贯。这陈英才自己没有上过大学，却喜欢乱读书，买到了我的书《元代文人心态》，读完之后非常崇拜，想要直接和我通话，可不可以把电话号码给他？我犹豫了一下，觉得也没有什么不可以，就答应了。想不到的是，他的电话来得很勤，电话聊天也很长，聊读后感、聊养猪、聊他的勤奋努力、聊他的公司、他的老妻、他的孩子、他的朋友、聊我在做什么，好像是聊得也很投合……知道了我喜欢邮票，他就寄给我很多新加坡、马来西亚新出的邮票、首日封，我们之间慢慢地就变成了电话朋友。

2005年，当他知道了我已经去荷兰出差一个月，为了研究"高罗佩对于中国文化的接受方式"，回到北京的时候，就一定要送给我一本他的藏书——高罗佩著《狄仁杰奇案》（南洋印刷社有限公司，一九五三年十一月版），我推辞不掉，不久就收到了挂号寄过来的书：书的封面上有行书写着"狄仁杰奇案"，陈英才在内封反面自注着：

书名"狄仁杰奇案"题字潘受：虚之先生，南洋大学第一任秘书，后因南洋大学学潮被禁出国达二十年，潘公乃新加坡国宝级之书法家，著有《海外芦诗》等。

英才　2005年交记

我第一次见到新加坡版的华文书，因为这本书已经有半个世纪的书龄，封面的破损处陈英才做了修补，还包了透明纸的书皮，蓝色封皮上有白色花纹，黑色的书名写在红色的字框中，封二、封三有作者高罗佩博士的黑白照片和作者原稿手迹。之后是签署着"一九五三年十一月十一日冯列山写于新加坡"的"案头语"和"一九五三年十月五日黄应荣序于新加坡"的"黄序"

为《狄仁杰奇案》题写书名和写序的潘受、冯列山、黄应荣都是当时的知识界高层：

潘受，原名潘国渠，福建南安人，生于1911年1月26日。1930年十九岁南渡新加坡，初任《叻报》编辑，1934年起执教于中学。1955年南洋大学校长林语堂离校，受委出任大学秘书长。潘受精研书法，于楷书、行书有很深的造诣。

冯列山，1907年生于福建福安，1935年在慕尼黑大学获新闻学博士学位。1947年进入《南洋商报》，任职主笔、总编辑直至1972年退休。

黄应荣，原籍广东梅州。1905年出生于新加坡。于美国乔治·华盛顿大学获法理学博士学位。1949年回新加坡，1955年，南洋大学成立后，历任经政系教授兼系主任、副校长，兼代理校长职务直至1969年退休。

这《狄仁杰奇案》作者荷兰人高罗佩（1910—1967）也是一个奇才，他是荷兰的汉学家、东方学家、外交家、翻译家、小说家。作为荷兰职业外交官，他通晓15种语言，曾派驻泗水、巴达维亚、东京、重庆、华盛顿、新德里、贝鲁特、大马士革、吉隆坡等地，职务从秘书、参事、公使到大使。流芳后世的应该还是他的业余汉学家的成就，因为荷兰人对中国的了解，应归功于他对中国文化的传播——他对于侦探小说《狄公案》的翻译和创作都成功地造成了"中国的福尔摩斯"，并被译成多种外文出版，他的《中国古代房内考》（李零、郭晓惠等译，上海人民出版社，1990年）都在中国与世界文化交流史上留下重重的一笔。

2015年，七十高龄的陈英才把他的事业很不情愿地交给了儿子们，不得不开始了"含饴弄孙"的生活，他在电话中喋喋不休地告诉我他的苦闷、他的不习惯、他的没着没落，他觉得自己已经没有用了……我对他说："你一定要自己过去这个坎儿，自己找到喜欢做的事情……"下一次电话中，他说他在画画、写字，我赶紧向他求扇面，他很高兴，似乎是找到了一件可以打发时间的事情做一做。

不久，陈英才的信件和两个扇子寄到我家。信中写道：

> 書儀先生：金安。昨日把二面折扇去找刻匠刻上贰拾捌字，再抹上金粉，回家再涂上桐子油。今早带着忐忑之心情，再度打开二扇面，直令在下心惊胆跳神不宁，凭这种粗糙之垃圾，竟敢寄上与書儀先生，厚颜厚颜。
>
>   猪郎谨上（下钤朱文方印）

他的朱文方形印章很奇特，上半是一个猪头，下半是"英才"二字，这枚独特的"猪英才"印应该是以志不忘出身根本，和自称"猪郎"是一样的意思。就像他从不讳言自己是"养猪的出身""没有学历"一样——这是陈英才独特的坦率和可爱之处。

一个扇面画着兰花,题字:"幽韵冷香",钤印:"猪英才"。

背面题诗:

悬崖峭壁缺土砂,幽兰贞洁择为家。
武帝御题大风辞,叶有秀兮传天下。

题款:"書儀先生审哂　星洲饲猪郎英才戏笔",压角章:"陈英才印"。

扇骨刻字:"兰有秀兮菊有芳,怀佳人兮不能忘"。

第二个扇面画着梅花,钤印:"猪英才"。

背面题诗:

南国无雪又无春,至今未睹幽素容。
暮倾瘫仙凭画笔,假借诗书传香风。

题款:"書儀先生逼纳　市耕猪农英才厚颜陋笔",压角章:"陈英才印"。

扇骨刻字:"梅珠染墨捷笔香　暖风徐拂点清香"。

陈英才 1939 年在抗战中出生,祖籍梅州大埔,小时候家中无田,父亲远在新加坡,他和哥哥跟着母亲在山沟里种菜换米吃,白薯、地瓜、树根、树叶、米糠掺杂着果腹已经是寻常之事。

九岁时到新加坡父亲那里,进入免费学校读小学,十一岁自己报名到新加坡天主教会的"公教中学"读小学五年级,1959 年高中毕业。

之后到了澳洲,在澳洲曾到"英联邦研究院"当学徒。1967 年毕业之后回到新加坡,在林天骥的实验室当学徒。1972 年,和一批有实力的显贵建立了"新农发有限公司"。

林天骥是用庚子赔款赴美读书的三十六个中国人之一,矿物学博士。学成之后回到中国,1954 年从上海赴新加坡创业,改行专攻畜牧业，以他为首的"新农发有限公司"成为新加坡的支柱产业，林天骥也被李光耀总理誉为"畜牧业饲料之父"。

在这个跨国公司里，陈英才的潜质和勤奋得到了开发和发展，他努力钻研和实施"猪房建设"和猪的粪便"污化处理"成沼气的工作，1972年他的勤奋和努力得到了回报——他成为"新农发有限公司"的股东。

他不断地研究探讨热带畜牧业养猪的各种科学方法：从猪房的温度、湿度、饲料配比……到前往当时养猪先进的国家（美国、英国、丹麦、比利时）购买选配种猪进行试验，创建了"新马畜牧业种猪场"，出售雌雄种猪，行销国内外……

后来，发展到"星岛畜牧业私人有限公司"有一万二千头猪存栏，在六七个股东之中，他是掌舵人。

他引以为豪的有两件事，那也是他的事业发展的顶峰。

一是：1990年，印度尼西亚加里曼丹的坤甸邀请他到一个投资两千五百万美元的养猪场做总顾问，全权负责策划养猪场的建设和污化处理，助手是一个德国的污化处理专家。

二是：四五年前，中国的农业部长邀请他在吉林省永吉县全权负责建立一个三十万头猪的养猪场，经过了几年的努力，养猪场现在已经开始启动——他全力以赴地把养猪的先进技术带到了自己的父母之邦。

陈英才自称"猪郎"，每次给我写信，落款之后所钤的印章都是一个猪头，可见他对于自己选择的事业的热爱。

他的名片上的头衔有：新农发展有限公司、星岛畜牧业私人有限公司、亚西安油粮畜牧组主席、新加坡中华总商会畜牧组主席、百利投资控股私人有限公司。

他用一生的勤勉和努力，在新加坡打出了自己的一片天地。

求扇面的故事是我和师友之间的情感交流，每一个故事都在我的心里留下了美好的记忆。

日本的中国古代戏曲专家传田章

我第一次知道传田章的名字是在1983年。当时，我正参加中国社会科学院文研所主持的多卷本《中国文学通史·元代卷》的撰写工作，分工负责"王实甫"等章节。偶然看到1970年8月由东京大学东洋文化研究所编辑的刊物《东洋学文献丛刊》第11辑刊出的《明刊元杂剧西厢记目录》，作者便是传田章。

因为"王实甫"一章涉及关于《西厢记》在明代的刊刻、流传，所以我对于《明刊元杂剧西厢记目录》所提供的资料非常感兴趣。这《目录》根据各种明版《西厢记》的序、跋、牌记、版式、校注、题评、释语以及其他书籍的著录，将明代刊刻的《西厢记》66种（包括已佚的和今存的），以刊刻年代先后为序加以排列，使《西厢记》的明代版本一目了然。

在我看来，这《目录》的主要成就有三。一是收集较全，作者把明刊《西厢记》的各种题评本、校注本、白文本尽力网罗在内，比起当时北京图书馆正在编辑的《全国善本总目》中所收《西厢记》版本来，虽然尚有遗漏，但却补入了日本馆藏的金陵少山堂刻本等，也可以算是以长补短了。二是排列较妥，《目录》力图按传本刊刻的先后排列，对传本没有刊刻年代记录的，也尽可能做出查考、比对，以确定刊刻

东京大学的传田章教授；50年代初进入"中国学"的一代日本学人之一。

的大致时期。有的本子出现诸如序年并非刊刻之年，内封缺少书牌木记，以及缺少有关的查考资料等复杂情况，都给确定刊刻年代造成了一定的困难。但是，即使从今天中国专家研究的成果来看，传田章在1970年排就的这份目录大体上仍是较为妥当的，因而证实了它的科学性。三是著录资料丰富，这份《目录》除了备有书名、版本、卷数、刊刻年代、刻家和藏家之外，还著录有编者所由断定版本各项特征的根据以备查考，增加了这个《目录》作为研究资料的价值。

在学术研究中，版本、目录、校勘等均属于乾嘉以来的"朴学"一派，这一学派在中国学术界和日本汉学界，都有深厚的基础和传统。近年在中国的古典文学研究界，研究者更多瞩目于文学的总体、宏观考察，并且通过引进、吸收各种理论和方法，开拓新的视野。但是，这并不能说明对版本、目录、考证、校勘、史料搜求与整理的工作已经过时，实际上，它仍是一切研究的基础。版本、目录和校勘工作，不仅给研究者提供全面的版本状况，通过比勘以确定不同版本的特色和优劣，为进一步的研究确立良好的起点，而且，又为研究"文本"传播过程中产生的变异所反映的不同时期的社会心理、审美特征、文学批评风尚，提供了宝贵的材料。对于中国戏曲作品来说，不同版本之间的变化，有时与戏曲演出的发展变异有关，也为研究中国戏曲形态的发展提供了不可或缺的材料。

应该说，这个题目对于传田章来说，具有相当的难度。首先是，当时即使在中国，对明刊《西厢记》也还未有人作过系统的清理和介绍，在某种程度上可以说，传田先生的《明刊元杂剧西厢记目录》是开山之作。其次，《西厢记》的各种版本多数散藏于中国国内，虽然日本的内阁文库、宫内厅书陵部、无穷会图书馆、天理图书馆、京都大学文学部等收藏了诸多善本，但毕竟不易求全。第三，传田章先生其时尚未有机会来中国进行搜求，可资查考的资料自然也就受到限制。更何况，以日本学者的身份研究中国古典文学，终究是隔了一层呢。

传田章先生在研究的着眼点与方法上的具体和细密令人钦佩，因为把几十个本子放在一起进行有时候是不可避免的逐字逐句的斟酌、比勘，从中找出细微的区别，并由此探究、发现其中的规律，并不是一件容易的事。在这一漫长的研究过程中必然伴随着的寂寞与枯燥，并非是每一个人都愿意承受且能承受得住的。也不是每一个人都经得住这种大海捞针式的、常常可能是所得甚微或者有时候竟毫无所得的劳动所带来的失望。这一本《明刊元杂剧西厢记目录》记录了作者传田章的令人尊敬的执着，给我留下了深刻的印象。

1992年2月，当我走出成田机场的候机楼时，前来接我的，一位是东京大学教养学部中文科的助手（砂山幸雄），另一位就是传田章。当他用日本人标准合度的鞠躬姿势和我打招呼时，我很意外地发现，他的身高至少有一米八，比普通的日本人要高出多半个头，他有着宽宽的额头，瘦瘦的身材和一副清癯的面孔。他当时正是中国语研究室的主任。

因为我和他是研究中国戏曲的同行，彼此的共同语言就多些，聊天的内容有时候是中国文学，有时候是日本的风俗人情。接触得多了，我才发现，传田先生其实和一般刻板的日本人不太一样，他有很随和的一面，有时做事和考虑问题，还很有人情味。

因为1992年东京大学教养学部报名修习中国语为第二外语的学生很多，所以从4月份开始，我就受聘在东大中文科教授中国语了。一个学期下来，传田先生从来没有过问我的教学，但我也知道，其实他很了解情况。

到了期末考试之前，传田先生找到我，对我说："考试题不用出得太难，分数判出来以后，先给我看看。"因为在考试之前，教务处发给每一位老师一份表格，填写考生的分数，然后由任课老师直接交到教务处。传田先生说他要先看看分数，那当然就是等他看完了再填表格的意思了。

和中国一样，大多数日本学生对第二外语都是马马虎虎，一个班四十多人，竟出了十几个不及格。我把分数单交给了传田先生，第二天，他拿了一份他改过的分数单给我看，全体学生的分数都增加了一小段，除了九十多分的没有加分之外，八十多分的每人加二三分，七十多分的每人加四五分，六十多分的加六七分，五十多分和四十多分的就每人加十几分，这样一来，不及格的就只剩下三四个人了。

看到分数越少的人加分越多，越不用功，越占便宜，我很惊愕。传田先生说："日本学生一般修第二外语都只是为了学分，所以不用太严格，个别学生将来想学中国语的，你不管他，他也会努力。这十几个不及格的人，以后没有机会再补考，他们的学分就不够了。"看到我由惊愕逐渐变为温和，他又说："日本学生从小学上到中学、大学，竞争都很激烈，大学是他们最后的自由的日子，将来他们工作了，就更累了，要一直累到退休为止。"说这些话的时候，他一直看着我的眼睛，很认真，也很动感情。的确，日本的学生，一旦离开大学校门，就得拼命地工作，为了保住职位，为了有所成就，为了不断地升职加薪，他们每天都得抖擞精神。报纸上刊登的因疲劳而致死的公司职员的事例越来越多，读来也是挺触目惊心的。这时候，我已经点头同意了他的改分做法。

第二个学期我就不用他指点了，当我把一张只有两三个人不及格的分数单交到他手里时，他嘴里说："不用看了。"还是把单子溜了一遍，然后点点头，眼睛里含着笑意。

一般日本大学的教师，都有一个第二职业，多半是在另一所大学里兼职，传田先生的第二职业是在NHK的"放送大学"教授中国语。这"放送大学"等于中国的"广播大学"，面向全日本，从教材编写、讲授到辅导、考试，都由传田先生一个人包了。

东京大学是国立大学，那里的教授叫"教官"，退休叫"退官"，退官的年龄是60岁，所有的教官都毫无例外。"退官"时，学校会为他举行一个退官仪式，并请他在仪式上作一个自己业务领域的、很专

与传田章教授在NHK录制汉语教学课程。

业的报告，之后印制一本很庄重的纪念册。东大的教员退休之后，一般总会再接受私立大学或者什么别的单位的聘任，再去干那么十几年。传田先生说，等他从东大退休了，就会得到"放送大学"的正式聘任，成为"放送大学"的教授，而当时，他还是那里的"客座教授"。

"放送大学"的教材四年一变，1992年5月传田先生的新教材刚刚印好，他请我为他做新教材的发音示范。这样，有三四个月，每星期都有一天，我要很早就从住处出发，跟着他坐上将近两个小时的电铁，到遥远的千叶县的日本"放送大学"去录音。

这NHK广播电台的中国语教学，每节课是45分钟，传田先生主讲，我朗读。一进录音室，大家当然就只能靠眼睛和手势来协调动作了，45分钟的一节课，很少有一次录音成功的时候。传田先生没有详细的讲稿，每当临时发挥出现错误时，他都会拍一下硕大的脑门，先自己懊恼一番，然后站起身走到录音室外，向负责录音的机务人员道歉，那两个机务人员一边说着"没关系"之类的话，并做出毫不在意的样子，一边把录错的带子倒回去，把设备调整妥当。有时候，他接连出现错误，造成屡屡停机，他不好意思了，也会两手据案，俯身到话筒前，把头伸过来，悄悄地跟我说："我今天真是糟糕透了，可能是因为昨天晚上没有睡好，真糟糕。"然后再跳起身来，跑出去作例行的道歉。

记得他的教材的开始是这样的对话：

小胖：妈！

妈妈：小胖！来，吃肉包！

他在东大教养学部教中国语时，也是以"肉包"为中国语教学的开始，所以凡是上过传田先生课程的，"肉包"二字都说得挺溜。年末在东大教养学部的学生节上，我们看到几个办模拟店的学生在路边支起了一个小摊位在卖炒面条，这小店的店名就叫"肉包屋"。这几个把

"肉包"当了店名的孩子一定是传田先生的弟子了。

传田先生说他喜欢旅游,两年中,他带我们去过一趟京都、奈良,一趟九州。按照东京大学的规定,外国人教师每年可以公费出去旅游一次,传田先生就要自己掏腰包了,当我们表示可以自己去玩,不麻烦他时,他摇摇大脑袋,然后说:"我喜欢旅游。"他除了征求我们想去哪儿的意见之外,具体的安排和设想,全不向我们通报,到了约定的日子,在约定的时间和地点,他一定会准时到达,然后我们就跟在他后面一溜小跑地开始了旅游。他安排得很细致,也很紧凑,住的旅馆和新干线车票是预订好的,上午去哪儿,下午去哪儿,中间使用什么交通工具,哪天中午在哪儿吃饭,他都事先有周密的计划。

1992年2月26日,他带领我们俩去西日本的京都一带旅游。上午10点,准时在东京站坐上了新干线,12点36分就到了京都。按照他的安排,我们在车站吃了点简餐,下午就到宇治市的黄檗山宝藏院(也叫贝叶书院)去看铁眼禅师主持刻的"一切大藏经"经版。这"一切大藏经"全是中文,共计有6956卷,包括了经文、律文和解说,其他还有天文、人文、医术、药学、人道等方面的内容,像是一部佛教的百科词典。

在楼上我们看了宋刻、元刻、明刻的《大唐西域记》,刊本保存得干净完好。我们第一次旅游的第一站,便是以中国文化与日本文化的衔接作为开始,想来,这是传田先生的用心安排。

当天下午,我们又在宇治参观了日本黄檗宗开山祖师——中国明末高僧、祖籍福建福清的隐元和尚的伽蓝万福寺,第三个观光点才是日本寺庙平等院。

27日,我们连跑带颠地参观了奈良的春日大社、东大寺、唐招提寺、药师寺和东、西塔,这些都是日本最有特色的古老神社和寺庙。28日便到了大阪,前往参观丰臣秀吉的城堡……

这三天中,传田先生很高兴,他换下了平时笔挺的西装领带,穿得随便、舒服，背着一个大背包，时不时地掏出一顶皱巴巴的帽子戴在头上，或者掏出当月的全国列车时刻表来查看。在电铁上，有时候和我们说得高兴时，他还会用两只手拉住车上的吊环把手，身子在车里荡来荡去，惹得旁边正襟危坐的日本人向他投过去诧异的目光，这种时候，我觉得他带着几分童心的样子真可爱。

传田先生常跟我说他是"乡下人"，因为他出生于长野县，他可能在某些方面确实一直自外于东京这个大都会。他说他是"糖果店的孩子"，因为他的父亲在乡下开一个糖果店，他一直到快60岁的时候，还有吃糖果和甜点的爱好，因此他们的中国语研究室，也就是教员的休息室的桌子上，常放着甜食，当然那甜食也是他吃得最多。

他凡事都喜欢做得尽善尽美，有一次我对他说，我想要一些在日本的主要刊物上发表的中国古典戏曲研究的论文，当时，我想写一本《日本研究中国戏曲十家》。他点点头说："正好！我有《东方学》《中国文学报》和《日本中国学会报》三种刊物的全部，我也正想把有用的复印下来，刊物就卖掉了。明年我退休，我的研究室也要交出去，家里也没有地方放这些刊物。"然后，他每天饭后就开始到复印室去复印了。那复印室有两架很大的复印机，我有课的时候，也会提早到校去帮他印，印得发黑的，或者字迹不清晰的，他都要重新印。断断续续有一个月，才算全印完了，他把那一大摞复印材料抱回了他的研究室。

过了几天，当他把装订好的资料交到我手上时，我吃了一惊——那是十几册大小切割得一样的书册，三种刊物装帧了三种不同颜色的封面，封面上贴了白色的签条，上面写着刊物的名称和这一册所包括的资料所属的期数，装潢得干净、考究。我原以为他会把复印的材料分成两份，把我的一份装在一只大口袋里给我的，我说："传田先生，你做事真细心哪！"他说："这是我的趣味！"我想，他说"趣味"二字又说得欠妥了，就像他平时该说"我真不好意思"的时候，总要说成"我很害羞"一样，他的汉语口语有时候不太行。

1993年9月份,他应北京大学中文系的邀请,要进行短期的讲学,他发愁地跟我说:"我作为一个日本人,到中国去讲《西厢记》研究,这总是不太好讲。"最后,他决定讲"日本的中国戏曲研究史",讲日本人对中国戏曲研究的历史。直到出发前的半个月,他才开始写讲稿,他写一段,我给他翻译一段,一直到他临近出发,这一万五千的讲稿才算完成,我们俩都弄得挺紧张,他不好意思地说:"真对不起,我总是到最后才着急。"

他的讲稿中讲了从大正时期开始对元曲进行研究的盐谷温,讲了构成战前元曲研究顶峰的京都学派和战后在中国戏曲研究中以尝试社会人类学研究而居于领先地位的田仲一成,只字没有提到他自己。

其实,日本学者对中国戏曲的版本、目录方面的研究是颇有传统的,传田先生对《西厢记》版本的研究,也逐渐形成了一个很有特点的系列,从1965年发表《万历版西厢记的系统和它的特征》到1993年到北大讲课,他已经在中国古典戏曲研究的领域耕耘了二十几个年头,逐渐把董西厢、王西厢、南西厢的各种版本,都理出了一个头绪。汲古书院为他出版的装帧精美的《明刊元杂剧西厢记目录》增订本后面,附有"清刊本简目""近人校注本简目""译本简目",为后来的研究者提供了不可忽略的、有益的借鉴。可一提他的研究,他就很认真地说那"不值一提",看他的神情,既不像谦虚,也不像是故作谦虚。

传田先生生于1933年,1957年他24岁时,在东京大学研究生院获中国语学文学硕士学位,1962年,在东京大学研究生院中国语学文学博士课程"修业"期满。他在东京大学任教期间,虽然大部分的研究成果都是元杂剧方面的论文,但他对中国语言方面的研究还有不解的情结,他在二十多年的教学中,建立了自己教授中国语的方法和体系,使用自己编写的教材,这"情结"也构成了他退官之后,进入"放送大学"专门教授汉语的重要原因。

东京大学文学部的平山久雄先生

在20世纪90年代初去日本之前,我就常常听到从日本回来的北京大学、社科院文研所和语言所的朋友们谈起东京大学文学部中国文学科(中文系)的平山先生,谈起他为人的宽和,待人的周到。我对他的认识,也是从"宽和"和"周到"开始的。

初次结识平山先生,是在1992年5月23日,那天,我跟着他到国立教育会馆,参加第37次"国际东方学者会议"的闭幕式,原因是我有书信要面交伊藤漱平先生。当时,伊藤先生已经从东京大学退休,到私立的二松学舍大学去做校长,平日他太忙,到他担当"会长"的东方学会会上去见他,当然是一个比较妥当的场合。这一安排是平山先生的主意,他是东方学会的理事,1990和1991年度《东方学》刊物的编辑委员和会议的"运营委员"(大概相当于中国的常务理事)。

到达会场时,伊藤先生已经在那里致辞,致辞之后便是自助餐和自由活动。平山先生把我介绍给伊藤先生,简短的交谈和合影之后,我的事情就办完了。新结识的来自复旦大学而当时在金泽大学教书的李庆,一边向我推荐日本的寿司卷、鲑鱼、烤牛肉,一边和我聊他在公派期满之后继续应聘的过程。

自助餐还在热烈地进行的时候，平山先生就和当时正在东京大学文学部应聘为"外国人教师"的北大中文系的倪其心先生一起来叫我，说是要带我们去看看银座——这个举世闻名的日本豪华商业区，并邀请正在和我聊天的李庆也同去。

出了教育会馆的大楼，转过两条街，又坐了一段出租车，就到了银座的路口。1992年的年初，当我离开中国时，北京还是"百货大楼"的时代，所以第一面见到银座时，它的雍容华贵和明亮：服装店漂亮的模特儿、珠宝店华贵的饰品、灯红酒绿的店铺，都使我至今记忆至深。街上的人倒不拥挤，远远比不上像"新宿"那样的带点平民化味道的购物天堂热闹。后来听说因为那里的东西太贵，一般人都只是到银座去观光。日本的名店，只要是在银座有"本店"，就会很有面子，那是一种身份、一种标志，至于在银座的本店会不会赚钱，倒还是其次的事情。

不一会儿，天上下起了蒙蒙细雨，平山先生迅速地，又似乎是不经意地把我们三个都看了一下，就把手里的雨伞递给了我，然后转过身，继续边走边与倪先生说话。平时在中国也有突然在街上碰到下雨的时候，大家身穿夹克衫什么的很随便的衣服，淋点雨也不算什么，但那天看看周围的日本人都撑起了伞，大街上只有我们一行四人中的三位男士西装笔挺地冒雨行进，突然感到不太对劲。心里暗暗嘀咕：平山先生自己带了伞也只能跟着淋雨，若是雨越下越大可怎么办呢？还没想出所以然，又转了两个弯子，平山先生就把我们带到了一家开在六层楼的"音乐餐厅"，店名叫"狮子"，说是进去吃点点心，听听唱歌。

我们被侍者带进去，安排在离装有钢琴的舞台最近的座位上，平山先生为大家要了意大利面条和炒米饭，还有啤酒。饭和酒刚刚上齐，台上的演出就开始了。

餐厅很大，舞台下有六七排饭桌，每排有十来张桌子，一张桌子

平山久雄先生（右）与倪其心、么书仪在银座街头。

可以坐四至六个人，那天，坐满了的大厅，足足有三百余人。先是四个年轻漂亮的女生和三个男生表演钢琴和提琴合奏，平山先生告诉我们：这些演员都是业余来打工的音乐学院的学生，他们每星期演出一两次，既练了琴，练了声，也挣了钱。之后，七个人时分时合，合唱、独唱、合奏、独奏，轮番出演。一律的西洋唱法，一律的西洋音乐，我能听得出的有《卡门》和《费加罗的婚礼》中的插曲。演员们的音质不错，表演得也很认真。其中有个高个子的男生，分别用汉语和日语独唱中国歌曲《在那遥远的地方》，李庆连忙上去和他攀谈，他说他是上海音乐学院毕业的学生，正在日本留学。大约四十分钟，一场演出便结束了。热烈的掌声之后，有人退场，不愿退场的，可以接着看下一轮的演出，节目是一样的。

从音乐餐厅出来，李庆脸上红彤彤的兴奋不已，因为那一天恰好是他的生日，他得到一位唱歌的小姐的祝贺和店里赠送的一杯啤酒。

平山先生说：这里是属于这类地方中比较高雅的一处，来这里消遣的人文化层次也高些，他每年会陪朋友光顾两三次。

这时候，雨已停了，分手的时候，我把雨伞还给了平山先生。平山先生把我们送到车站的入口，道别之后，便匆匆地消失在人群中。这一晚的活动安排使我们感到意外，却又显得自然，按照平山先生的说法，他只是"略尽地主之谊"。倪先生和李庆都为平山先生的周到所感动，但我却在事后的许久都感到不安：该不是因为我们都没带雨伞，又还不习惯像日本人那样，马上去商店买一把简易雨伞，为避免在雨中挺进的尴尬，平山先生才临时决定带我们去音乐餐厅避雨的吧！若果真是那样，让他破费许多，倒是真有点让人过意不去了。

两个月后，平山先生约我去他教课的一个在新宿的汉语学校，去为他的学生示范发音，他说，他要让他的学生听一听真正的中国人的标准发音。从新宿回来，我知道了平山先生的专业范围是中国语的音韵史、语法、词汇研究，也逐渐了解了他的渊博学识。

他的研究最初是以北京话为立脚点，从中古音韵研究入手，然后扩展开去，波及中国语的各种方言语系，如今已扩展到避讳研究和训诂学领域。

从1959年他还在东京大学文学部中国文学科修习博士课程的时候起，到1997年6月，他发表的论文已有七十余篇。作为一个语言学的外行，我很难确切地估价平山先生在中国语音韵学研究方面的成就和地位，但北京大学中文系音韵学专家唐作藩先生所说"平山先生的语言研究作风严谨，从80年代以来影响较大，在日本当代汉学界是首屈一指的"，我想应该是接近事实的，因为唐先生本人就是一位严谨的学者。

平山先生对中国的同行和语言学研究前辈，表现出深深的尊敬和感佩。1997年12月，日本东方书店刊行的《东方》杂志第200期纪念号中，载有日本当代的100位学者关于读书的短文，每位学者都写下了对自己认为最好的三本书的印象，平山先生写的第三本书，就是段玉裁的《说文解字注》，他说："这书的妙处是笔墨和言辞都无法穷尽的，只要读下去，你阅读过程中产生的疑问，就会得到解答，也许我的说法是一个奇怪的褒扬。我从这本书中得到的快感和喜悦，和阅读现代第一流的书籍时的感觉是相同的。"这段话对学通经史、精于音韵训诂的清代学者段玉裁充满了敬意。

1981年，中国语言学家王力先生曾到日本讲学，当时在东京大学任副教授的平山先生陪同接待，1986年，王力先生魂归道山之后，平山先生、王力先生与东京大学校长的合照也就成了珍贵的历史资料。1989年，平山先生应北京大学和中国社科院的邀请到北京、武汉、广东、南京、上海、深圳、天津等地访问，并在中国社会科学院语言研究所、北大中文系、中国社会科学院语言文字应用研究所、华中理工大学、广东省社科院、南京大学、复旦大学、华东师大进行演讲。

访问北大的时候，平山先生特意到王力先生家去探望王师母，并在王先生的遗像前深深鞠躬，以示敬意。当时音韵学家周祖谟先生还健在，平山先生还曾在周先生家用餐。到1996年3月从西安到北京，平山先生再次到北大，就只能探望周师母，悼念故去的周先生了，这都表现了平山先生崇敬先贤的作风。

1997年，他在为庆祝唐作藩教授七十寿辰学术论文集《语苑撷英》（1998年由北京语言文化大学出版社出版）所写的序文中说：

> 唐作藩先生是王力先生的高足，继承和发扬了王力先生的学风，其著作的特色是"深""博"和"中"，这是我所推服的。众所周知，为学常患失之于"偏"或"不及"或"过"，"中"则不易达到。我向来认为赵元任先生著作的一个特点就是中庸，其大过人处正在此，当然这是我这偏颇学人的一己之见。

在这里，平山先生由衷地对现代三位语言学家的研究特点，作了切中肯綮的描述，并对他们的成就表示叹服，这正是平山先生作为一个"学者"的品性。

平山先生和北大中文系语言专业的学者一样，也秉承了由王力先生发扬光大了的治学严谨和涉猎宽泛的传统。

"学识渊博"在人们的心里，似乎是个很缺少个性的短语，可以用在任何一个拥有一定地位和学术成就的学者身上。然而，"渊博"有深浅之分，真正能担当得起"渊博"二字的人并不多，平山先生应当就是这"不多"的人中的一位。

一个日本学者研究中国的方言，听起来是一件不可思议的事情，起码我是这样感觉的。平山先生对中国的方言，似乎有着特殊的敏感，他的学术论文涉及的方言有：北京方言、吴祖方言、客家桃源方言、闽南闽北祖方言、厦门话、山东西南方言、江淮方言、北方方言、河北方言、苏州方言、吴语、晋语……诸多方面，曾使我感到惊讶。直到后来我参加了一次平山先生对北京方言发音的调查，我才对他学问的根基和治学的勤奋有了一点感受。

1993年六七月间，平山先生约我到早稻田大学政治经济学部他的工作室作方言调查。他和东京外国语大学中国语学科的四年级学生（更科慎一）一起做这件事。更科慎一以北京话的儿化作为研究对象，正在准备他的毕业论文。平山先生主要是研究北京方言内的小方言之间在音韵体系上的差异。他早年一直跟着樱美林大学教授水世嫦女士学习会话，水先生生于东城区东总布胡同，直到大学毕业，都在东城区度过。我则居住在西城区，平山先生把水先生和我的发音与《普通话发音图谱》对北京方言的发音描写对比，对北京方言中的小方言进行细致的观察品味，寻找彼此的异同。他们不停地一边商议、一边记录我的发音部位、特征和音标，并询问听起来相近的发音之间在方式上的区别。他们在调查前有细致的调查提纲，所提的问题又常常极微妙，两个人的语感都很敏锐，在三次共计六小时的方言调查中，不断地对各种类型的发音提出质疑，作出判断……这真不是一件容易的工作。两年后，平山先生寄给我一本早稻田大学政治经济学部教养诸学研究会的刊物《教养诸学研究》第96号，上面的《北京方言的音声观察一例》，就是这次方言调查的结果。

后来，我又知道，1996年他到福州开会时，特地腾出一天的工夫，以一位从小生长在福州的梁女士作为调查对象，不失时机地对福建方言进行调研。我想，不会太久，他对闽方言又会有新的研究文章刊出。或许在平山先生看来，抓紧来中国的机会进行专业研究，比旅游观光更会给他带来乐趣。

把自己定位于"学者"的平山先生（先生的父亲就是中国人熟知的松村谦三先生）具有在我看来与中国传统道德一致的品性：对事业勤奋、严谨，为人宽和、周到，情感含而不露，对名利也很淡泊。唐作藩先生一直在遗憾，他曾经希望平山先生在中国出一本论文集，让中国的同行也了解一下日本的中国语言学研究者的研究方式和特点，但平山先生自己说，时机还不够成熟，他没有同意。他不愿这样做，自有他的理由，但在中国人看来，便常常很自然地理解成是他淡泊于名利了。

1993年3月，他年满60岁，到了国立的东京大学法定的退休年龄，他应聘到私立的早稻田大学做特任教授。在东京大学文学部中文科任职期间，他一直有行政职务在身，忙于与中国的学术交往事宜。花甲之后，或许是他想要做一点自己想做的事情了，他不再教专业课，而是进入政治经济学部去教基础汉语，腾出许多时间进行他的音韵研究，从1994年至今的短短四年间，他已有15篇文章问世这一事实看，我的推测或许并非全属虚妄。

平山先生对自己所从事的事业，并不怀疑它所具有的意义。在他选择中国语为自己专业的20世纪50年代初期，正当新中国刚刚建立，当时，日本学生中，作这种抉择的人并不是很多。平山先生对我说过：四十多年前他刚刚进入东京大学的时候，日本的大学生一般都选择德语或法语为第二外语，选择汉语为第二外语的，全校只有十五名，以汉语为专业的人就更少了；而如今，东京大学光是教养学部的 1996 年新生，修习中国语的人数就超过了一千名。又有一次，我和他偶然谈到自然科学和人文科学对社会的贡献大小问题，他说：自然科学的成果是有形的，但也有时间限制，而精神的产品是永恒的；我相信一个民族的文化基础，应该主要由文科的学问来奠定、维持和发展。言辞之间，充满了自信，不像我，对自己职业的价值，内心总有一种不稳定的惶惑感。

平山先生身上有浓重的书卷气，然而绝不是书呆子，他办事能力极强，应变也敏捷。1993 年，第 26 届"国际汉藏语会议"在日本召开，平山先生作为东道国的代表，负责参加筹划和实施这个国际会议。大到主持会议，小到去机场迎接境外代表，事必躬亲。唐作藩先生回忆起平山先生在会前陪他们去游大阪和神户，会议期间忙于开会和会务，直到回国的前一天，还利用这一天的空闲陪他们去箱根游览：参观了雕塑博物馆，坐海盗船游了芦之湖，参观了旧日东海道驿道的杉木林荫道，吃了硫黄温泉煮的黑鸡蛋，坐了观光缆车，最后还准时回到东京的饭店参加预定的告别宴会。因此，唐先生对平山先生不仅虑事周到，而且做起事来干净利索，井然有序，完全具有一个社会活动家的风范由衷地钦佩。

平山先生喜欢集邮，我也喜欢邮票，因此他每次来信或寄来书籍邮包时，信封上都贴着一大片漂亮的纪念邮票，使我惊喜不已。

他又是有名的火车迷，精通日本铁道的方方面面，你和他一同出去旅游时，他会带你去坐不同型号的火车、汽车、游览车，让坐车也成为那次活动有趣的部分。1997 年 8 月，他到青岛参加"青岛官话方言研讨会"，空余的时间，他一个人上街，意在乘坐各种公共汽车，他说:"连接车、小面包车,还有双层车都很有特色。"的确,这几种车都是日本没有的。

在青岛,去崂山、仰口观光使他兴奋不已,在信里说:"日本和尚圆仁写的《入唐求法巡礼行记》中,写着他最后沿着胶东半岛回日本的路上,也曾经过'崂山泊'。当时胶东半岛石岛附近的赤山(今作"斥山")有新罗的海商张宝高创建的赤山禅院,跟圆仁关系很深,张可谓是圆仁的大恩人。据说近年韩国人在那里建立了张宝高的纪念碑,我想哪年去那里凭吊一番。"他以自己的博学,使青岛之旅变得具有了一种历史感。

记得 1996 年 3 月他从西安取道山西来到北京,在给我的信中写道:"今年山西给我的印象就是满目泥土,当时我领会到,中国是土的文化,日本是木的文化,西欧大概是石的文化……三年前去大同,一过八达岭就感到'风景异',同行的人开始也有兴趣,但后来似乎有点腻了。我却一点都没有感到单调,几个小时一直贴在窗边看着远远的风景。云冈石窟的印象也是难忘的,想再去一次……您读过 9 世纪的日本和尚圆仁写的《入唐求法巡礼行记》没有?他也去过五台山,在那日记里留下了相当详细的记录。那《行记》几年前在中国排印出版过。"似乎是出于一种对宗教情绪的认同和丰富的文化感,使他在中国这个文明古国游历时,产生了一种类似皈依的感觉。

1998 年,平山先生在早稻田大学任职已经进入了第五个年头,按照早稻田大学的规定,他的聘任可以延续到 70 岁。当他在信中偶然谈到东京大学文学部中文科最后一名 30 年代出生的老同事已经退休;第一个翻译《红楼梦》,也介绍周作人作品的,具有"文人气派"的学者松枝茂夫已经作古;战后著名的歌舞伎演员尾上梅幸刚刚过世时,我能感到他由于生命的有限和无常引起的深藏的悲心,而这悲心引起我长久的共鸣。

2005 年,《平山久雄语言学论文集》在商务印书馆出版,唐作藩先生写的序，其中收入了平山先生2004年以前用中文发表的文章17篇，包括"敦煌《毛诗音》残卷反切的结构特点"，"重纽问题在日本"，"中古唇音重纽在《中原音韵》齐微韵里的反映"等论文，从书末附录"平山久雄中文著作目录"来看，书中的17篇论文，远远不是他研究成果的全部。

2012年，平山先生的第二本论文集《汉语语音史探索》在北京大学出版社出版。先生在"后记"中说：

> 该书（指2005年版《平山久雄语言学论文集》）编定以后的七年间，我在中国大陆、香港、台湾和日本等地的刊物上用中文发表的文章有二十多篇（日文的有三篇），何时能将这些文章结集出版，于我来说，是一个甚为模糊的梦想。不料去年初夏忽获唐作藩先生赐函，要为我在北京大学出版社出版一本新的论文集……梦想居然成为现实，经过几番考虑之后，我这本论文集基本构想为：
>
> 收录范围以2005年以后至2011年夏季用中文发表的论文为准……
>
> 此外还收入三篇文章，即《〈中原音韵〉入派三声的音韵史背景》（王吉尧译，1988）、《〈韵镜〉二事》（1992）、《〈淮南子〉〈吕氏春秋〉高诱注"急气言"谓上声、"缓气言"为去声说》（修订新稿）。
>
> 在内容上需要补充或订正的地方，基本上以文末的"补注"来处理。
>
> 从学术论文以外的一些短文中选几篇作为附录，因为我觉得自己对学术的感触或思想在这些文字里面多少透露出了一些，假如它还算得上是什么"思想"的话。
>
> …………

书中共收入论文二十二篇，短文四篇。

两篇序文由北大中文系的孙玉石先生和第一位受邀到东大的大陆学者、暨南大学的詹伯慧撰写。

孙玉石先生说：

> 平山先生于学术境界追求很高，要求很严。为人处事，谈吐言行，坚守真诚和气，朴素淡然，低调谦逊。坚持说真话，从不说假话。他待人永远那样热情自然，毫无夸饰、客套虚伪。

詹伯慧先生说：

> 今年是平山教授八秩华诞之年，我们几个和平山先生深交的朋友，有感于他的道德文章的魅力，很想能有一个为他祝寿的机会，藉以总结、弘扬他数十年如一日地执着进行汉学研究，培育汉学英才的可贵精神，领会他为中日两国语言学界的交流合作、加深两国学者间深厚情谊所做出的非凡贡献，略表我们钦仰和敬佩之情。

孙先生和詹先生所言甚是，每一个去过东京大学文学部的北大中文系的先生们，都会说到自己经历过的、感受到的平山先生的真诚、热情、自然、周到……

在我 2006 年出版的《晚期戏曲的变革》后记中，曾经详细书写了先生给予我的晚清戏曲研究的帮助和我对先生的感谢：

> 给予我诸多帮助，让我永志不忘的是退休于东京大学，当时正在早稻田大学执教的平山久雄先生（先生的父亲就是

中国人熟知的松村谦三先生）。他给我邮寄过台湾的刘绍唐、沈苇窗所辑的《平剧史料丛刊》的有关资料复印件，还有关于梅兰芳访问日本的书籍复印件，并专门跑到到东丰书店（在代代木车站附近一栋古老洋楼的三楼）购买了《齐如老与梅兰芳》送给我，为了帮助我寻找周志辅的《枕流答问》，他询问过田仲一成先生，还托付一个要回台湾休假的留学生去台湾寻找……

直到2002年他已经历了一场大病之后，我为了去看《顺天时报》和复印材料专门去东京的时候，先生依然一如既往地帮助我：小事如更换旅馆，大事如查书。在早稻田图书馆，我和他每人守着一台复印机，为的是复印速度可以快一点……

由于我在中国只要发生了收集资料的困难，最先就会想到去求助于平山先生——因为不遗余力、想尽办法地帮助人是平山先生的道德品性。为此，洪子诚一再警告我：不要再去麻烦平山先生，他已经是七十多岁的老人了，你不可以这样做。但是，我还是麻烦了他很多很多……

和先生始于1992年淡淡如水的联系一直不曾中断，每年的新年我会有贺年卡送上祝福，春节时候先生也有早稻田大学戏曲博物馆特制的贺卡带来问候，想起来的时候相互赠送中日的纪念邮票，也是我们之间的共同快乐。我仍然喜欢给先生"写"信，可是先生已经更习惯于使用电脑了。

2008年5月29日，平山先生到北大参加"国际中国语言学会年会"，北大中文系的先生们在勺园设宴为先生洗尘，年纪大的如唐作藩先生、袁行霈先生，年纪轻的如陈平原先生、夏晓虹先生都去了。对于老年人来说，更重要的是和老朋友见见面，吃饭其实不过是个由头。

先生的变化不大，精神和心情都很好，思维敏捷，言辞妥切。

2002年至今，我与平山先生的联系仍然是淡淡如水，过年前，我不会忘记寄给先生贺年卡，而一年一度的日本生肖邮票"年玉"也成了我的盼望。

又是十年过去了。2013年，我始料不及地失去了我觉得是最后一次的去日本的机会，本来是想要去东京看看平山先生的，我很懊恼。

当时的平山先生已经八十岁，我觉得实在不能再让他为了给我购买贺年卡去早稻田大学的戏曲博物馆了，先生家住东京都中野区，从地图上看，与早稻田大学中间还隔着新宿区呢。为此我在收到了2014年的贺年卡和生肖邮票之后专门给平山先生写了一封信：

平山先生：

您好！桃子夫人好！收到您的贺年卡（还有年玉），上面写着您的问候，真的很高兴！

本来去年12月12日我和洪子诚都会去日本，因为九州大学的岩佐昌暲先生带领着他的学生们翻译了洪子诚的《当代文学史》，那天会有一个出版式，机票都买好了，我们也打算去东京看看您和桃子夫人，却不料临行的前一天我突然感冒发烧，只好由洪子诚一个人和贺桂梅先生一起去了，我就失去了和您相聚的机会，有点遗憾。不过我想以后一定还会有机会的。其实现在去日本不难，我只是不喜欢旅游团。

这么多年来，每年我都收到您的贺年卡和年玉，我会经常拿出来看，想起二十多年前在东京的日子。

我知道，您的贺卡都是专门去早稻田大学买的，而早稻田大学距离您的家还有一段距离，现在，我们大家年龄都大了，所以，从明年起，您就不要再给我回寄贺年卡了，只要收到我的贺卡以后，在电邮中告诉我"收到了"就好，好吗？

祝您和桃子夫人健康快乐

洪子诚问候不另。

么书仪　2014.2.18

平山先生很快就有回信给我：

么书仪先生：

　　收到您的来信，非常高兴。去年年底您本来要到东京，参加洪子诚先生著作日译本的出版仪式，却感冒发烧未能来，那太可惜了，希望不久就有机会再访东京。

　　寄上年玉邮票和卡片不过表示一点点敬意。我每星期六到早大图书馆看半天的书，这是我的生活习惯，不去的话很别扭，演剧博物馆就在车站和图书馆中间，您不要为此担心了。

　　已经立了春，还有一个月北京、东京都能迎接阳春了。感冒在这里也相当流行，我们幸好没有患过。

　　　　即颂

时祺

平山久雄　上　二月十八日

　　直至今年的春节，平山先生仍然有丁酉鸡年的"年玉"寄给我，那"年玉"是日本的邮局设计的每年两款生肖邮票，我的邮册中已经有从1964至2017年的53年的日本生肖邮票，经常拿出来看看，也是挺有意思的。